배세연구

情清心通

배세일움, 사용(使用)서

초판 1쇄 발행 2019년 11월 1일

지 은 이 문홍선
감   수 서성례
발 행 인 권선복
편   집 오동희
서   예 손영환
디 자 인 서보미
전 자 책 권보송
발 행 처 도서출판 행복에너지
출판등록 제315-2011-000035호
주   소 (07679) 서울특별시 강서구 화곡로 232
전   화 0505-613-6133
팩   스 0303-0799-1560
홈페이지 www.happybook.or.kr
이 메 일 ksbdata@daum.net

값 20,000원
ISBN 979-11-5602-750-8 (03810)

Copyright ⓒ 문홍선, 2019

배세일움 사용서

心痛 문홍선 지음
心通 서성례 감수

Memento Mori

Amor Fati

Carpe Diem

언젠가 죽는다는 것을 기억하고
따라서 나의 운명을 사랑하며
그렇기에 바로 지금 이 순간을 살아라

도서
출판 행복에너지

CONTENTS

土 심통심통 편지

배움 : 지금이라도 늦지 않았습니다
세움 : 배세일움 인생철학 세웠습니다
일움 : 당신은 선물이군요, 꽃씨 가져가세요!

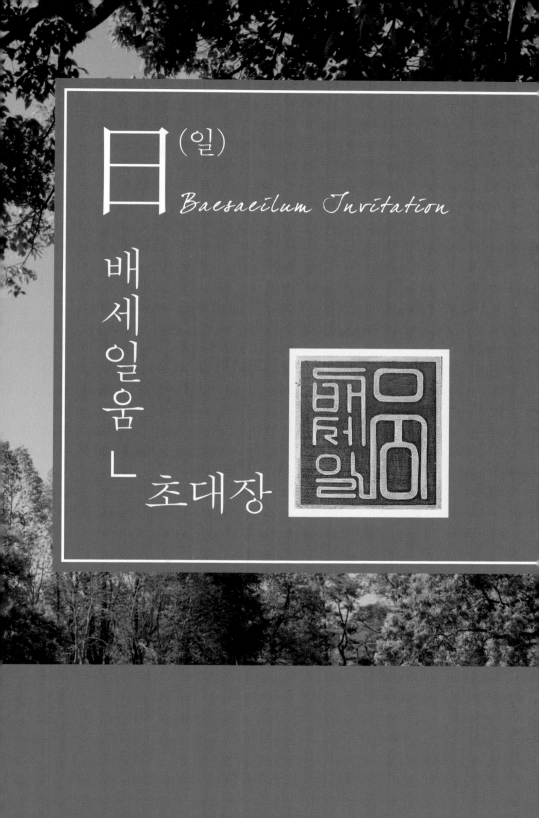

日(일)

Baesaeilum Invitation

배세일움ㄴ 초대장

지금이라도
늦지 않았습니다

'배세일움'이 사자성어냐고 묻는 이들이 가끔 있습니다. 아닙니다. 심쿵한 '심통심통' 부부의 DNA 결합체, 새로운 세 인격체, 문배움, 문세움, 문일움 이름 연합입니다. 지금 이 책을 보시는 분은 배세일움 셋 중 어느 하나의 짝꿍으로서 공인되는 예식의 증인입니다. 하객님이십니다. 책은 심통부부의 작은 선물입니다. 여기저기연구소의 첫 책, 『배세일움, 사용(使用)서』입니다. 배세일움을 살려서 잘 사용하시라고 에피소드를 골라서 쓰고 재밌게 편집했습니다.

주례를 몇 번 선 적이 있습니다. 매번 주례사 끄트머리에 "판단력이 부족하면 결혼할 수 있고, 인내력이 부족하면 이혼할 수 있고, 기억력이 부족하면 재혼할 수 있다"고 아재개그를 던집니다. 아내는 앞뒤가 딱 들어맞는 말이란 건 인정하면서도 그 말을 매우 못마땅해합니다. 왜 주례사에 '이혼'이나 '재혼'이란 단어를 집

어넣느냐는 겁니다. 누구나 결혼식을 마치면 판단력은 완벽하게 회복됩니다. 인내력은 결혼생활의 기초 동력입니다. "인내는 쓰다 그러나 그 열매는 달다"라는 말이 있습니다. 그 열매가 배움 세움 일움 셋입니다. 항상 단맛은 아니지만 심통부부는 달게 생각합니다. 아내는 죽을 때까지 인내력을 유지하겠다고 합니다. 저야 감개무량할 따름이지요. 둘 중 누구 하나가 먼저 죽으면 이 세상에서는 심통부부가 이혼하는 거나 마찬가지입니다. 혼자 남은 누군가 하나도 마저 죽으면 천국에서 두 사람은 다시 만난다고 믿고 삽니다. 재혼할까요? 아이들 키울 때는 기억력이 괜찮았는데 50+ 시절인 지금은 기억력이 둘 다 어리바리합니다. 천만다행이지요. 천국 재혼은 확실합니다. 저는 이걸 확인하려고 아내에게 물을 정도로 바보이거나, 눈치 없지는 않습니다.

기억력이 어리바리합니다. 이제는 배세일움의 단점이나 인생 쓴맛은 잘 기억나지도 않습니다. 삼십삼 년을 넘긴 인생일모작도 금년 말이면 졸업입니다. 배세일움의 장점과 단맛마저도 잊기 전에, 부족하기 짝이 없는 책이라도 써야 합니다. 배세일움이 짝을 맺을 때 축하하러 오시는 분들에게 드릴 선물로 책을 마련하는게 옳고 좋다고 생각했습니다. 이분들은 읽어줄 확률도 높고 긍정적인 관점으로 볼 거라 생각합니다. 이 책엔 청국장처럼 발효해야 할 장점들을 골라 담았습니다. 단점들도 인동초처럼 꽃피워 단맛이 나도록 했습니다. '배세일움' 에피소드를 공개하고 심쿵한

'심통심통' 사건을 기록했습니다. 제 얘기도, 어머니 아버지 얘기도, 아내 얘기도 여기저기 넣었습니다. 여기저기는 '여러분의 기쁨이 저의 기쁨'이라는 말입니다. 인생이모작에서는 '여기저기연구소'를 하나 차릴 생각입니다. 이 책을 만들며 심통심통과 배세일움은 매우 즐거웠습니다.

첫 번째 주례는 결혼 20주년을 넘긴 지 얼마 되지 않은 2008년 12월 12일에 섰습니다. 주례자 매뉴얼대로 결혼식 30분 전에 미리 예식장에 도착했습니다. 예식 중 지진, 붕괴, 화재 등 만일이 생기면 주례자가 하객들을 안전하게 안내할 수 있도록 비상대피통로를 미리 확인했습니다. 신랑신부의 부모님에게 주례자인 나 자신을 소개하고 축하 덕담을 드렸습니다. 예식장 직원들에게 신랑신부를 부탁하는 것도 예식 시작 전에 할 일입니다. 신랑과 신부에게 주례사 주요내용으로 줄 책『아내사용설명서』와『남편사용설명서』도 챙겼습니다. 결혼서약서, 주례사 등을 최종점검한 후 주례석에 앉았습니다. 긴장감으로 다리가 떨렸지만 첫 번째 주례는 감동적으로 잘했습니다.

첫 주례 서기 꼭 한 달 전 토요일 저녁, 예비신랑신부를 맛있는 식당에 초대하여 밥을 샀습니다. 신부는 부산에서 올라왔고 신랑은 서울시청 공무원입니다. 판단력이 부족하면 결혼할 수 있다는 아재개그부터 던졌습니다. 두 사람의 연애사와 결혼에 임하는 각

오를 일문일답 형식으로 묻고 들었습니다. 결혼생활의 필수품, 인내력에 대한 이야기도 하고 어떻게 사는 게 잘 사는 건지 내 이야기를 했습니다. 우리 집에서 식당까지 운전을 하고 내 옆자리에 앉아 꽁치를 먹고 있는 아내는 도통 말이 없습니다. 끝날 때가 다 돼서 아내에게 예비신랑신부에게 덕담 한마디 하라고 채근했습니다. 아내는 조용히 먹기를 멈추더니 예비신랑신부의 눈을 똑바로 주시하며 말했습니다. "지금이라도 늦지 않았습니다!" 예비신랑신부와 나의 눈동자가 커지고 입이 다물어지지 않았습니다. 판단력이 흔들리고 춤을 추었습니다. 아내는 나를 쳐다보며 강력하게 다시 말했습니다. "지금이라도 늦지 않았습니다. 거짓말입니다. 주례자를 바꾸세요." 부족한 판단력인 줄 알고 급당황했던 예비신랑신부는….

"시간이 없다. 그렇게 살려고 노력하는 거다. 말은 씨다. 좋은 말은 좋은 씨다. 콩 심은 데 콩 나고 팥 심은 데 팥 나고 안 심은 데 안 난다." 예비신랑신부를 설득하고, 위로하고, 안심시키고, 웃기고, 소주 한 잔 더하고, 그리고 나서야 아내는 나를 주례자로 인정해 주었습니다. 집으로 돌아오는 차 안에서 아내의 재치와 위트가 대단했음을 칭송하였습니다. 웃으면서도 아내는 내 귀에 잘 들릴 만큼 큰 목소리로 말했습니다. "당신, 아직도 농담으로 생각하는 거예요? 아이고, 정신 차리세요." 그렇습니다. 이 책도 아내의 감수와 승인을 거쳤습니다.

배세일움
인생철학 세웠습니다

  '배세일움'이 심통부부의 아들들 이름 연합이란 걸 알게 된 분들은 아이들이 생산되기 전에 이름을 지었냐고 묻습니다. 아닙니다. 배움 1988년생, 세움 1991년생, 일움 1995년생, 어떻게 아들만 셋을 낳을 거라 생각이나 했겠습니까. 한글 이름에 대해 잘 아는 분이 성이 문(文)씨이니 아들 셋을 합치면, 성삼문이라고 웃겨줍니다. 성삼문은 세종대왕과 함께 한글 창제에 애쓴 분이잖습니까? 88년 첫째 녀석 태어날 때 한글 이름 짓기 열풍이 불었습니다. 여기저기 다녀보고 여러 가지 생각을 하긴 했습니다. 태어난 순간 글월문(文) 문씨 성에 잘 어울리는 한글 이름, '배움'이라고 순간적으로 지었습니다. 둘째 녀석은 '움'자 돌림을 써야했기에 '세움'이라 수월하게 지었습니다. 셋째 녀석 이름은 많이 생각했습니다. 가족계획법 위반을 하며 셋째로 태어난 녀석은 인큐베이터 속으로 며칠 동안 들어갔습니다. 그 긴장된 시간에 이루다→이룸→'일움'으로 진화하며, '배세일움' 작명이 완성되었습니다. 그때부터 '배세일움' 인생철학도 아이들 키와 함께 성장하며 진화하였습니다.

'배세일움'을 동사형으로 풀어놓습니다. '배우다 세우다 이루다' 정확합니다. 이걸 한 문장으로 연결합니다. 배우고 세우고 이루자! 배우고 세우고 이루리라. 이루면 기쁩니다.

미국생활 2년을 포함하여 1995년부터 2003년까지는, '배우고 곧 익히면 기쁘지 않겠는가?' 즉 學而時習之 不亦說乎(학이시습지 불역열호), 유교의 근본문헌 논어의 첫 구절을 배세일움이 따라야 할 명제로 채용하고 활용했습니다. 그래서 배세일움 한자어는 배울 학(學), 익혀 세울 습(習), 이루어 기쁠 열(說), 學習說(학습열)입니다.

2003년 가을에 스펜서 존슨의 책 『The Present』를 선물로 받았습니다. 'The present is a present 현재가 선물이다.' 은혜로운 아이가 시간을 지혜롭게 쓰는 법을 배우고 세우고 이루는 책입니다. '과거로부터 배워라 Learn from the past.' '미래를 계획하라 Plan for the future.' '현재를 살아라 Be in the present.' 그해 2003년부터 배세일움을 나타내는 영어는 'Learning Planning Being'이 되었습니다.

2007년도엔 온 가족 다섯이 배세일움그룹 명함을 다 함께 만들었습니다.

2013년 말, 배세일움의 완성자 '일움'이 고등학교를 졸업했습니
다. 일움 자체가 큰 학문(大學)이니 대학엔 안 가기로 했습니다. 바
로 스타가 되기로 했습니다. 바리스타입니다. 열 평짜리 공간을 임
대해서 커피숍을 만들었습니다. '까'와 '페'를 크게 써서 까르페디엠
이라 이름 짓고, 배세일움 브랜드를 붙였습니다. 아름다운 도자 장
인께서 '까르페디엠 배세일움' 도자 작품을 제작해 주셨습니다. 그
분의 손끝에서 '아모르파티 배세일움'과 '메멘토모리 배세일움' 도자
작품도 구현되었습니다.

『배세일움, 사용서』는 심쿵한 심통심통 부부 얘기부터 시작합니
다. 메멘토모리 배움, 아모르파티 세움, 까르페디엠 일움 순으로 이
야기와 쓸모를 편집했습니다. 문화심리학자이자 '나름 화가'라는 사
람, 김정운의 책『에디톨로지 창조는 편집이다』를 베낍니다.

    "세상의 모든 창조는 이미 존재하는 것들의 또 다른 편집이
    다. 우리는 세상의 모든 사건과 의미를 각자의 방식으로 편집
    한다. 창조는 편집이다."

배세일움 이야기는 지리산 종주 이야기로 종지부를 찍을 것입니
다. 어설프지만 야무진 이야기들입니다. 넉넉히 이틀 정도 시간을
투입하시면 재미있게 읽어보실 수 있습니다.

당신은 선물이군요,
꽃씨 가져가세요!

선물로 드리려고 쓴 책이니 맛있게 끝까지 읽어 드시기를 바랍니다. 피천득(1910~2007) 선생님의 시, 〈꽃씨와 도둑〉을 전채 요리로 소개해 드립니다. 전채 요리는 불어로는 오르되브르, 영어로는 애피타이저, 이탈리아어로는 안티 파스티, 러시아어로는 자쿠스카, 중국어로는 첸차이(前菜)라고 합니다. 입맛이 좋습니다.

> 마당에 꽃이
> 많이 피었구나
>
> 방에는
> 책들만 있구나
>
> 가을에 와서
> 꽃씨나 가져가야지

아름다움과 지혜로움. 꽃과 책. 극단적 실용주의자 도둑은 꽃씨를 따러 가을에 다시 담을 넘겠다고 다짐합니다. 가을과 꽃씨. 『배세일움, 사용서』도 꽃씨입니다. 책 속에 여기저기 숨겨진 꽃씨 가져가세요. 제가 좋아하는 나태주(1945~) 선생님의 시, 〈선물〉을 드리겠습니다. 맛있는 메인 메뉴입니다. 손맛이 좋습니다.

하늘 아래 내가 받은
가장 커다란 선물은
오늘입니다

오늘 받은 선물 가운데서도
가장 아름다운 선물은
당신입니다

당신 나지막한 목소리와
웃는 얼굴, 콧노래 한 구절이면
한 아름 바다를 안은 듯한
기쁨이겠습니다.

月 (월)

마음이 아파야 마음이 통한다

심통심통ㄴ 부부

전철을 타고
이름을 짓다

    내 이름은 홍선(洪善)이다. 아내 이름은 성례(成禮)다. 자기 것인데 남이 더 많이 쓰는 게 뭘까? 이름이다. '이르다'의 명사형이다. 순우리말이다. 특별히 사람의 이름은 성명(姓名)이라고 한다. 넓게는 성씨와 이름을 모두 붙여 이름이라 하기도 하지만 보통은 성씨를 제외한 이름 자체만을 일컫는다. '마음이 아파야 마음이 통한다'는 뜻으로 내가 만든 사자성어가 심통심통(心痛心通)이다. 심통심통을 우리 부부의 별칭(別稱)이자, 나의 호(號)로 채택했다. 앞뒤의 심통이 나인지 아내인지는 때와 장소에 따라 다르다. 심통심통 부부 DNA 결합으로 이 세상에 인격체 셋이 출현했다. 배움, 세움, 일움이다. 한글 이름이다. '배우다 세우다 이루다'의 명사형이다. 이름 연합은 '배세일움'이다.

    전기철도, 전철은 수평으로 일상의 공간을 확장시킨다. 1987년에 시작한 나의 인생일모작 직업은 서울특별시 공무원이다. 거주지는 그때부터 지금까지도 서울이 아니다. 부천·인천 지역이 집이다. 배세일움과 함께 사는 곳, 우리 집에서 내 직장까지 꽤 먼 거리는 주로 전철로 통행한다. 전기철도는 전기에너지로 움직이고 오고 간다. 전철의 전기에너지에 감전이 된 듯하다. 내가 전철을 타고 가다가 생각해 낸 한글로 지은 이름 연합이 '배세일움'인 거다. 온몸이 짜릿짜릿하다.

나는 전기에너지로 빛을 발하는 전구를 발명한 에디슨의 얘기를 초등학교 때 호롱불 밑에서 읽었다. 에디슨은 불이 안 켜지는 전구를 수천 개 발명한 끝에 안정적으로 불이 켜지는 필라멘트 백열전구를 발명했다. 그때가 1879년이다. 그해에 최초의 전기기관차도 독일에서 시범을 보였다. 1898년에는 서울에서 백열전구가 켜졌고, 그다음 해 1899년엔 서울에 전차까지 부설되었다.

나는 구름이 깊게 드리운다는 운장산과 소설가 김종록(1963~)의 『금척(金尺)』의 이야기를 품은 마이산이 있는 전북 진안군의 변방 주천면, 주천중학교를 졸업했다. 중학교 2학년 때인 1974년에서야 백열전등 빛으로 공부를 할 수 있었다. 서울은 대학 본고사를 치르러 올라왔던 1978년 겨울에 처음 진입했다. 그다음 해 1979년, 서울에서 공부하는 재수생이 된 나는 전철을 처음 탔다. 전철이 이 세상에 시범을 보인 지 일백 년 되는 해였다. 100년의 이미지는 아득하고 장구하다. 전철 속은 내 공부방이었고, 생각

속이었다. 전철을 탄 지 10년 째 되는 해 1988년 7월 8일, 첫 번째 아들 이름을 '배움'이라 지었다. 심통심통의 초심(初心)이다.

　경인선, 지하철 1호선은 출퇴근할 때 사람이 많아 늘 만원이다. 배세일움 작명의 시기, 그때는 만원을 넘어 압력이 이만 원쯤 됐다. 지하철 출입문에는 안으로 밀어 넣어주는 푸시맨이 있었다. 아내의 직장도 서울시청 부근이었다. 부천 중동역에서 서울시청역까지 출근하는 전철 속에서 만원의 압력으로부터 임신한 아내를 보호하기 위해서 내가 무진 애를 썼다. 1991년 3월 11일, 전철 속에서 두 번째 아들 이름을 '세움'이라 지었다. 심통심통의 중심(中心)이다.

　막내 출산 시절엔 '딸·아들 구별 말고 둘만 낳아 잘 기르자'는 가족계획사업이 실효적으로 작동하고 있었다. 공무원 월급에 월 2만 원짜리 가족수당이 있는데 자녀는 2명까지만 인정됐다. 셋째 아이는 가족으로 인정되지 않았다. 셋째 아이의 산부인과 출산의료비가 의료보험 적용에서 배제되는 것은 물론이었다. 정부와 사회는 셋째를 낳지 말라는 건데, 첫째와 7년 터울 늦둥이 셋째가 우리 가정에 온다는 뜻밖의 소식이 왔다. 아내는 둘째 세움 출산과 함께 직장을 그만두고 육아와 가사를 위한 전업주부가 되어 가정경제도 신통치 않았다. 심통심통 부부는 잠시 현실적인 고민을 하기도 했다. 예쁜 딸일지도 모른다는 생각은 마음을 설

　　　　　　　　　　　　　　　배세일움 사용서

레게 했다. 셋째는 배움 세움 완결을 위해서 환영하기로 결단했다. 서울시청으로 가는 출근 전철 속에서 배움 세움에 어울리는 셋째의 이름을, 딸인지 아들인지도 모르면서 궁리하기 시작하였다. 1995년 셋째가 태어난 후 1년여 뒤, 대한민국 정부의 가족계획사업은 1996년 말에 공식적으로 종지부를 찍었다. 1997년 국가부도 IMF 시대부터는 오히려 셋째에게는 출산장려금이 지급되기 시작하였다.

하나 둘 셋, 숫자 3의 의미와 상징을 깊이 탐색하였다. 기독교의 기본적인 교의(敎義)는 삼위일체(trinitas, 三位一體)이다. 예수 그리스도가 계시한 하나님은 성부(聖父), 성자(聖子), 성령(聖靈)의 세 위격을 가지며, 이 세 위격은 동일한 본질을 공유하고, 유일한 실체로서 존재한다는 교리이다. 역경(易經)에서 굴착해보는 1·2·3, 천지인(天地人), 하늘·땅·사람. 3은 3을 말하기 전에 1에 해당하는 하늘과 2에 해당하는 땅을 생각해야 한다. 1은 1을 말하기 전에 2와 3을 생각할 필요가 없다. 1을 생각한 후에 2와 3을 1에 포함시켜 볼 수는 있다. 3은 1과 2 없이는 존재할 수 없지만 1은 2와 3 없이도 존재할 수 있다. 사람은 우주와 땅 없이는 존재할 수 없지만 우주는 땅과 사람 없이도 존재할 수 있다. 셋째의 이름은 궁리를 거듭해도 미리 지을 수 없었다. 셋째는 어미의 자궁을 나오자마자 잠시 후 인큐베이터 속으로 들어갔다. 내게 생각할 겨를을 더 주었다. 전철을 타고 집으로 돌아오는 퇴근길에 세 번째 아들 이름을 '일움'이라 지었다. 심통심통의 결심(決心)이다. 1995년 9월 1일, '일움'의 출현으로 '배세일움' 패밀리 다섯이 완성되었다. 완성은 새로운 시작이 되었다.

주역의 변화 철학이 궁즉통(窮則通) 논리이다. 궁즉변(窮則變), 궁하게 되면 즉 끝까지 다하면 변하게 된다. 변즉통(變則通), 변화하면 통하게 된다. 통즉구(通則久), 통하게 되면 오래간다. 다시 오래가면 즉 끝까지 다하면 궁하게 된다. 궁하게 되면 변하게 된다. 1995년부터 다섯 사람 배세일움 패밀리의 인생철학이 성장하고 변화하고 진화하기 시작하였다. '마음이 아파야 마음이 통한다'는 심통심통 부부의 '배세일움' 인생철학이 여기저기 편집한 개똥철학일지라도 '궁즉통'하면 쓸모가 있을 것이다.

배세일움 사용서

심쿵한
심통심통 부부 탄생

남자 문흥선과 여자 서성례는 1987년 11월 15일, 양가 부모님
과 친지 지인들을 증인으로 세우고 결혼식을 하였다. 남자는 스
물여덟 살, 여자는 스물일곱 살 때다. 아홉수를 넘기면 안 된다
는 말을 핑계로, 서둘러서 스물아홉 되기 전에 결혼한 것이다.
혼인관계증명서를 떼어보니 혼인신고일은 1987년 12월 1일로
기록되어 있다. 등록기준지는 전북 진안군 주천면 주양리 430번
지로 되어있다. 심통심통 부부가 가족관계등록부에 등재되었다.

심장이 쿵쾅거린다. 심쿵하다. 심쿵해. 요즘 듣는 신조어다.
심통부부가 결혼할 때 연애할 때는 듣지도 못한 단어다. 심쿵에
한자인 죽을 사(死)를 결합하면 '심쿵사'라고, 죽을 만큼 몹시 좋거
나 설렘을 표시한다. 대한민국의 걸 그룹 AOA 세 번째 미니 음
반 이름이 심쿵해 〈Heart Attack〉이다. 세 번째 음반 이름이라,
세 아들이 자연스레 떠오른다. 심통심통 부부 앞에 심쿵한 형용

사를 붙였다. 붙이고 보니 심통부부에게 딱 들어맞는다. 나는 그녀를 처음 만났을 때 쿵쾅거리던 내 심장 소리를 지금도 생생하게 기억한다.

전기기관차가 이 세상에 출현한 지 100년째 되던 해, 1979년에야 서울의 전철을 처음 탄 사람이 나다. 그때 내 나이 스무 살이다. 촌놈이었던 거다. 재수생이기도 했다. 재수하고도 시험에 운이 없었다. 없는 살림에 공부 뒷돈 대느라 아버지는 속 많이 썩고 애 많이 태우셨다. 삼수를 했는데 5공화국은 대학 본고사를 폐지하였다. 예비고사 성적만으로 대학 1학년이 됐는데 군대 영장이 나왔다. 32개월 군복무를 마치고 시골로 돌아온 지 한 달째, 1984년 3월에 지금 일움 나이인 스물다섯이었는데, 그제야 대학 1학년 2학기를 맞이하여 복학 날짜를 기다리는 늦둥이 대학생이다. 그때 3월 날씨는 지금보다 훨씬 추웠다. 이런 때 군대 후임 김 하사가 말년 휴가를 나온다고, '서울 올라오라'고 연락이 온 거다. 여기서 심쿵이 터지게 된다.

군복 차림의 김 하사를 종로서적에서 만났다. 군대얘기 하며 '소주 한 잔' 마셨다. 나는 제대한 지 한 달, 머리는 설익은 밤송이처럼 까칠하게 자랐다. 바지는 오래 묵은 청바지를 입었다. 양말도 안 신고 구두를 신었다. 일부러 그런 건 아닌데 인상은 강력하다. 김 하사가 전화를 하더니 외사촌 여동생이 나온다고 한다.

김 하사도 나도 둘 다 빈털터리였다. 강력한 빈대 정신으로 생각 없이 기다리는데, 훤칠하게 키가 큰 그녀가 들어왔다. 내 뇌 속으로, 심장 속으로 그냥 쿵쾅쿵쾅 걸어와서 앞자리에 앉았다. 조금 앉아 얘기하다가 계산하고는 갔다. 심쿵사. 그녀의 집주소를 알아야 했다. 김하사는 다행히 주소를 알고 있었다. 나는 주소를 간직하고 시골로 돌아왔다. 진짜로 봄이 오고 있었다. 열 살 아래 막내 남동생은 주천중학교 2학년이었다. 학교 가는 길에 우체국에 들러 형의 편지를 부치게 했다. 그녀의 답장이 왔다. 심쿵한 나와 너의 두 마음은 편지로 전염되어 완전 설렘으로 염색되었다. 둘은 심통하기 시작했다. 아버지는 5월 모내기를 마치면 서울 올라가서 공부하라고 하셨다.

그녀를 만난 그해, 5, 6, 7, 8월은 내 삶의 여정에서 마음도 몸도 가장 독한 시절이었다. 반포동 고속버스터미널 부근 어느 고시원에서 나는 하루에 열여섯 시간씩 공부에 몰입했다. 심쿵한 편지로 내 정신세계에 입주한 그녀는 독하고 강력한 에너지를 공급해 줬다. 약 백 일 동안 책상머리에 붙어 행정고시 1차 과목을 섭렵했다. 독하다는 표현은 어떤 일을 할 때 좌고우면하지 않고 집중력 있게 앞만 보고 달려간다는 의미도 포함된다. 의자와 맞닿는 허벅지 근방이 상해 문드러질 만큼 독하게 공부했다. 이 시절 독하게 집중한 공부의 힘이 오히려 매주 토요일만큼은 그녀와 만나 연애를 병진할 수 있게 해주었다. 낭만적인 시절이었다. 아

배세일움 사용서

내와 연애 시절은 공부 시절과 정확하게 겹쳐있다. 그녀는 공부 수호천사였다.

중앙대 복학생이 된 첫 가을, 10월에 소요산으로 고등학교 동문들과 기차를 타고 소풍을 갔다. 그녀는 처음으로 내 짝꿍이 되어 동행했다. 광화문으로 돌아와서 맥주를 마셨다. 사직동 골목길, 어두운 밤길에서 성냥불을 켜놓고, 사랑인 듯 예감을 느꼈다. 키스를 했다. 심통심통! 심쿵한 연애 시절이 활짝 열렸다. 둘의 판단력은 점점 고갈되고 부족해졌다. 내 거처는 고시반 기숙사였다. 내 야간 활동공간은 학교도서관이었다. 그녀의 사무실은 광화문에 있었다. 오전만 근무하는 토요일 오후에는 공부를 완전 제쳐놓고 만나서 놀았다. 고시 공부가 주업이던 복학생 1, 2, 3학년 기간, 총 2년 반이자 32개월 동안에 둘은 토요일 정규 미팅을 철저하게 지켰다. 둘이 데이트하는 토요일 흑석동 포장마차엔 고시공부 동지들이 틈틈이 합류했다. 그녀의 월급은 고시 동지들 영양 공급에 많이 투입되었다. 그녀는 수호천사였다.

광화문 한복판에서 그녀가 낮술에 취한 나에게 따귀를 날려 맛있게 맞은 기억, 가로등 불빛 아래 한강이 보이는 벤치에서 포옹에 취해 가방을 도둑맞은 사건, 밤늦은 시간에 사직동으로 걸려오는 공중전화, 미스코리아 그녀가 내 속이 불편하여 토해낸 걸 치워준 시골 우물가, 포장되지 않은 자갈길을 함께 걸었던 그 밤

등등. 고시공부 시절에 일으킨 연애 사건 사고가 꽤 있지만, 다 추억 속에 숨었다. 나는 그녀와 함께 연애와 공부를 병행하다가 덜컥, 행정고시에 합격하였다. 복학생 3학년 때다. 기적이었다. 고시공부를 마쳤으니 연애시대도 마감해야만 했다. 돌이킬 수 없는 결혼시대로 가야만 했다.

"연애는 필수, 결혼은 선택. 가슴이 뛰는 대로 가면 돼." 가수 김연자가 부른 노래, 〈아모르파티〉의 한 구절이다. 아모르파티. 운명을 사랑하라. 우리에겐 '연애는 필수, 결혼은 운명'이었다. 1987년 1월 2일, 돌이킬 수 없도록 약혼식을 하였다. 약혼한 남자와 여자는 방이 세 개 있는 전셋집이 필요했다. 부천 중동역 부근 다세대주택 전세를 확보했다. 약속대로 아홉수를 넘기지 않고 11월 15일 결혼을 했다. 이리하여 심쿵한 심통심통 부부가 탄생하였다.

성경 마태복음 19장에서 예수께서 대답하여 가라사대, 사람을 지으신 이가 본래 저희를 남자와 여자로 만드시고 말씀하시기를, 이러므로 사람이 그 부모를 떠나서 아내에게 합하여 그 둘이 한 몸이 될지니라 하신 것을 알지 못하였느냐, 이러한즉 이제 둘이 아니요 한 몸이니 그러므로 하나님이 짝지어 주신 것을 사람이 나누지 못할지니라 하니라.

배세일움
F&B

서성례 명함

'배세일움F&B'는 FM라디오 프로그램을 뜻하는 말이 아니다. 인천 연수구 송도동 인천대학교 신축현장에서 3년여 동안 실존했던 현장식당 이름이다. 남인천세무서장이 발급한 사업자등록증에 기록된 상호이자 인천광역시 연수구청장이 발급한 영업신고증에 기록된 영업소명칭이다. F&B는 'Food and Beverage'를 뜻한다. 지금은 사업자등록증과 영업신고증에 기록되었던 대표, 서성례의 옛날 명함에서만 살아있다.

세상 살아가는 누군가에게 감동을 주려는지 FM라디오에서 살짝 인공 배양한 듯한 이야기를 방송한다. 나는 행복한 사람입니다.

"세 자녀의 운동화도 사줄 수 없을 만큼 경제적으로 어려움을 겪고 있는 한 남자가 있었습니다. 그는 중고 세탁기를 판다는 광고를 보고 크고 좋은 집을 찾아갔습니다. 집 안에 있는 최고급 가구와 주방 시설을 보면서 그는 마음이 울적했습니다. 집주인 내외와 짧은 얘기를 주고받았습니다. 경제적인 여유가 없어서라고 말하고는 세 아들은 얼마나 개구쟁이인지 신발이 남아나질 않고 금방 닳아 걱정이라는 이야기도 하게 되었습니다. 그러자 갑자기 그 집 부인이 고개를 숙이면서 방 안으로 들어갔습니다. 순간 무슨 잘못을 하지 않았나? 몹시 당황했습니다. 그 부인의 남편이 말했습니다. '우리에게는 딸 하나가 있지요. 그런데 그 딸은 이 세상에 태어나 12년이 지난 지금껏 단 한 발자국도 걸어본 적이 없답니다.' 집에 돌아온 그는 현관에 놓여있는 아이들의 낡은 운동화를 물끄러미 한참 동안 바라보았습니다. 그리고는 그 자리에 앉아 무릎 꿇고 자신이 불평했던 것에 대한 회개와 아이들의 건강함에 대한 감사의 기도를 드렸습니다.

'걸을 수만 있다면, 설 수만 있다면, 들을 수만 있다면, 말할 수만 있다면, 볼 수만 있다면, 살 수만 있다면, 더 큰 복은 바라지 않겠습니다.' 누군가는 지금 그렇게 간절히 기도를 합니다. 놀랍게도 누군가의 간절한 소원을 나는 다 이루고 살고 있습니다. 기적이 내게는 날마다 일어나고 있습니다. 어떻게 해야 행복해지는지 고민하지 않겠습니다. 내가 얼마나 행복한 사람인지 날마다 깨닫겠습니다. 나의 하루는 기적입니다. 나는 행복한 사람입니다."

배세일움 사용서

감동이 뻔한 얘기를 들려주는데도 눈시울이 촉촉해졌다. 행복해서….

공무원을 휴직하고 민간 기업에서 두 해를 근무하고 난 2007년 정초에 다시 공무원으로 복직했다. 배세일움 이름 연합과 함께한 삶이 12년째 되는 해다. 일움은 일신초등학교 4학년, 세움은 부평고등학교 1학년, 배움은 대학생이 되었다. 경력단절여성 아내는 현장식당을 창업하기로 하였다. 현장식당은 작업장 근처에서 운영하는 간이식당을 말한다. 한동안 새벽에 일어나 인천 논현동 공사장 현장 밥집에서 아침밥 과정을 견학하고 실습했다. 서울 황학동 시장을 돌아다니며 식당 물품을 준비했다.

나는 노동자 시인으로 알고만 있었던 박노해 시인의 시집 『노동의 새벽』을 사서 읽었다. 시골에서 농사짓는 아버지의 일손을 돕던 '농삿일하다'는 말은, 내겐 고달팠어도 다정하고 따뜻했었다. 그런데 아내의 현장식당 일감을 마련하며 듣는 '노동일하다'라는 단어는, 절박하고 불확실하고 걱정까지 닥쳐오는 느낌이었다. 그래도 주눅 들지 말고 굳세게 창업하자고 독려하였다. 배움 세움 일움과 함께 먹고 마신다는 의미로 상호를 '배세일움 F&B'로 정했다. 정초부터 늦봄까지는 현장사무소 직원식당을 맡았다. 마이너스 적자를 메꾸기 위해서 아내는 열심히 식당노하우를 배웠다.

오월쯤에 현장식당을 열었다. 엘림교회 오주영 목사님과 성도님들이 와서 함께 개업예배를 드렸다. 건축현장은 초기, 중기, 말기 공정에 따라 인력과 장비 투입량이 많이 다르다. 현장 초기엔 기름을 먹는 장비 투입이 많은 대신, 식당에서 밥을 먹는 인력은 매우 적다. 배세일움F&B 현장식당 벽에는 커다란 인천대학교 조감도 사진을 붙여놓고, 배세일움F&B의 사명과 비전을 써놓았다. '노동자를 섬기며 인천대학교 건설현장 노동으로 배우고 세우고 이루겠습니다.' 서너 달은 밥 먹는 식구가 들쭉날쭉하고 식수인원도 별로 없어 식재료비와 월급 대기도 힘들었다. 수요공급 엇박자와 불협화음이 피를 말렸다. 이것저것 문제에 밤샘 궁리를 하느라 아내는 잠을 못 잤다. 힘들었고 속상했는지 울기도 했다. 입안도 자주 헐었다.

송도 인천대학교 신축현장은 큰 현장이었다. 현장식당은 '배세일움F&B' 하나만 있었던 게 아니다. 신출내기 현장식당 바로 옆자리에 더 큰 몸집의 베테랑 현장식당 '해피스푼'이 출현하였다. 숙련기술자인 해피스푼은 한동안 옆집을 M&A할 태세였다. 배세일움F&B는 꿋꿋하게 버티면서 손님을 이끄는 노하우를 하나씩 쌓아갔다. 먼지 쌓인 곳 여기저기에서 풀과 풀꽃이 피어남에 따라 현장 노동자와 식당 노동자의 덕담과 웃음꽃도 어울려 피어났다. 오월은 곧이어 여름으로 익어갔고 마침내 가을이 왔다. 고추잠자리가 나풀대다가 어느새 겨울이 되었다. 현장의 겨울은 아무

배세일움 사용서

리 따뜻해도 황량하다. 그래도 봄은 다시 오고 또 오월이 되었다. 노동절 점심시간에 '색소폰 현장음악회'를 열었다. 어버이날에는 덤으로 찰떡을 대접했다. 최선을 다해서 일하며 이제 슬슬 살 구멍이 생기는 것처럼 느껴질 무렵, 마른하늘에 천둥 번개가 쳤다. 신축현장 사업주체들이 서로 삐거덕거리더니 급기야 현장이 중단된 것이다. 현장에서 배우고 세워 노련해진 배세일움의 첫 기업, 자존감과 자신감이 서서히 채워지면서 노래하던 배세일움F&B는 휴업의 쓴잔을 마셨다.

뜨거운 여름철에 차가운 겨울잠을 자고 늦은 가을 녘에 깨어난 배세일움F&B는 노동자를 잘 섬기는 현장식당으로 다시 태어났다. 옆집 해피스푼과도 밥이 모자라면 서로 빌려주는 공생공존의 관계로 변화했다. 외상으로 준 밥값을 떼이지 않으면서 기분 상하지 않게 받아내는 기술도 획득했다. 막장은 저리 가랄 정도로 힘든 노동을 감당하는 아주머니들을 아주 정성껏 섬겼다. 밥을 만드는 사람들, 밥을 사 먹는 사람들 안팎으로 띄엄띄엄 꽃피는 배반의 장미들도 아내는 잘 수렴했다. 오히려 고마워했다. 아내의 현장식당 노동 덕분에 13년 동안 꼬박꼬박 이자를 물었던 주택담보대출금을 갚을 수 있었다. 엘림교회의 차량 몸집을 두 배로 늘리는 데도 기여를 했다.

2009년 말 인천 연수구 송도동 인천대학교 신축현장은 끝이

났다. 배세일움F&B 대표였던 아내는 현장식당의 많은 비품을 과감하게 손절매하고 배세일움 첫 기업의 문을 닫았다. **3년여 동안 실존했던 배세일움F&B는 훗날 배세일움D&D, C&C, B&B, O&O의 이름을 낳게 된다.**

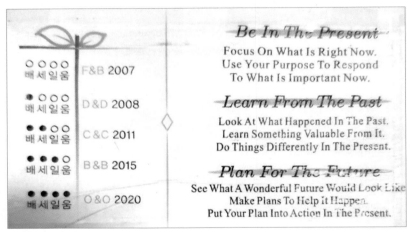

행동강령

배세일움
D&D

문배움 명함

배세일움F&B는 2007년 창업했고 2009년 폐업했다. F&B 대표 명함 뒷면에는 네 개의 빈 동그라미와 두 개의 빈 이파리 그림으로 그룹 모태기업임을 상징해 놓았다. 빈 동그라미가 채워지는 순서대로 ●D&D ●●C&C ●●●B&B는 각각 배움, 세움, 일움이 만 20세가 되는 2008년, 2011년, 2015년을 상징하고, ●●●●O&O는 내가 만 60세 환갑이 되는 해인 2020년을 상징한다. 그렇게 꿈을 창업하면서 두 이파리가 파랗게 되어 각 기업의 대표가 된다. 이렇게 각자 꿈과 행동계획을 세워놓은 뒤, 재미 삼아 다 함께 미리 명함을 제작했다.

스펜서 존슨(1938~2017)은 심리학을 전공했고, 의학박사 학위를 받고 수련의 과정을 마친 의사로서 유명한 스토리텔러이자 영향력 있는 작가이며 컨설턴트였다. 『누가 내 치즈를 옮겼을까』로 선택과 변화의 순간에 성공을 끌어당기는 지혜를 우화로 말했다. 배세일움 패밀리가 미국생활 2년을 마치고 온 2003년에 그가 쓴 『The Present』라는 책을 선물받았다. 영어로 된 원서와 번역서를 사서 배움, 세움과 함께 읽고 배세일움 행동철학으로 채택하였다. 엑기스를 발췌하여 명함 뒷면에 '현재, 과거, 미래'의 시간을 살아가는 배세일움 패밀리의 행동강령으로 새겨 넣었다.

| 일움

Be In The Present   현재 속에서 살기

Focus On What Is Right Now
바로 지금에 집중하라
Use Your Purpose To Respond To What Is Right Now
너의 소명이 현재 속에서 생동하게 하라

| 배움

Learn From The Past   과거에서 배우기

Look At What Happened In The Past
과거에 어떤 일이 일어났는지 돌아보라
Learn Something Valuable From It
과거에서 소중한 교훈을 배워라
Do Things Differently In The Present

배세일움 사용서

바로 지금 다르게 행동하라

| 세움

Plan For The Future   미래를 계획하기

See What A Wonderful Future Would Look Like
놀라운 미래의 모습을 그려라
Make Plans To Help It Happen
그것이 이루어지도록 계획하라
Put Your Plan Into Action In The Present
계획을 지금 이 순간 행동으로 옮겨라

2007년 제작된 명함 배세일움D&D의 대표는 서울시립대학교 도시공학과 1학년 문배움이다. 중앙유치원, 길선교유치원, 상동초등학교, 일신초등학교, 부평동중학교, 미국 오리건주 유진시 제퍼슨중학교, 루스벨트중학교, 사우스유진고등학교, 삼산고등학교에서 초중고 과정을 이수했다. 도시공학을 공부하고 세계 도시를 디자인하는 디벨로퍼가 되겠다는 꿈을 '배세일움D&D Baesaeilum Design & Development'라고 명명하였다. 배움의 특기는 공부다.

도시공학도로서 1년간 기초 공부를 마친 배움은 그해 겨울방학에 영국으로 가서 런던대학 계절 학기를 수료한다. 대학 2학년을 마치고는 2009년 1월, 제21보병사단 백두산부대의 포병이 된다. 백두산부대는 동경 128°02′02″, 북위 38°03′37″ 국

토정중앙지점이 있는 강원도 양구군이 작전지역이다. 병장으로 제대하고, 2011년 봄 3학년에 복학하여 일본 교토에서 설계 프로젝트를 진행한다. 2012년 봄엔 미국 5대호에 연접한 미시간주의 최대도시 디트로이트에 있는 웨인주립대에서 교환학생으로 한 학기를 공부한다. 런던올림픽이 열린 2012년 여름에는 영국 캠브리지대학에서 공부하며 프랑스, 이태리, 스페인 등 유럽 여기저기를 기웃거리며 논다. 한 학기를 휴학하고 선진엔지니어링에서 네 달 알바를 해 돈을 모은다. 그 돈으로 2012년 12월 3일부터 2013년 1월 30일까지 홀로 페루, 볼리비아, 칠레, 아르헨티나, 브라질을 여행하고 돌아온다. 2013년 늦봄에 졸업작품전시회를 완성하고 7년 만에 드디어 서울시립대학교를 졸업했다. 그 사이 배움의 D&D는 Democracy & Diplomacy, 즉 민주·외교로 바뀌었다. 배움은 2014년에 연세대학교 국제대학원에 입학하고, 이듬해 휴학했다.

우리 나이 스물일곱 살, 그때서야 배움은 대한민국 외교관이라는 새로운 무대를 세우고, 외교관 후보자 선발시험공부를 시작했다. 나는 진안군 주천면 구봉산 넷째 봉우리 꼭짓점에서 배움의 머리에 손을 얹고 '될 때까지 하라, 반드시 된다!'는 비결을 전수하며, 축도를 했다. 2015년엔 제2외국어에 걸려서 1차 시험장에 들어가지도 못했다. 2016년엔 2차 시험에서 평균 2점이 부족했다. 2017년엔 1차 시험에서 탈락했다. 2018년엔 2차 시험

배세일움 사용서

에서 합격선을 넘고도 1과목 과락으로 통과하지 못했다. 2019
년! 외교관시험을 통과했다.(배세일움 후기에서 수정) 그리고 심통부부
와 약속한 대로 심통부부 결혼기념일 다음날인 11월 16일, 12년
간 연애시절을 함께한 여자와 결혼을 눈앞에 두고 있다.

내가 서울시 산업경제정책관으로 일하던 2013년에『강한 시민
사회 강한 민주주의』라는 책의 저자 벤자민 바버가 서울시청을
방문했다. "나는 세상을 강자와 약자, 성공과 실패로 나누지 않
는다. 나는 세상을 배우는 자와 배우지 않는 자로 나눈다." 나를
바꾸는 심리학의 지혜『프레임』을 지은 저자 최인철 교수가 소개
하기도 한, 미국의 시민사회운동가이며 학자인 그가 한 말이다.
배움은 이름 그대로 배우는 자다. 인간의 지혜라는 것은 한계를
인정하는 것이다. 한계를 인정하는 자는 겸손하다. 한계를 인정
하며 배우는 자세라야 강자와 약자, 성공과 실패로 세상을 구분
짓지 않고 좋은 세상을 이끄는 좋은 리더가 될 것이다. 배우는
자, 배움은 좋은 대한민국의 좋은 외교관이 될 것이다.

과거로부터 배워라, 겸손하게 배워라, 메멘토모리이다.
- 배움 -

배세일움
C&C

문세움 명함

2007년에 제작된 명함 배세일움 C&C 대표는 부평고등학교 1학년 문세움이다. C&C는 Chemical & Creation, '화학과 창조'라는 의미의 영어 조합이다. 2011년이 되면 세움은 만20세의 대학생이 될 것이고, 이때에 파랗게 잎이 피어날 명함은 세움의 아이덴티티를 나타낼 것이다. 세움의 꿈과 행동계획을 C&C로 표출한 것은 우연과 즉흥의 산물이다. 세움을 존중해 주는 화학 선생님을 존경한다는 세움의 말을 듣고, 화학이라는 영어 단어를 쓰고 이어 생명과학을 연상시키는 창조라는 영어 단어를 앤드(&)로 연결했던 거다. 그랬는데 그 명함처럼 세움은 C&C를 세웠다.

세움은 대부분 배움의 뒤를 따라서 길선교유치원, 열림유치원, 일신초등학교, 미국 오리건주 유진시 웨스트모어랜드초등학교, 해리스초등학교, 부평동중학교, 부평고등학교에서 초중고 과정을 이수했다. 형 배움과는 3년 차라서 일신초등학교 빼고는 중·고교 각 3년이 겹치지는 않았지만, 공부가 특기인 형 덕분에 심신이 평안하지 않기도 했다. 게다가 4~5년 차로 초중고 과정을 뒤따라오는 동생 일움은 엄마의 일상을 꼭 붙잡고 공부하였기 때문에, 세움의 공부는 자기주도 학습이어야 했다. 세움은 재수도 않고 삼수도 하지 않고 내신 성적과도 상관없이 대학을 갔다. 단 한방에 서울의 한양대학교 전기·생체공학부에 들어갔다.

세움의 특기는 친화력이다. 웨스트모어랜드초등학교를 갔던 첫날에 흑인 친구 리케를 집에 데리고 와서 영어 짧은 나를 당황시켰다. 해리스초등학교 친구들인 파이어워커, 그레이, 클레이와 어울려 저지른 불장난에 출동한 미국경찰은 아내와 영어로 말싸움을 해야만 했다. 세움의 주변에는 삶의 동료들, 친구들이 많다. 세움은 친구·동료들의 구심점과 활력소의 역할을 잘한다. 친화력의 근원은 배려하는 마음이지만, 이걸 확장시키는 건 세움의 행동력과 언어력이다. 세움은 미국생활 2년으로 달군 토익 점수로 외국어특기전형 조건을 갖추고, 자소서에 배세일움C&C의 꿈과 행동계획을 담아서, 수시면접을 패스했다. 하나님의 은혜요, 기적이었다.

전기·생체공학부는 전기공학전공과 생체공학전공이 있는데 세움은 생체공학전공이다. 'Creation 창조'가 뜻하는 바는 생체공학을 바탕으로 사업을 일으켜서 많은 사람들이 일할 수 있는 좋은 일자리를 창조하라는 소명으로, 세움은 생각한다. 생체공학(bionics)은 인공의 기계보다 뛰어난 기능을 갖는 생체의 기능을 공학적으로 실현화하여 활용하는 것을 목적으로 하는 기술이요 학문이다. 생체공학은 생명현상처럼 여러 분야와 융·복합하며 응용되고 진화하고 변신한다.

2010년 초, 대학생이 되기 전에, 세움은 두 달 동안 외국계 칼리온은행에서 무급 인턴을 한다. 한양대 전기·생체공학부 1학년이 된 후엔 고등학교 시절 덜 자랐던 내신 성적을 키우고도 넘칠 만큼 공부를 한다. 그해 여름 보아스 건설에서 한 달 일한 돈으로 홍콩과 마카오에서 놀고 온다. 휴학하고 2011년 4월 논산훈련소에 훈련병으로 입대하여 강원도 고성군에 있는 제22보병사단 율곡부대의 현역병이 된다. 고요한 강물은 언뜻 보아 멈춘 듯 잔잔하지만 여전히 흐르고 가야할 길을 간다. 사단 부관참모부 인사과에서 근무한 세움은 2013년 초, 병장으로 제대하고 예비역이 된다. 2014년도 3학년, 동서양의 접점 터키 이스탄불에 있는 카디르하스대학교 전기전자공학과 교환학생이 된다. 터키, 불가리아, 헝가리, 체코, 오스트리아 등 동유럽을 거쳐 영국, 이태리, 스페인 등등 유럽 여기저기 기웃거리며 놀아보고 2015년 3월에 돌아온다. 그해에는 '노는 김에 더 놀자' 휴학하고 9월까지 까르페디엠 까페 경영수업을 한다. 일할 곳을 탐색하다가 LG이노텍 상상인턴이 된다. 2016년 4학년, 졸업학점을 완성하느라 애쓰면서도 네팔 안나푸르나봉 베이스캠프까지 친구와 함께 걷고 온다. 졸업을 했다. 2017년, 대학원은 생각 속에 절여두고, LG이노텍 광학솔루션마케팅팀에 취업했다.

남평 문씨 대종보에 따르면 남평 문씨 시조는 다성(多省)이며, 남평 문씨 1세인 중시조는 익(翼)이다. 배세일움은 남평 문씨 34세이다. 남평문씨 12세 익점(益漸, 1329~1398)은 22대조 할아버지이시다. 할아버지는 고려시대 말엽에 외교관으로 중국에서 목화씨를 가져와 재배하고, 목화에서 실을 뽑고 베를 짜는 기술을 배우고 익히고 발전시켜 나라 전체에 목면 재배와 면직물이 널리 보급되게 하셨다. 삼베에서 무명으로 '제2의 피부, 옷감'을 바꿔 백성의 삶을 따뜻하게 이루었다. 조선시대 면포는 화폐 기능까지 하며 산업혁신까지 일으켰다.

익점 할아버지는 고려 말엽 문신이요 유학자다. 자(字)는 일신(日新)이다. 호(號)는 삼우당(三憂堂)이다. 시호(諡號)는 충선공(忠宣公)이다. 자(字)는 윗사람이 본인의 기호나 덕을 고려하여 성인이 되었을 때 붙여주는 이름이다. 호(號)는 대부분 거처하는 곳이나 자신이 지향하는 뜻, 좋아하는 물건을 대상으로 자신이 지은 이름이다.

시호(諡號)는 죽은 뒤 그의 행적을 따라 국왕으로부터 받은 이름이다. 남평문씨 12세 익점 할아버지는, 남평 문씨 34세 배세일움과 이름과 관련하여 여기저기 연관성을 암시하신다.

익점의 자(字) 일신(日新)은 '날마다 새로운 배움을 통해 나를 성장시키자'는 뜻을 담았다. 중국 은나라 시조인 성탕(成湯) 임금의 반명(盤銘)에 새겨져 있는 글귀 '구일신(苟日新) 일일신(日日新) 우일신(又日新)'에서 비롯되었다. 반명이란 대야에 새겨 놓고 좌우명으로 삼은 문장을 말한다. 배세일움 세 사람은 모두 일신(日新)초등학교를 졸업한 동문이다. 배세일움은 삼형제인데, 익점의 호(號)는 삼우당(三憂堂)이다. 이것은 고려말엽 전환시대를 사는 지식인으로서 3가지 근심 첫째, 나라의 운수가 부진한 근심을 뜻한다. 둘째, 성리학의 발달이 부진한 근심. 셋째, 자신의 학문이 부진한 근심. 삼우(三憂)를 자신의 무명 의복처럼 입고 살았다. 조선 세조 임금은 백성을 부유하게 만들었다는 뜻에서 '부민후(富民候)'로 추봉하는 한편 '충선공(忠宣公)'의 시호를 내렸다. 삼우당처럼 배세일움하여 많은 사람을 부유하게 하자. 세움이 세울 것이다.

미래를 계획하라, 정의롭게 세워라, 아모르파티이다.

- 세움 -

배세일움 사용서

배세일움
B&B

문일움 명함

배세일움B&B 명함이 제작된 2007년, 미국『뉴욕타임스』는 '한국 비보이들이 유럽과 아시아에 일고 있는 새로운 브레이크댄스 물결의 선두 주자'라며, 한국의 '비보이 열풍' 현상을 실었다. 문일움은 일신초등학교 4학년이었다. 만 20세가 되는 2015년에는 브레이크댄싱보이 대표가 되고 싶다 했다. 몸치에 가깝지만 치열한 연습쟁이 비보이 문일움이다. 브레이크댄스는 1970년대 초반 미국 뉴욕에서 발생한 춤이다. 일움의 춤추는 노력은 치열하다. 댄스머신이라고 자칭하는 일움의 특기는 끈기이다.

생물학의 기초를 공부해 보면 거의 모든 생물의 기능적, 구조적 기본단위는 세포(cell)임을 알 수 있다. 사람은 어른의 경우 세포의 수가 약 60조 개나 된다. 동물세포에는 핵, 세포막, 세포질, 미토콘드리아가 있다. 이 중 핵은 세포의 생명 활동을 조절하는 부분으로 대부분 둥근 모양이며, 유전물질(DNA : Deoxyribose Nucleic Acid 디옥시리보오스를 가지고 있는 핵산)을 포함하고 있다. 세포핵 속에는 핵액과 핵소체, 염색사가 들어있다. 염색사가 핵분열을 시작하면 특수한 모양과 일정한 추의 염색체가 되고, 광학현미경으로 똑똑히 관찰할 수 있는 상태가 된다. 세포 내의 물질은 대체로 무색이므로 광학현미경으로 관찰할 수 있도록 염색액을 쓰는데, 잘 염색되는 부분이라고 해서 붙여진 용어가 염색체다. 여기에 유전물질이 있다. 보통 사람의 세포핵 하나에는 23쌍 46개의 염색체가 있다. 22쌍, 즉 1~22번 염색체는 상염색체라 한다. 23번째 쌍은 성별을 결정하는 성염색체이다. 21번 염색체를 눈여겨보라.

이미 오래전부터 존재했던 장애이나 공식적으로는 1866년 영국 의사 존 랭던 다운(J.Down)에 의해 처음으로 언급된 장애. 영국 의사 다운의 이름을 따서 '다운증후군'이라 부르는 염색체 이상 증후군은 특징적인 얼굴에 손과 발, 신체결손, 지적장애를 일컫는다. 1959년 유전학 연구자 제롬 리제니가 다운증후군 환자는 21번 염색체가 1개 더 존재함을 발견한다. 다운증후군을 보이는 사람은 염색체가 23쌍 47개라는 거다. 그러니까 21번 염색체는 쌍을 이루지 못하고 3개인 것인데, 이런 상태를 '21번 세염색체증(3염색체증)'이라고 한다. 수태 전에 정자나 난자의 감수분열 이상으로 생긴다. 이러한 일은 우연히 일어나는데, 왜 그렇게 되는지는 아직까지 알려지지 않았다. 다운증후군 유병률은 750명 중의 1명 정도이다.

21번 3염색체증. 숫자 1, 2, 3이 다 들어있다. 세 아이 다 자연분만했다. 배움 3.75kg. 세움 3.25kg. 셋째 아이 일움은 예정일을 넘기더니 출산 몸무게가 4.20kg이었다. 세 아이 중 최고기록을 세웠다. 몸은 까맣고 얼굴은 파랬다. 아내를 작은 산부인과 병실에 두고, 나는 아이를 안고 구급차를 탔다. 셋째는 부천 세종병원 인큐베이터 속에서 나에게 텔레파시로 말했다. "아빠, 세종대왕 아시지요? 저의 이름도 한글이겠군요. 저는 다운(down)이라는 영어 별명이 있어요. 유전자검사를 해보면 다 알아요. 심실중격결손(VSD)으로 심장이 불완전해요. 새끼손가락, 엄지발가락은 짧아요. 혀는 길고요. 입안은 좁아요. 코는 낮아요. 얼굴은 예쁘지요? 근육이 약해요. 말은 늦게 할 거예요. 행복한 하나님 선물이 되려고 해요." 인큐베이터에서 교보문고로 튀어갔다. 공부했다. 셋째의 언어를 깨우쳤다. 1995년생 일움은 선물이다.

몸을 추스른 아내와 정신을 차린 나는 하나님의 선물에 눈물로 감사를 드렸다. 내 여동생 넷과 막내 남동생에게, 시골에 계신 아버지 어머니께, 장인어른 장모님 처제 처남에게, 가까운 친지들에게 이 선물을 공식적으로 알렸다. 지인과 직장동료들, 아파트 이웃들에게도 선물을 공지했다. 아내와 나의 '부끄럽게 주눅든 실체'를 긍정과 초긍정으로 공개하고 공유했다. 일움은 세 살이 넘어서야 일어서서 걸었다. '막내의 일어서 걸음'은 그 부모에게 아름찬 인생철학과 가치관을 새롭게 정립해 주었다. 3살 무렵 드디어 말문도 트였다. 엄마가 애타게 함께 공부했는데 아빠라고 먼저 말했다. 엄마는 기뻐서 울었다. 97년도인가 3살 때인가 세종병원에서 심장수술을 했다. 5살 때인가 99년도인가 경희대병원에서 혀와 코를 고치는 수술을 했다. 아내는 인천에 있는 노틀담복지관에 이어 서울에 있는 남부장애인복지관 언어치료교실을 극성스럽게 데리고 다녔다. 배우고 세우고 이루며 일움은 일어섰다. 나는 사회복지법인 다운복지회가 서울 노원구에 다운복지관을 건립하는 데 조금이나마 애를 썼다.

일움의 언어구사력은 좁은 구강 때문에 불분명하긴 해도 중얼중얼 진화하는 중이었다. 그런 참에 2001년 6월, 영어가 모국어인 나라 미국으로 온 가족이 함께, 2년 동안 놀며 공부하러 갔다. 샌프란시스코 공항 입국심사에서 일움이 들은 첫 영어는 "베이비 비자 노 비자"였다. 아내의 여권에 동반여권으로 일움의 여권을 만들었는데 여행사가 일움의 비자를 깜빡한 거다. 출입국관리소에 붙들려 간 우리 가족은 내가 만든 일움의 담백한 영어, "I love my family, I like America, I believe you." 덕분에 현장

에서 비자를 받아 미국에 입국했다. 원더풀, 미러클이었다. 일움
은 파커초등학교 특수반에서 영어로 소통하며 공부했다. 일움
은 미국 생활을 지금도 즐겁게 기억한다. '돈워리 비해피'. 일움
은 행복하다.

일움은 아홉 살에 형 둘이 졸업한 초등학교에 입학한다. 그래
서 22대조 할아버지 익점의 자(字) 일신(日新)과 똑같은 일신초등학
교 동문이 된다. 진산중학교, 영선고등학교를 졸업하고 〈까르페
디엠 배세일움〉 까페를 2013년 12월에 창업한다. 까페 동업자인
엄마에게 가게 경영을 일임하고, 일움은 부평장애인종합복지관
송암작업장에 취업한다. 일해서 버는 월급 10만 원, 나라에서 주
는 장애인연금, 아빠가 주는 월 30만 원 생존비가 고정수입이다.
일움은 엘림교회 성찬예전에서 빵을 봉헌하는 예배위원이다. 일
움은 빛나는 샤이니 춤꾼이다. 일움은 춤추고 빨래 개는 끈질긴
달인이다.

현재를 살아라, 끈질기게 이루어라, 까르페디엠이다.
- 일움 -

배세일움
O&O

문홍선 명함

2007년에 제작한 명함 배세일움O&O 대표는 서울시청 주택정책과장 문홍선이다. 배세일움 아버지다. 1960년생 베이비부머 공무원이다. 명함에 명백하게 기록된 발효시기 2020년이면 환갑으로 정년퇴직이다. 인생이모작을 시작할 것이고 '여러분의 기쁨이 저의 기쁨' 여기저기 연구소를 세울 것이다. O&O는 Olds & Odds이다. 올즈는 시니어들이다. 오즈는 가능성이다. 1939년에 빅터 플레밍이 감독한 뮤지컬 영화 〈오즈의 마법사〉를 열 번 넘게 보았다. 영화의 주제는 '집만큼 좋은 곳이 없다'이다. 시나리오 작가가 주택정책과장인 줄 알았다. 아니었다. 원작소설을 쓴 이는 프랭크 바움이다. 2007년도에 작명한 배세일움O&O는 2020년부터 신기한 오즈(Oz) 나라에 사는 신나는 올즈의 꿈과 행동계획이다. 영어 '오즈 (odds)'의 본래 의미는 역경, 가능성, 배당률, 유리한 조건(약한 편에 주어지는), 스포츠 핸디캡이다.

2001년 즈음엔 비디오테이프를 사거나 빌려서 영화를 보았다. 2001년 가을, 미국에 유학 온 배세일움 패밀리는 영어공부를 핑계로 오즈의 마법사를 수차례 다시 돌려 보았다. 영화에서 주인공 도로시 역을 맡은 이는 주디 갤런드다. 그녀가 부른 영화 주제곡 '무지개 넘어 Over The Rainbow'를 넘어서 등장인물 다섯을 살펴본다. '도로시', 무지개 너머의 어딘가를 꿈꾸는 소녀. 회오리에 말려 이상한 나라에 가게 되고 허수아비, 양철나무꾼, 겁쟁이 사자를 통해 지혜와 사랑, 용기를 배운다. 허수아비, 노란 벽돌길 한쪽에 서있던 존재. 짚으로 만들어진 몸은 약하지만 따뜻한 마음을 지녔다. 똑똑한 뇌를 갖고 싶어서 도로시를 따라 오즈를 만나러 간다. 양철나무꾼, 온몸이 양철로 된 인간. 나무를 베다가 비가 오는 바람에 녹이 슬어버렸고, 지나가던 도로시와 허수아비가 발견해 기름칠을 해줘 움직이게 된다. 텅 빈 양철 몸 안에 따뜻한 심장을 넣고 싶어 도로시를 따라간다. 겁쟁이 사자, 도로시와 허수아비, 양철나무꾼을 공격하지만, 곧 사자답지 않게 겁이 많다는 사실이 들통난다. 용기를 얻고 싶어 도로시를 따라나선다. 오즈/마블 교수, 위대한 마법사인 척하지만 실상 열기구를 타고 마법의 나라에 잘못 들어온 인간. 특수효과와 영사기를 사용해 정체를 속여오다 도로시에게 들킨다.

나는 이 영화를 수차례 다시 보면서 주인공 도로시는 나의 아내이며 배세일움의 어미인 서성례, 허수아비는 배움, 양철나무꾼은 세움, 사자는 일움, 오즈/마블교수는 나라고 상상했었다. 그래서 2007년도에 배세일움O&O란 이름을 지었다. 상상력은 더 커졌다. 2019년 지금 다시 보아도 영화의 캐릭터와 배세일움 패밀리 멤버가 닮은 걸 확실하게 실감한다.

나는 1960년생 베이비부머다. 베이비부머(baby boomer)는 베이비 붐 세대를 말하는 미국의 용어다. 미국에서는 2차 대전이 끝난 46년 이후 65년 사이에 출생한 사람들이다. 전쟁 기간 동안 떨어져 있던 부부들이 전쟁이 끝나자 다시 만나고 미뤄졌던 결혼도 한꺼번에 이뤄진 덕분에 생겨난 이들이 베이비붐 세대다. 한국은 6.25전쟁 이후인 1955년부터 산아제한이 시작되기 전인 1963년 사이에 출생한 약 712만여 명을 베이비부머라고 한다. 한국의 베이비부머는 2015년부터 환갑을 넘기 시작하여 2023년이면 전부 시니어로 진화된다. 인생이모작을 경영할 때가 왔다. 무엇을 해야 할까. 2007년 명함을 만들 때, 생각 끝에 맺힌 열매가 올즈앤오즈O&O였다.

서울시인재개발원 계단에 독일의 철학자 니체의 말을 써 붙여

놓은 기억이 있다. '배움의 목적은 앎이 아니라 행동이다.' '제자가 제자로만 계속 남는다면 스승에 대한 고약한 보답이다.' 행동으로 진화하고 성장하자. 배세일움O&O는 서울 강서구 아름다운 어딘가 둥지를 틀어 〈여기저기연구소〉를 세우고 '여기저기의 4서3경'이라 할 수 있는 도서 7권을 출간하려고 한다. 이 책 『배세일움, 사용(使用)서』는 4서3경의 첫 번째 도서이다. 항상 시작이 반이다.

1서 배세일움, 사용(使用)서
: 배세일움 하객들께 들려주는 에피소드와 이야기

2서 심통심통, 적용(適用)서
: 마음이 아파야 마음이 통하는 심통 논리와 적용

3서 서울강서, 활용(活用)서
: 서울강서구를 살리는 아름답고 실한 전략과 비전

4서 집사광익, 중용(重用)서
: 지혜를 모아 널리 이롭게 하는 인재 개발과 육성

1경 원애재(元愛齋)
: 제원(濟元)과 영애(永愛)가 주인공 되는 소설

2경 인애당(隣愛堂)
: 문가네 여섯 포도송이들의 노래를 담고 엮은 시집

3경 선례원(善禮園)
: 홍선(洪善)과 성례(成禮)가 담담하게 쓴 수필

이탈리아에 있는 토리노 대학교의 연구원들이 영화의 성공을 측정하는 특정한 알고리즘을 개발하여 47,000편의 영화를 대상으로 연구를 진행했다고 한다. 이들의 연구는 한 영화가 얼마만큼 다른 영화에 영향을 미쳤고, 다른 영화나 영화사, 연예매체에서 많이 거론되었는지를 기준으로 삼았다. 결과는 영화 〈오즈의 마법사〉가 1위로 선정되었다. 마법사 오즈는 특수효과와 영사기를 활용하는 영화를 상징적으로 표현하는 이야기꾼이다. 인간은 사실과 숫자, 방정식보다는 이야기 안에서 생각한다. 이야기는 단순할수록 좋다. 모든 사람은 자기 나름의 이야기와 신화가 있다. 이야기를 흥미롭게 펼쳐놓으면 나름 좋은 영향력을 발휘한다. 배세일움O&O가 먼저 하는 일이, 우리들 이야기를 여러 가지 방식으로 재밌고 유익하게 편집하는 거다. 〈여기저기연구소〉가 해야 하는 일은 좋은 이야기를 공유하고 확산하는 것이다.

　　'집만큼 좋은 것이 없다'면서 광주요도자연구소의 김현 선생은 배세일움의 집을 도자 작품으로 구워서 세 채를 만들어주셨다. 집의 이름은 '메멘토모리 배세일움' '아모르파티 배세일움' '까르페디엠 배세일움'이다. 이 세 채의 집은 한 손바닥에 열린 엄지, 검지, 중지, 약지, 소지 다섯 손가락처럼 다섯으로 구성된 배세일움 패밀리의 개똥철학을 멋지게 표현해 주고 있다.

내 할 일을
다하자

멀리서 보면 거대한 바위덩어리가 마주 보고 서있는 것 같다. 가까이 가보면 수많은 자갈과 모래가 얽히고설킨 역암덩어리로 부실한 콘크리트처럼 보인다. 각 높이 680미터, 686미터인 두 개의 봉우리는 솟구쳐 오른 말 귀처럼 쫑긋하다. 남한의 지붕,

전북 진안고원에 있는 산이다. 신라 때는 서다산(西多山), 고려시대엔 용출산(龍出山), 조선시대부터 마이산(馬耳山)으로 불리기 시작했다. 풍수지리적으로는 S자형의 산태극과 수태극의 한가운데에 있어 영험한 곳이다. 마이산을 중심으로 북쪽으로는 운장산, 대둔산, 계룡산으로, 남쪽으로는 팔공산과 지리산으로, 서쪽으로는 만덕산과 모악산으로, 동쪽으로는 덕유산과 민주지산으로 이어지는 산맥들이 십자형으로 산태극을 이룬다. 암마이봉과 숫마이봉 사이의 천황문을 분수령으로 하늘에서 떨어지는 빗줄기가 북쪽으로는 금강, 남쪽으로는 섬진강을 만들어 수태극을 이룬다.

마이산에서 북쪽으로 가면 진안고원에서 제일 높은 1,126미터 높이의 운장산이 있다. 운장산 북쪽 사면은 금강의 지류인 주자천(朱子川)의 집수역이 된다. 주자천 계곡은 좁고 깊으며, 물은 맑고 기암괴석이 어우러져 시원하다. 여름철 관광지 운일암반일암(雲日巖半日巖)이 있고 명도봉(明道峰,863M), 명덕봉(明德峰,846M)으로 명명한 큰 봉우리가 주자천에 근접하여 서있다. 명도봉 서쪽 계곡은 고려 말엽 유학자 일곱 명이 은거했다는 칠은동(七隱洞) 계곡이다. 주자, 명도, 명덕, 칠은 등등 온통 유학의 이름이 산천에 새겨져 있다. 유학의 세계, 진안군 주천면이다. 거기에 주천초등학교와 주천중학교가 2019년인 지금도 현존하고 있다. 1919년 설립된 주천초등학교. 1970년 설립된 주천중학교. 여기 졸업생이 나다. 모든 학교에는 졸업하고 나서야 곰곰 생각해 보는 나름대

배세일움 사용서

로의 교훈과 교가가 있다. 기해년 올해 2019년은 주천초등학교 100주년이다. 주천중학교와 마찬가지로 학생이 매우 적어서 앞으로 10년을 장담하기 어려운 형편이다. 덕분에 교훈과 교가의 기억은 새록새록 밝아진다.

'큰 꿈을 안고 성실하게(誠), 슬기롭게(智), 튼튼하게(體)' 주천초등학교 교훈이다. 교가의 가사는 마을의 산천과 전통을 녹여 펼쳤다. "뫼와 물 아름다운 진안의 주천, 도덕봉 서린 정기 우리의 기상, 새롭고 슬기로운 진리와 기능, 익혀서 갈고 닦아 가슴에 안고, 한 물이 온 세상을 밝힘과 같이, 빛내자. 그 이름 주천초등교." 졸업생은 3,300여 명. 난 제52회 졸업생이다.

'내 할 일을 다하자.' 주천중학교 교훈이다. 주천초등학교 교가에서는 명도봉과 명덕봉을 도덕봉으로 합쳐 일컬었는데, 중학교 교가에서는 명도봉이 우뚝 솟아 내려다본다. "운장산 푸른 줄기 뻗어나려서, 명도봉 우뚝 솟아 내려다보는, 천년의 와룡암(臥龍庵)을 앞뜰에 두고, 이 나라 새 역군 모두 모인 곳, 넓은 들 한 모퉁이 아늑한 우리 학원, 새 꽃송이 피어나는 맑은 아침에, 꿋꿋이 자라거라 주천중학교." 1953년 주천고등공민학교 때부터 졸업생은 3,600여 명. 난 주천중학교 제3회 졸업생. 재학생 350여 명의 직접투표로 뽑힌 학생회장.

칠은동 계곡에 은거했다는 고려의 유학자 일곱 중 한 사람이, 고려와 성리학과 자신의 학문을 근심하며 산 삼우당(三憂堂)이 아닐까 하는 생각을 하기도 했다. 허나 기록을 아무리 살펴봐도 칠은동에는 안 오셨다. 우리 동네, 주천면 소재지인 주양리 괴정마을은 광산 김씨 집성촌이다. 남평 문씨는 우리 집, 딱 하나다. 외톨이 집인 탓에 남평 문씨 12세 삼우당 선생이 칠은동에 은거했을지도 모른다는 상상을 한 거다. 실제는 남평 문씨 31세 규현(圭鉉), 나의 할아버지께서 할머니(정구주)와 함께 1909년 경술국치 이후 1919년 3.1운동 전에 이주해 온 것이다. 할아버지 할머니 두 분 다 1892년생으로 경남 합천군 가야면과 야로면이 출생지이며, 1907년 혼인신고지가 '경남 합천군 가야면 가천리 74번지'인데, 1918년생 큰아버지(문한철) 출생신고지는 주천면인 것이 추론의 근거였다. 아버지(문제원)는 1928년생이시다. 할아버지는 아버지가 12살이던 1939년에 사망하셨다. 나는 할머니가 돌아가신 해, 1960년에 진안군 주천면에서 태어나 그곳에서 유년기와 소년기를 보냈다. '큰 꿈을 안고 성실하게, 슬기롭게, 튼튼하게, 내 할 일을 다 하자!' 주천초등학교와 주천중학교의 교훈을 새기며 성장했다. 예나 지금이나 주천은 변함없이 내 고향이다. 1966년도에 큰아버지 식구가 경남 거창군으로 이사 간 후 남평 문씨는 우리 동네에서 달랑 우리 집 하나만 남게 되었다.

1900년 9월 9일에 미국의 남장로교 W.D.레이놀즈 선교사가 전주시에 설립한 학교가 신흥학교다. 교훈은 지인용(智仁勇), 진리를 탐구하고 사랑을 실천하고 정의를 실현한다. 난 전주신흥고등학교 79회 졸업생. 교가는 행진곡처럼 주먹을 쥐고 흔들면서 불렀다. "완산 정기 모아드는 수려한 곳은, 옛부터 문명한 희현당 정기로다, 백운 간에 솟아있는 층층한 집은, 지인용을 배양하는 신흥학교다, 만세 만세 만만세 신흥학교 만만세, 지인용을 삼덕으로 신흥할지니, 학도들아 용감력을 분발하여서, 한 목소리 한 발자국 나아갑시다." 교가는 4절까지 있는데 후렴구 부분은 독립군들이 부른 용진가와 가사도 비슷하고 곡조도 닮았다. 신흥학교 교가가 용진가보다 먼저 있었다고들 말한다. 나는 1절만 자주 불러서 1절만 기억한다.

나는 배세일움 패밀리의 별칭으로는 '다섯 손가락'이 제격이라고 생각한다. 다섯 손가락의 의미를 추렴해 본다. 엄지는 굵고 힘이 세다. 권력을 나타낸다. 누군가 일을 멋지게 해냈을 때 웃으며 이 손가락을 치켜든다. 엄지척! 검지는 지식을 나타낸다. 잘 모르는 것을 대답해 줄 때에도, 무엇인가를 가리킬 때도 이 손가락을 쓴다. 중지는 능력을 나타낸다. 다섯 손가락 중 가장 길고 위치상으로도 손의 중간에 있다. 약지는 변함없는 관계를 나타낸다. 결혼, 약혼반지를 이 손가락에 많이들 끼고 다닌다. 소지(小指), 새끼손가락은 여림과 사랑스러움을 나타낸다. 이성친구나 애인을 지칭할 때 사용되기도 한다. 어머니가 약을 저을 때 이 손가락을 쓰신다.

심통심통 부부는 배세일움 패밀리의 엄지와 검지다. 앞뒤의 심통이 나인지 아내인지는 때와 장소에 따라 다르듯이 엄지와 검지가 나인지 아내인지도 때와 역할에 따라 다르다. 엄지의 '엄'은 '어미'와 어원이 같듯이 아내는 엄지 역할을 주로 한다. 검지 역할이 주로 내 몫이다. 심통심통 엄지검지 부부는 중지 배움, 약지 세움, 소지 일움, 세 손가락 배세일움이 제 할 일을 다 하도록, 하나님 앞에서 기도로 후원하고 온몸과 맘으로 지원한다. 근심할 우(憂) 앞에 사람 인(人)을 두면, 뛰어나고 우수할 우(優)가 된다. 배움과 세움과 일움이 배세일움으로 연합하면 삼우당(三優堂)이라 할 만하다.

'누가 해도 할 일이면 내가 하고, 언제 해도 할 일이면 지금하고, 이왕 할 일이면 최선을 다한다.' 메멘토모리, 아모르파티, 까르페디엠, 배세일움 삼우당(三優堂)이여, 내 할 일을 다하자.

배세일움 사용서

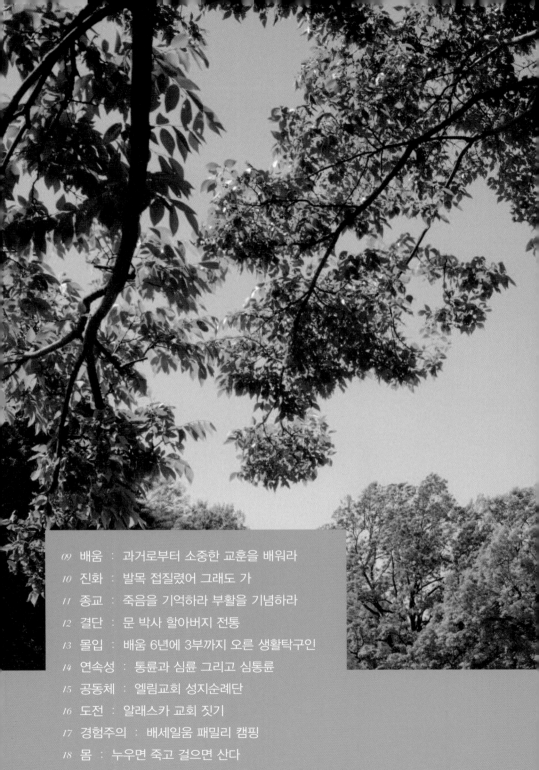

火^(화)

Memento Mori Baeum

메멘토모리ᄂ 배움

과거로부터
소중한 교훈을 배워라

2003년에 스펜서 존슨(1938~2017)은 "The present is a present."라며 배세일움에게 『선물』이란 책을 주었다. 존슨은 배움에게 "과거로부터 소중한 교훈을 배우라"고 말했다.

노인은 젊은이를 따뜻하게 맞이했다.

"자넬 기다리고 있었네."

젊은이가 먼저 말을 꺼냈다.

"현재 속에서 살면 무엇을 하건 행복하고 성공할 거라고 하셨죠? 저는 현재에 살기 위해 애를 썼고, 실제로 좋은 결과가 나타나는 것 같았습니다. 하지만 그것만으로는 충분하지 않은 것 같아요."

"무슨 말인지 이해하네. 현재를 완전히 껴안으려면, 단순히 현재 속에 사는 것보다 더 많은 것을 해야 하지. 하지만 나는 자네 스스로 그 사실을 발견할 때까지 기다린 걸세. 아마 이 말이 도움이 될 걸세."

> 과거에서 배움을 얻지 못하면
> 과거를 보내기는 쉽지 않다

> 배움을 얻고 과거를 보내는 순간
> 우리의 현재는 더 나아진다

"언제 현재에 있어야 하고, 언제 과거에서 배워야 하나요?"
"좋은 질문이군. 아마 이 말이 도움이 될 거야."

> 현재를 살면서
> 불행하다거나 성공적이지 않다고
> 느낄 때는 언제든

> 바로 그때 우리는
> 과거에서 배우거나
> 미래를 계획해야 한다

"왜 하필 부정적인 생각을 할 때가 배움을 얻어야 하는 땐가요?"
"왜냐하면 그럴 때일수록 부정적인 생각이 우리에게 교훈을 주기 때문이지."
"그렇다면 무엇을 배워야 합니까?"

"내가 볼 때 가장 좋은 방법은 스스로 다음의 3가지 질문을 해보고, 가능한 한 정직하고 현실적인 자세로 답을 얻는 걸세."

과거에 어떤 일이 일어났는가?
나는 그것에서 무엇을 배웠는가?
이제 나는 무엇을 다르게 할 수 있는가?

"과거의 잘못을 돌아보고, 이제는 어떻게 다르게 할 수 있는지 생각하라는 말인가요?"

"그렇다네. 하지만 자신에게 너무 가혹할 필요는 없어. 과거의 잘못은 그때만 해도 우리가 아는 최선의 길이었으니까. 다만 이제는 그때보다 더 잘 알고, 또 그래서 더 잘할 수 있는 게야."

"다시 말하면, 똑같은 식으로 행동하면 똑같은 결과를 얻는다. 그러나 다르게 행동하면 다른 결과를 얻는다 그런 말씀인가요?"

"그렇지. 다행스럽게도 우리는 과거에서 더 많이 배울수록 후회를 덜 하게 돼. 그리고 현재의 시간은 더 많아지게 되지."

> 과거에서 어떤 일이 일어났는지 돌아보라
> 과거에서 소중한 교훈을 배워라
> 그리고 배움을 통해
> 더 나은 현재를 만들어라
> 과거를 바꿀 수는 없다
> 하지만 과거에서 배울 수는 있다

배세일움 사용서

다시 똑같은 상황이 벌어지면
우리는 다르게 행동할 수 있고
더 즐겁게 현재를 살 수 있다

　　2003년에 스펜서 존슨으로부터 "과거로부터 소중한 교훈을 배워라"라는 말을 선물로 받은 배움은, 그로부터 10년 후 2013년에 박원순 서울시장으로부터 '겸손하게 배우고'라는 말을 선물로 받았다.

발목 접질렸어
그래도 가

　배움은 가끔 발목을 접질려서 파스를 붙이곤 했다. 우리 몸에는 머리에서부터 내려가다 보면 목, 손목, 발목으로 '목'이 세 군데나 있다. 목은 뻣뻣하면 안 된다. 목이든 손목이든 발목이든 유연하고 원활해야 튼튼한 것이다. 목은 뼈와 뼈가 연결되는 관절 부분이기 때문이다. 뼈와 뼈 사이에 위치하여 관절이 일정하게 잘 유지되도록 하는 섬유성 결합 조직이 인대다. 힘줄이다. 배움의 발목이 접질린 이유는 축구를 했든 보행을 했든 무언가를 했기 때문일 것이다. 가끔 발목을 접질려도 그래도 가는 게 삶이고 운동이고 배움이다. 목이든 손목이든 발목이든 잘 숙일 수 있어야 한다. 목을 잘 숙이면 겸손하다. 겸손해야 배울 수 있다.

　두 개의 발목은 각각 26개의 뼈로 조직된 한 쪽 발을 107개의 인대로 연결하고, 원활하게 가동시켜 걷고 뛰게 한다. 발은 발자취를 남긴다. 출판사 〈걷는 사람〉이 펴낸 김성장(1959~) 시인의 시집, 『눈물은 한때 우리가 바다에 살았다는 흔적』에서 〈발〉이라는 시를 읽자.

발은 지나온 곡선을 기록한다.
발은 골똘히 생각을 바라본다.
발은 난로 옆에 침묵을 세워둔다.
발은 서사의 입구를 약간 적셔둔다.
발은 가지런하다, 일이 시작될 것처럼.
발은 아무 것도 밟지 않는다.
발은 하얗게 화엄을 건너간다.
발은 양말과 헤어진다.
발은 숲에 담겨 있다.
발은 손에게 말한다, 지금이 그 순간이라고.
발은 비밀이 없는 냄새를 피워낸다.
발은 너의 시작이다.
발은 마지막 페이지에도 찍혀 있다.
발은 바닥과 대화할 때 뜨거워진다.
발은 말이 시작되는 곳에 쓰러진다.

2011년 8월, 한여름이었다. 배움과 고등학교 친구들이 '배세일움 패밀리 미국 캠핑의 기억'을 담고 있는 캠핑 장비를 짊어지고 '지산 밸리 록 페스티벌' 2박 3일을 갔다. 스물넷 젊은 무리는 함께 춤추고 노래하는 열광의 한증막을 실컷 즐겼다. 새벽녘 비가 조금 내려 미끄러웠을 때 비어있는 무대에 올라가려고 몇 차례 시도하던 배움은 무대에 올랐다가 미끄러지며 오른팔로 착지를 했다. 유연한 손목은 제 몫을 했어도 응급실 판정으로 팔꿈치에는 금이 갔다. 후덥지근한 텐트 속에서 끙끙대며 앓다가도, 음악이 터지면 소리 지르며 함께 춤을 추었다. 저녁때가 다가오면서 오른팔은 두 배로 퉁퉁 부어올랐다. 심통맞게도 찌릿한 통증도 함께 찾아왔다. 배움은 심통심통 엄마에게 SOS 전화를 했다. 아내와 나는 밤중에 록 페스티벌 현장으로 달려갔다. 엄청난 열기를 목격했다. 인천의 병원에서 배움의 오른팔은 움직이지 못하도록 깁스를 해야만 했다.

깁스를 하고 집으로 돌아온 배움은 미리 지원했던 대한민국 국제협력 대표기관 코이카(KOICA)의 해외협력단원 모집 결과를 기다렸다. 연락이 왔다. 1차에 합격했으니 면접과 체력 테스트에 오라는 것이었다. 일주일 뒤 성남시 대왕판교로에 위치한 코이카 본부까지 아내는 배움을 실어 날랐다. 배움은 팔에 깁스를 한 채 장거리 달리기 체력 테스트에 열심히 임했다. 결과는 탈락이었다.

2013년 12월, 한겨울이었다. 배움은 혼자 배낭을 꾸리고 비행시간만 24시간이 넘는 남아메리카 페루의 수도 리마로 날아갔다. 네 달 동안 몸뚱이 노동으로 번 돈을 몽땅 투자하여 페루, 볼리비아, 칠레, 아르헨티나, 브라질로 두 달 동안 배낭여행을 간 거였다. 페루, 볼리비아, 칠레에서 계획한 대로 버스를 타고, 걷고,

배세일움 사용서

여기저기를 다녔다. 낯선 남미와 낯선 외국인 여행자들과 사귀고 친해졌다. 아르헨티나 부에노스아이레스에서 오른쪽 발목에 상처를 입었지만 대수롭지 않게 생각했다. 아르헨티나의 열정을 즐기며 즐거운 나날을 만끽했다. 브라질 이구아수 폭포를 감상하고 상파울로에서 쉬고 놀다 대한민국으로 돌아가면 될 날이 다가왔다. 아뿔싸, 오른쪽 발목이 왼쪽에 비해 두 배로 부풀어 오르고 있었다.

배세일움 패밀리 카톡방에 퉁퉁 부어오른 오른쪽 발목 사진을 찍어 올렸다. 아내와 나는 빨리 병원엘 가라고 메시지만 날릴 뿐이었다. 진피와 피하조직이 세균에 감염되어 급성 화농성 염증인 봉와염이 됐다. 배움은 브라질에 와서 숙소 근방의 병원으로 직행했다. 치료비로 우리나라 돈 30만 원을 썼다. 소염제를 먹어가며 불편한 발목을 이끌고 이구아수 폭포를 완주했다. 배도 타고 폭포 아래까지 갔다 왔다. 발목이 물에 젖어 주변 외국인들의 도움을 받아 응급치료를 하기도 했다. 브라질 상파울로에 와서는 발목을 핑계로 휴식을 만끽했다. 12월 3일에 남미로 떠나 이듬해 1월 30일에 집으로 돌아온 배움의 발목은 멀쩡했다. 배움은 진화했다.

진화론을 공부하다 보면 인간이 네 발로 기다가 두 발로 걷게 되는 직립보행의 전환기에 인간 신체 구조와 기능이 혁명적으로 진화했다는 걸 짐작할 수 있다. 그런데 진화론의 시간은 우리가 우리의 감각으로 체험하기에는 차원이 달라서 느낌으로는 도저히 가늠할 수 없다. '발목 접질렸어 그래도 가' 그 정신으로 그렇게 몇 백 년을 앞으로 간 게 누적되었고, 그 결과로 직립보행 인간으로 진화했으리라. 더 굵어지고 튼튼해지고 원활해져서 직립보행을 지지하고 인간의 발자취를 기록한 발목관절! 인간은 직립보행으로 목이 더 가늘어지고 머리통은 커지고 지능이 좋아졌으며, 손목은 더 가볍고 원활해져 수많은 도구를 다룰 수 있게 되었다. 그 결과 인류문명이 이룩되었으니 가히 발목이론이라 할 수 있지 않은가? 가끔 접질리는 배움의 발목은 현재진행형으로 진화하는 증거이다. 가끔 발목 접질려도, 그래도 간다.

죽음을 기억하라
부활을 기념하라

"바로 지금 이 순간을 살아라" 까페 까르페디엠 배세일움을 오픈한지 두 달 여 지난 2014년 2월에, 내 고등학교 친구들 열여섯 쌍이 결성한 '2040 동행' 모임이 까페를 방문했다. 친구가 말했다. 까르페디엠 하려면 메멘토모리를 기억해야 한다고. 메멘토모리(Memento mori)는 자신의 "죽음을 기억하라" 또는 "너는 반드시 죽는다는 것을 기억하라", "네가 죽을 것을 기억하라"를 뜻하는 라틴어 낱말이다. 메멘토모리 의미를 탐색하다가 내친 김에 "자신의 운명을 사랑하라"는 의미인 아모르파티까지 라틴어 3개를 배세일움 앞에 붙이게 되었다. 그리고 메멘토모리는 배움에게, 아모르파티는 세움에게, 까르페디엠은 일움에게 연결시켜 주었다.

1960년생 동창들이 2010년 결성한 '2040 동행' 모임은 각각 만 80세가 되는 2040년까지는 안 죽을 것 같다는 생각으로 지은 이름이다. 누구도 죽지 않을 것처럼 살지만, 누구나 죽는다. 누구도 노화나 질병을 인정하려고 하지 않지만, 누구나 늙고 병든다. 현대사회는 죽음에 대해 이야기하지 않으려 하며, 죽음을 적극적으로 외면하라고 가르친다. 죽음을 망각하고 잊으려는 것은 현대사회, 특히 자본주의 사회의 산물이다. 자본주의 동력은 소비다. 소비를 촉진하기 위해서는 사람들에게 즐거움을 주어야 한다. 그리고 죽지 않고 오래 살아남게 해야 한다. 이것이 젊어지라고 끊임없이 말하고, 죽음 따위는 생각이 안 날 정도로 짜릿하고 즐겁게 살라고 하는 이유다. 그러나 죽음은 피할 수 없다. 자본주의 세상이 도래하기 전, 현대적 개념의 도시가 만들어지기 전, 인류는 오랫동안 죽음을 자연스럽게 받아들였다. 내 어렸던 시절까지는 우리나라도 그랬다.

메멘토모리와 까르페디엠은 동전의 양면과 같고, 동전의 양면을 연결하는 그 두께는 아모르파티와 같다. 배세일움의 초심(初心), 배움에게 '메멘토모리'와 '과거로부터 소중한 교훈을 배워라'를 붙였다. 배움이가 배세일움 첫째라서 그랬다. 메멘토모리가 배움의 출발점이다. 삶과 죽음은 동전의 양면과 같다. 삶이 없다면 죽음도 없고, 죽음이 없다면 삶도 그 의미를 잃는다. 이런 면에서 죽음을 기억하면 자연스럽게 삶에 주목할 수 있다. 죽음을 기억하라. 라틴어 메멘토모리의 기원을 찾아가면 로마의 개선장군과 노예의 목소리가 들린다. 개선장군이 시가행진을 할 때 장군 옆에 노예 한 명을 태워 '메멘토모리'를 끊임없이 외치게 했

배세일움 사용서

다고 한다. 왜 그랬을까? 오늘은 당신이 전쟁에서 승리한 개선장
군이지만 언젠가는 당신도 죽는다, 그러니 오만하고 우쭐대지 말
라는 경고의 의미였다. 로마의 공동묘지 입구에는 '호디에 미기
크라스 티비'라는 글이 새겨져 있다고 한다. '오늘은 나에게, 내
일은 너에게'라는 뜻이다. 오늘은 내가 관이 되어 들어왔지만, 내
일은 네가 들어올 것이라는 말이다. 타인의 죽음을 통해 당신의
삶을 생각하라는 뜻이다.

　찰스 디킨스(1812~1870)는 세계적인 작가 셰익스피어(1564~1616)
와 더불어 영국을 대표하는 최고의 작가로 기억된다. 디킨스의
탁월성은 대중성과 사회 현안에 대한 성찰에 있다. 디킨스의 대
중성은 어린 시절 경험에 기인하였기에 현실감을 띤다. 공무원
이었던 그의 아버지는 낙천적 성격으로 씀씀이가 커서 항상 빚을
졌다고 한다. 디킨스는 어려서부터 가난을 직접 체험했을 것이다.
그의 대표적인 작품으로 1838년의 〈올리버 트위스트〉, 1843년의
〈크리스마스 캐롤〉이 있다. 나는 그가 1859년에 쓴 프랑스혁명
을 무대로 한 역사소설 〈두 도시 이야기〉를 읽다가 그만둔 기억
이 있다. 그러다 초등학교 시절 읽었던 지독한 구두쇠 스크루지
영감 이야기를 다룬 〈크리스마스 캐롤〉을 메멘토모리 덕분에 다
시 기억하게 됐다. 찰스 디킨스는 이야기 제목을 왜 〈크리스마스
캐롤〉이라고 했을까? 크리스마스 캐롤이라는 제목에는 '죽음을
기억하고 잘 살아라'라는 속뜻 이상의 뭐가 있지 않을까?

지독한 구두쇠 스크루지 영감은 얼마나 구두쇠인지 거지들도 그에게 구걸하지 않고, 시각장애인의 안내견조차 스크루지를 만나면 옆길로 주인을 인도한다. 돈만 밝히는 노인 스크루지는 사람들이 즐겁게 웃고 떠드는 크리스마스도 싫어한다.

　이런 그에게 오래전 세상을 떠난 동업자 말리가 쇠사슬이 칭칭 감긴 유령이 되어 나타난다. 그리고 스크루지에게 또 다른 유령 셋이 나타날 것을 예고한다. 과연 세 유령이 나타나게 되었고, 그들의 인도로 스크루지는 과거, 현재, 미래를 여행한다.

　과거에서는 스크루지의 외로웠던 어린 시절, 세상을 떠난 착한 여동생과 돈 때문에 떠나버린 옛 애인이 등장했다. 현재에서는 가난해도 온 가족이 행복한 스크루지 가게의 직원 크랫칫의 집과 삼촌을 동정하면서도 건강을 기원하는 조카 프레드의 집을 보게 된다. 마지막으로 미래에서는 자신의 죽음을 목격한다. 그런데 아무도 슬퍼하는 사람이 없다.

　잠에서 깨어난 후 스크루지는 이 모든 것이 꿈이었음에 안도하며 새로운 사람이 된다. 스크루지를 변화시킨 것은 무엇이었을까? 미래였다. 죽는다는 것이다. 과거를 통해 자신의 원래 모습도 확인하고 좋은 주변인도 보게 되지만 이것만으로 스크루지는 변화하지 않는다. 과거를 통해서는 자신이 구두쇠로 살 수밖에 없는 이유를 정당화했을 것이다. 현재를 통해서는 가난한 이들의 행복감보다는 외로운 부자가 낫다는 걸 합리화했을지도 모른다. 그러나 결국 닥쳐올 자신의 죽음은 외면할 수 없는 냉정한 진실이었다. 죽으면 현재의 모든 것, 돈은 무의미해질 수밖에 없었다.

스크루지에게는 미래를, 죽음을 경험해 볼 수 있는 기회가 주어졌지만, 우리에게는 그런 기회가 주어지지 않는다. 우리는 후회 없는 삶을 살기 위하여 자신이 죽음을 향해 가고 있다는 진리를 기억하며 받아들여야 한다. 그런데 왜 제목을 〈크리스마스 캐롤〉이라 지었을까?

크리스마스는 예수가 죽임을 당하고 사흘 후 부활했다는 역사적 사실로부터 추론하여 정한 예수님의 생일날이다. 〈크리스마스 캐롤〉이 의미하는 것은, 어쩌면 인류를 구원하기 위한 예수의 죽음을 기억하고 현재의 세상을 가치 있게 살아가라, 그리고 죽음을 넘어선 예수의 부활을 기념하라는 찬송가적 은유가 아닐까? 배움 덕분에 죽음, 부활, 종교까지 생각과 삶이 풍성해지고 깊어져간다.

문 박사 할아버지
전통

초등학교에 입학하여 한글을 깨우친 후 아버지께서는 내게 경남 거창으로 이사 가신 큰아버지께 보내는 편지를 대필하도록 하셨다. 아버지께서 불러주시고 내가 연필로 꾹꾹 눌러써서 봄철에 보내는 안부편지는 이렇게 시작했다. "백부님 전상서. 만춘지절에 기체후일향만강하신지요?" 백부(白父)님 전상서(前上書)는 '큰아버님께 편지를 올립니다.' 만춘지절(晩春之節)은 '늦봄', 기체후일향만강(氣體候一向萬康)은 '기력과 건강은 내내 좋음'을 뜻한다.

아버지가 12살 되던 1939년에 할아버지(문규현)는 군산에서 객사하셨다. 시신을 일제 경찰의 눈을 피해 몰래 지게로 짊어지고 오셨다는 말을 아버지는 어린 내게 몇 번이나 하셨다. 어릴 적 아버지는 '아버지 당신은 무학이요 까막눈'이지만 "너는 공부 열심히 하라"고 하시고, "공부도 다 때가 있다"고 하셨다. 그러시면서

"너희 할아버지는 자식에게는 공부를 안 가르쳤는데, 서당을 열었고, 동네 사람들은 할아버지를 문 박사로 호칭했다"는 말씀을 하셨다. 아버지의 까막눈과 문 박사 할아버지의 관계를 나는 지금도 이해하지 못한다. 할아버지와 아버지의 그 시절과 상황을 나는 알지 못한다. 다만 벽지로 뜯어 붙이기도 했던 국한문 혼용 책, 누런 고서들 몇 권을 보았던 기억만 남아있다. 6.25 동란 때 초가지붕이던 시골집이 몽땅 불에 타서 새로 지었다는데 그때 서책들은 거의 다 사라졌을 터이다. 정확하게 언젠지 알지는 못하지만 1910년 이후 1918년 이전에, 할아버지가 할머니와 함께 합천 가야면에서 진안 주천면으로 들어오셨을 때, 소달구지에 서책을 잔뜩 싣고 왔을 터이다. '네 할아버지는 문 박사셨다!'는 아버지 말씀이 지금도 내 귓속 달팽이관에 남아있다.

우리가 요즘 아는 '박사'는 석사 학위를 소지하고, 대학원에서 소정의 과정(3년 이상)을 이수하고 일정한 시험에 합격한 사람을 뜻한다. '박사'는 박사학위 논문을 제출하여 논문심사와 구술시험에 통과하면 받는 학위이다. 의사를 의미하는 닥터를 제외한 Ph. D.(Doctor of Philosophy)를 가리킨다. 필라소피는 넓은 의미의 학문을 의미한다. 나는 문 박사라는 이름표를 쓰는데 실상은 가짜다. 공부 이력, 가방끈은 긴데 결단코 박사 열매는 맺지 못했다. 중앙대 행정학과 학사, 서울대 행정대학원 석사과정 수료, 미국 오리건대학교(UO) 공공정책대학원 PPPM(School of Planning, Public Policy and Management) 석사, 서울시립대 도시공학과 박사과정 수료, 끝. 서울시립대 박사과정 3년(2005~2007)을 마치고도 학위논문을 쓰지 않아서 아내로부터 오묘한 청구서를 받았다. 10년 넘게 계속 버티고 있다. "박사학위를 받아 오든지, 그렇지 않으면 가계수입을 학습유희에 유용한 것이니, 3년 동안 쓴 학비에 민법이 정한 법정이자 5%를 붙여 반납하라"는 것이었다. 어쩌면 박사학위 논문을 쓰기는 틀렸으니 『배세일움, 사용(使用)서』 책으로 대체해 달라고 이참에 아내에게 말할는지도 모른다. 아내의 청구서 이후 나는 가방에 붙인 이름표를 '문박사'로 고쳤다. 본명이냐고 묻는 경우가 종종 있다. 짜가다.

박사(博士)는 학식이 박통(博通)한 자로 임명되었는데, 교육을 맡아 보던 관직이었다. 일본에 건너가 논어와 천자문을 가르쳤다는 백제의 오경박사 왕인(王仁)의 이름을 들어봤잖은가. 배움의 22대 조 삼우당 문익점은 우리 나이 32세에 문과에 급제했는데, 두 번째 관직이 성균관의 순유박사(諄諭博士)였다. 이어 외교관으로 원나라에 사신으로 갔다 오기도 했다. 문배움은 서울시립대학교 도시공학과를 톱으로 들어갔다. 영국 런던대학교, 미국 웨인주립대학교, 영국 캠브리지대학교를 듬성듬성 거쳐서 7년 만에 서울시립대를 4년 장학생으로 졸업한 학사다. 연세대 국제대학원 휴학생이다. 외교관이 되는 관문을 통과하기 위해 6년을 공부하고 도전했다. 우리 나이 서른두 살이 되어서야 통과했다.(배세일움 후기에서

^{수정)} No Pain No Gain. 고통 없이 성취 없다. 앞으로 외교관으로 활약하면서 공부와 연구를 깊숙이 전개하여 문 박사 할아버지 전통을 배움이가 이을 수도 있겠다. 박사과정 수료를 넘어서 결단하고 끝까지 고생해야 진짜 박사가 된다.

문 박사! 배움은 진짜 문 박사가 되었으면 좋겠다.

전북 진안군 운장산에서 흐르는 시냇물에는 유학의 이름이 새겨져 있다. 샘물과 빗물을 모은 운장산 골짜기들은 내를 이룬다. 주자천, 정자천, 안자천이라는 이름을 가졌다. 공자, 맹자처럼 주자, 정자, 안자는 유학의 대가들이다. 주자(朱子)라고 불리는 중국 남송시대의 대유학자가 주희(朱熹, 1130~1200)다. 그는 격물치지(格物致知), 즉 사물의 이치를 끝까지 파고 들어가면 앎(知)에 이를 수 있다는 성즉리설(性卽理說)을 확립하여 성리학을 집대성하였는데 그의 이름을 따서 그런 학문을 주자학이라고 한다. 주자의 朱文公文集(주문공문집)에 나오는 권학문(勸學文)이라는 한시를 나는 초등학교 방학 때 경로당에서 어르신들로부터 한석봉 천자문과 함께 배웠다. 짜가 문 박사 내 이름표의 의미는 '소년이로학난성'이라 할 수 있겠다.

小年易老 學難成 소년이로 학난성
소년은 늙기 쉬우나, 학문을 이루기는 어려우니

一寸光陰 不可輕 일촌광음 불가경

순간순간의 세월을 헛되이 보내지 마라

未覺池塘 春草夢 미각지당 춘초몽

연못가의 봄풀이 채 꿈도 깨기 전에

階前梧葉 已秋聲 계전오엽 이추성

계단 앞 오동나무 잎이 가을을 알린다

4세기 무렵 무릉도원의 이야기 桃花原記(도화원기)를 남겼고, 관직에서 물러나면서 유명한 시 〈귀거래사〉를 남긴 시인 도연명(365~427)도 젊은이에게 면학을 권장하는 시를 남겼다.

盛年不重來 성년부중래

원기 왕성한 젊은 날은 두 번 오지 않는다

一日難再新 일일난재신

하루에 아침은 두 번 있을 수 없다

及時當勉勵 급시당면려

인생의 좋은 시절은 열심히 살아야 한다

歲月不待人 세월부대인

세월은 사람을 기다리지 않는다

배움 6년에 3부까지 오른
생활탁구인

　2013년에 아내는 인천시탁구협회에 회원 등록을 했다. 2014
년부터는 본격적으로 탁구동호인의 길에 접어들었다. 까르페디
엠 까페에서 멀지 않은 '짱' 탁구장 회원부터 시작했다. 아내는
탁구 배움 6년에 여자 초심부인 6부에서 3부까지 올랐다. 내가
이겨볼 수 없는 탁구 짱이 됐다. 내년이면 6학년인데도 여전히
열정적이다. 몰입과 도전과 긍정의 에너자이저다. 배움과 세움과
일움에게 끊임없이 영감을 주는 원천이다.

　내가 중학교 1학년이던 1973년 4월 10일, 아버지가 담배 농사
를 잘 지어 상으로 받아온 라디오를 듣다 감격에 겨워 목이 메었
다. "여기는 유고슬라비아 수도 사라예보입니다. 고국에 계신 동
포 여러분~ 대한민국 우승입니다. 일본을 물리치고 우승했습니
다." 한국여자탁구 단체팀이 제32회 세계탁구선수권대회에서 일
본을 3대 1로 꺾고 우승을 한 것이다. 결승에서 이에리사(1954~)

선수는 두 차례의 단식과 박미라 선수와 조를 이룬 복식에서 승리하여 3승을 따냈다. 예선에서는 중국을 3대 1로 꺾었고 결승까지 8전 전승이었다. 1973년 사라예보에서의 탁구 우승은 대한민국 구기 사상 세계대회에서 최초로 우승한 탁월하고 놀라운 사건이었다. 탁구공은 구기 중에서 가장 작고(지름 3.75~3.82cm), 가벼우며(무게 2.4~3.83g), 가장 회전이 많고(100회/1초), 빠르다.

정강이뼈 이음새 엇박자

그해 가을 시골 중학교에도 어설픈 탁구대가 생겼다. 탁구라켓은 팬홀더뿐이었다. 고무 러버가 요즘하고는 차원이 다르게 어리바리했다. 탁구대를 차지할 기회도 자주 오지 않았다. 중학교 2학년이 된 74년 3월 어느 토요일이었다. 모처럼 비닐하우스에 차려진 탁구대를 차지할 기회가 와서 신났는데 아버지가 다치셨다는 연락이 왔다. 새마을사업으로 마을 공동 상수도를 만드는 물탱크 작업에 나가셨다가 무너져 내린 흙더미에 허리와 다리가 골절된 것이다. 부러졌다 엇박자로 붙은 아버지 정강이뼈는 팬홀더 탁구라켓 손잡이처럼 튀어나왔다. 아버지는 엇박자 정강이뼈로 등짐, 발품, 농사를 지으며 자식들을 먹여 살리셨다. 아버지의 정강이뼈 이음새 엇박자 사진을 볼 때마다, 사라예보에서 목메어 외치던 라디오 소리가 들린다.

심리학자들은 갓 태어난 아이가 빠르게 성장하는 데에는 부모의 감탄하는 능력이 매우 중요하다고 한다. 아이가 옹알이를 하거나, 첫걸음을 떼거나, 조그만 손을 쥐었다 폈다 할 때 부모가 호응해서 감탄하는 일은 아이에게 중요한 계기가 된다. 아이의 성장과 안정을 이끌어주기 때문이다. 2016년 6월, 아내가 탁구 세계에 입문한 지 2년 반 된 그때, 제11회 인천시장기대회에서 여자6부 준우승을 하고 여자5부로 승급했다. 배움, 세움, 일움, 나는 "오예~, 와~, 앗싸~, 어허~" 감탄사를 열렬하게 발사했다.

포도과에 속하는 식물, 담쟁이는 10m 이상 자라며, 꽃은 6~7월에 황록색으로 피고, 열매는 8~10월에 검게 익는다. 돌담이나 바위 또는 나무줄기에 붙어서 살며 우리나라 전국 각지에서 자란다. 담쟁이의 그 모습이 많은 영감을 주나 보다. 담쟁이를 대상으로 그린 시가 참 많다. 황인숙(1958~) 시인의 〈담쟁이〉는 감각과 연결된 시어가 여럿으로 매우 풍성하다.

담쟁이

황인숙

"눈을 감고 담쟁이는 / 한껏 사지를 뻗고 / 담쟁이는 / 온몸으로 모든 걸 음미한다 / 달콤함, 부드러움, 축축함, 서늘함, / 살랑거림, 쓸쓸함, 따분함, 고요함, / 따사로움, 메마름, 간지러움, 즐거움"

도종환(1955~) 시인의 〈담쟁이〉는, 아내처럼 의지와 용기가 대단하다.

담쟁이

도종환

저것은 벽
어쩔 수 없는 벽이라고 우리가 느낄 때
그때,
담쟁이는 말없이 그 벽을 오른다

물 한 방울 없고,
씨앗 한 톨 살아남을 수 없는
저것은 절망의 벽이라고 말할 때
담쟁이는 서두르지 않고 앞으로 나아간다

한 뼘이라도 꼭 여럿이 함께
손을 잡고 올라간다
푸르게 절망을 다 덮을 때까지
바로 그 절망을 놓지 않는다

저것은 넘을 수 없는 벽이라고
고개를 떨구고 있을 때
담쟁이 잎 하나는
담쟁이 잎 수천 개를 이끌고 결국 그 벽을 넘는다

2016년 배움의 외교관 도전은 1차의 벽을 넘었는데 2차의 벽은 넘지 못했다. 탁구세계 배움 5년 차인 아내는 2017년 11월 제1회 남동구협회장기대회 여자5부에서 또 준우승을 해서 여자

배세일움 사용서

4부로 승급됐다. 대단하다. 이번에도 배움, 세움, 일움, 나는 "으와~, 와우~, 헐~, 야호~" 감탄사를 연발했다. 칭찬과 격려를 부채질한 일움 덕분에 아내가 산 통닭을 맛있게 먹었다. 생활체육 탁구대회에서 예선을 통과하고 토너먼트 경기를 거쳐 결승까지 올라간다는 게 어려운 거라는데, 거참 대단했다. 아내는 탁구세상을 통해 갱년기까지 통과했다.

아내의 탁구는 결승에 진출하여 승급을 두 차례나 했는데 배움의 외교관 도전은 2017년엔 1차의 벽에서도 미끄러졌다. 아내의 탁구라켓은 셰이크핸드이다. 양쪽 다 회전이 잘 걸리는 평면 러버인데, 한 쪽에 돌기가 나와 있어 회전이 걸리기 어려운 핌플러버로 바꿨다가 평면 러버로 돌아왔다. 뽕이라고 부르는 핌플도 롱과 숏이 있는데 뭐였는지는 모르겠다.

2018년 배움의 외교관 도전은 배수의 진을 쳤다. 3차까지의 벽을 넘고 2019년 봄엔 결혼한다는 시한을 정했다. 일움은 '배움 형 합격하고 함께 여행가자'는 글을 밴드와 카톡방에 자주 올렸다. 1차의 벽을 넘었다. 사실상 2차의 벽을 넘었는데 싱크홀이 생겼다. 발표를 확인하니 한 과목에서 과락이 났다. 안타까웠다.

탁구공보다 크기는 50% 정도 더 크고, 무게는 12배 무겁고, 여드름처럼 튀어 오른 핌플(pimple)과는 반대로 보조개처럼 파인 딤플(dimple)이 있는 공이 골프공이다. 배움의 2차 시험 과락, 싱크홀 발표 다음 날인 토요일, 난생 처음으로 내가 충청도 골프장에서 홀인원을 했다. 나는 배움의 싱크홀을 메꾼 거라 생각했는데, 소식을 들은 아내는 순서가 바뀌었다고 한숨지었다. 아내는 홀인원 보험금을 징발해 가더니 우리 집 주방의 낡은 싱크대를 교체했다.

아내도 기어코 일을 냈다. 2018년 12월 제3회 인천시협회장기 대회에 출전한 아내는 걱정했던 여자4부 개인전 우승을 해버렸다. 탁구 배움 6년 만에 여자3부로 승급됐다. 이번에도 배움, 세움, 일움과 나는 "야아~, 허어~, 우와~, 얼씨구~" 감탄사를 연발했는데 아내는 배움의 처지가 안타까웠는지 미안해했다.

2019년 배움의 외교관 도전은 아예 11월 16일 토요일 오후 6시로 결혼날짜를 정해놓고 시작했다. 아비의 홀인원과 어미의 우승이 좋은 징조라고 여겼지만, 3번의 벽을 온전히 넘기 위해서 확실한 배수의 진을 쳤다. 배움의 5번째 외교관 도전은 차근차근 담쟁이처럼 1차, 2차, 3차의 벽을 넘었다.(배세일움 후기에서 수정) 그리고 11월 16일 결혼식을 하여 이 책『배세일움, 사용(使用)서』출판 기념까지 이룩하였다. 아내의 탁구 승급의 길 6년과 배움의 외교관 도전의 길 5번째는 똑같이 6년이라는 시간의 길이만큼 끈질기게 닮았다. 담쟁이처럼 한 뼘이라도 여럿이 함께 손을 잡고 올라온 길인 것도 닮았다.

통륜과 심륜
그리고 심통륜

　인간이 발명한 가장 효율적인 이동수단은 무엇일까? 스페인 출신의 유명한 철학자 가세트(1883~1955)는 자전거에 대해 "최소의 비용으로 최고의 힘을 얻어 보다 빨리 가기 위해 고안된 인간 정신의 창조물"이라고 찬사를 보냈다. 사람 1명이 1마일을 이동할 때 소비되는 에너지를 비교해 보면, 자동차가 1,860칼로리이고 보행이 100칼로리인 데 반해 자전거의 경우에는 35칼로리라고 한다. 사실상 자전거는 지구상에 존재하는 이동수단 중에 에너지 효율이 가장 뛰어난 것으로 평가되고 있다.

　배세일움 패밀리 멤버 중에 어릴 적 즐겨 탔던 세발자전거를 제외한, 바퀴가 두 개인 자전거를 가장 먼저 100리 이상 내달린 사람은 배움이다. 배움은 대학 2학년 시절 2008년 한여름에 고교 동창 셋(문배움, 황규식, 변익수)으로 팀을 이뤄 오래된 자전거를 끌고 각자 단돈 5만원과 라면, 쌀, 부르스타, 코펠을 배낭에 넣은

채 여드레 동안 '인천→하남-횡성-강릉-동해-해안도로-부산-부산-부산→집'을 쉬며 놀며 달렸다. 공장 지하, 마을회관, 교회에서 잠도 자고, 히치하이킹으로 트럭도 타고, 인천에서 부산까지 갔다. 여기저기 갈 수 있도록 함께 굴러온 고마운 고물 자전거는 부산 고물상에 팔았다는 전설 같은 실화를 남겼다.

배움과 세 살 터울인 세움은 2년 후 2010년 한여름에 교회 동지 셋(문세움, 유진호, 김진혁)으로 팀을 이루고, 자전거를 각각 구입, 차입하여 부산 낙동강 하구 인증센터부터 낙동강과 한강의 자전거도로를 따라 달려 아라한강갑문 인증센터까지 나흘간 질주했다. 세움이가 빌려 타고 간 애지중지하는 내 MTB 자전거는 안장이 깨지고, 세움이 엉덩이도 까졌다. 깨지고 까지고 힘들었겠지만 고생 끝에 낙이 왔다는 교훈 같은 실화를 남겼다.

자전거는 허벅지 엔진으로 계속 굴려야 넘어지지 않고 연속성을 갖고 앞으로 간다. 자전거는 후진하지 않는다. 방향을 바꿀뿐이다. 배움과 세움의 자전거여행은 연속성을 갖고 있다. 배움은 인천에서 부산 방향으로 달려갔으며, 세움은 부산에서 인천 방향으로 달려왔다. 알게 모르게 시차를 두고 왔다 갔다 연속성을 완성한 것이다.

2010년 1월 11일은 내 MTB 자전거 통륜(通輪)의 탄생일이다.

배세일움 사용서

박스채로 비행기에 실려 인천국제공항에서 이스라엘 텔아비브국제공항으로 날아왔다. 예루살렘에서 하루 저녁을 묵은 후 자전거에 능숙한 목사님들이 포장을 헤치고 조립하여 생명을 얻었다. 그때부터 통륜은 베들레헴부터 예수님의 공생애 길을 따라가 보는 자전거 성지순례단의 일원이 되었다. 서울신학대학교 동문 목사님들을 주력으로 구성한 자전거 성지순례단에게 이스라엘 관광청은 전용버스를 지원했다. 한국의 기독교방송 CBSTV는 PD와 카메라 기자를 파견하였다. '예수님 공생애 길' 가이드는 히브리대학교의 김진삼 목사님이었다. 순례단 멤버 중에서 나는 MTB 자전거 경륜이 하루밖에 안 된 막무가내 막내였다.

첫째 날, 예루살렘에서 베들레헴 예수탄생교회까지 첫 라이딩을 하였다. 처음 MTB를 타는 나는 중심을 잡아가며 허벅지 힘으로 밀어붙였다. 통륜은 나를 업고 굴렀다.

둘째 날, 예수께서 공생애 시작 전까지 일생을 보낸 곳, 예수의 고향, 나사렛에 있는 마리아 수태고지 교회를 방문했다. 거기서부터 자전거를 타고 물로 포도주를 만든 가나의 혼인잔치교회를 순례했다. 갈릴리 호수 동쪽 엔게브 키브츠 숙소까지 가는 페달링은 밤 아홉시까지 이어졌다. 낙오하지 않고, 통륜을 허벅엔진으로 밀고 왔는데 오히려 엉덩이가 얼얼했다.

셋째 날, 갈릴리 호수를 따라 통륜을 타고, 예수께서 군대 귀신 들린 자를 고친 거라사 유적지, 좋은 교훈을 많이 가르치셨으나 끝까지 회개하지 않고 멸망하여 폐허가 된 가버나움 회당, 예수 께서 저주한 고라신의 회당을 순례했다. 통륜이 동반자가 됐다.

넷째 날, 갈릴리 호수를 따라 통륜을 타고, 베드로 수위권 교회 와 베드로 물고기를 먹어보는 식당, 팔복교회, 오병이어 교회를 순례했다. 해가 지고 허기가 질 무렵에야 엔게브 키부츠로 돌아 왔다. 통륜과 함께 갈릴리 호수를 일주하였다.

다섯째 날, 예수께서 변화하셨다는 전승이 있는 다볼산을 자전 거로 올랐다. 봉긋하게 588m 높이로 서있는 지그재그형 오르막 길이다. 2단에 놓고 허벅지로 밀어붙여 업힐 라이딩을 성공했다. 나인성으로 내달리는 다운힐 라이딩까지 체험했다. 통륜이 내 몸 에 붙었다.

여섯째 날, 주일예배를 드리고 안식하였다. 갈릴리 호수를 걸 으며 거기에서 2천1백 년 전 예수님 말씀을 귀담아 들었을 법한 오묘한 돌을 몇 개 주웠다. 이 오묘한 돌은 통륜을 선물해 준 '팬' 형수님께 귀국하여 기념선물로 드렸다. 통륜도 하루 안식하였다.

일곱째 날, 골란고원 오프로드를 달렸다. 비포장된 길을 자전

　　　　　　　　　　　　　배세일움 사용서

거로 달리고 달려 베드로의 고백이 흐르는 가이샤라 빌립보에서 점심 도시락을 먹었다. 2,814m 높이의 헬몬산 정상 문턱까지 버스로 올라가서 거기서부터 다운힐 라이딩을 즐겼다. 시속 60km가 속도계에 찍혔다. 울퉁불퉁한 길, 쏜살같은 내리막길에서 통륜의 바퀴는 내 온몸에 무늬를 새겨 넣었다.

여덟째 날, 출발부터 비가 내렸다. 요단강 세례터를 들러서 벳산을 거쳐 여리고까지 가는 긴 라이딩이다. 비옷을 입고 요단강까지는 왔다. 조금 더 달려보다가 몸이 비에 젖고 얼어붙어서 중단했다. 버스를 타고 벳산을 거쳐 여리고의 호텔까지 왔다. 통륜도 흠뻑 젖었다.

아홉째 날, 여리고에서 예루살렘 감람산 자락에 있는 히브리대학교까지 가는 자전거 길은 길고도 힘든 오르막길이었다. 예루살렘으로 향하는 순례자의 길다웠다. 순례단 안에서 다툼도 생겼다. 선한 사마리아 여인숙을 지나고 히브리대학에 도착하여 늦은 점심을 먹었다. 버스를 타고 겟세마네 동산의 만국교회, 대제사장 가야바의 집터 위에 있는 베드로 통곡교회와 예수님이 수감됐던 교회의 지하 감방을 들여다보았다. 통륜도 함께 통곡했다.

열째 날, 통륜을 어깨에 메고 십자가의 길을 걸었다. 골고다 언덕길을 걸어 올라갔다. 성묘교회에서 기자가 물었다. "어때요?"

"열흘 동안 예수님의 길을 따라 달렸지요. 자전거처럼 넘어지지 않고 달려가야겠지요. 힘들겠지만 노력해야지요." 통륜과 공생하며 예수님 공생애의 길을 온전하게 일주하였다.

CBSTV 〈블로그다큐 예수와 사람들〉 촬영취재팀은 내내 밀착촬영을 하면서 우리들의 인터뷰와 감동의 기록들을 1시간으로 편집했다. 이야기를 '골고다 바이크'라 명명하였다. 1부와 2부로 나뉘어 30분씩 방영되었다. 골고다 바이크는 배세일움 패밀리를 몽땅 자전거 마니아로 변화시켰다. 아내의 값비싼 MTB 자전거가 마련되고, 배움과 일움의 자전거도 생겼다. 까진 엉덩이의 추억 때문인지 세움은 자신의 자전거에 미련을 두지 않았다. 우리집에는 자전거가 4대뿐이다.

나는 아내의 MTB 자전거를 심통심통(心痛心通)에서 변함없는 두 글자 심(心)을 붙여 심륜(心輪)이라 부른다. 내 MTB 자전거의 이름은 통륜(通輪)이다. 2010년 5월, 통륜과 심륜은 동호회원들과 함께 용문-화천-인제-미시령-속초 180여km를 하루 종일 달렸다. 그해 가을, 심통륜은 용문에서 시작하여 미시령을 넘어 속초까지 달리는 자전거대회에도 참여했다.

성북구청 부구청장으로 일했던 2011년 7월부터 2012년까지 1년 반 동안, 매주 월요일은 부평에서 성북구청까지 편도 52km

왕복 104km를 달렸다. 굴포천-아라뱃길-한강-중랑천-청계천-성북천 자전거도로를 통륜을 타고 달려 출퇴근했다. 서울시 인재개발원장으로 일했던 2014년 1년 동안에도 매주 월요일은 부평에서 서초구 우면산까지 편도 54km 왕복 108km를 달렸다. 굴포천-아라뱃길-한강-탄천-양재천 자전거도로를 통륜을 타고 달려 출퇴근했다.

소설가 김훈(1948~)의 글을 나는 매우 좋아한다. 간결하고 통렬하다. 그가 지은 책들 『남한산성』, 『칼의 노래』, 『현의 노래』, 『흑산』, 『풍경과 상처』, 『자전거여행1, 2』, 『연필로 쓰기』를 읽었다. 그는 자전거여행자이다. 김훈의 자전거 이름은 풍륜(風輪)이라고 한다. 자전거를 탈 때마다 김기택(1957~) 시인이 쓴 〈자전거 타는 사람 - 김훈의 자전거를 위하여〉라는 시가 바람 같은 풍륜처럼 둥실 떠오른다. 2019년 현재 심륜과 통륜이 몇 해째 겨울잠을 자고 있다. 심통륜(心通輪)이 다시 기지개를 켜고 바람을 가르며 달리기를 기대한다.

자전거 타는 사람 - 김훈의 자전거를 위하여

김기택

당신의 다리는 둥글게 굴러간다
허리에서 엉덩이로 무릎으로 발로 페달로 바퀴로
길게 이어진 다리가 굴러간다
당신이 힘껏 페달을 밟을 때마다
넓적다리와 장딴지에 바퀴 무늬 같은 근육이 돋는다
장딴지의 굵은 핏줄이 바퀴 속으로 들어간다.
근육은 바퀴 표면에도 울퉁불퉁 돋아 있다.
자전거가 지나간 길 위에 근육 무늬가 찍힌다.
둥근 바퀴의 발바닥이 흙과 돌을 밟을 때마다
당신은 온몸이 심하게 흔들린다.
비포장도로처럼 울퉁불퉁한 바람이
당신의 머리칼을 마구 흔들어 헝클어뜨린다
당신의 자전거는 피의 에너지로 굴러간다
무수한 땀구멍들이 벌어졌다 오므라들어 숨쉬는 연료
뜨거워지는 연료 땀 솟구치는 연료
그래서 진한 땀 냄새가 확 풍기는 연료
당신의 2기통 콧구멍으로 내뿜는 무공해 배기가스는
금방 맑은 바람이 되어 흩어진다.
달달달달 굴러가는 둥근 다리 둥근 발
둥근 속도 위에서 피스톤처럼 힘차게 들썩거리는
둥근 두 엉덩이와 둥근 대가리
그 사이에서 더 가파르게 휘어지는 당신의 등뼈

배세일움 사용서

엘림교회
성지순례단

공동체(共同體, community)는 '생활과 운명을 같이하는 조직체,' '혈연이나 지연 또는 공동의 이해관계나 목적을 바탕으로 이루어진 사회집단'으로 '공동사회'라고도 한다. 교회 안에서 '공동체'라 함은 예수 그리스도를 중심으로 하나 된 사람들의 연합체 혹은 교회를 말한다. 혈연공동체 배세일움 패밀리는 미국에서 돌아온 2003년 가을부터 2019년 지금까지 계속 부평구에 있는 기독교대한성결교회 엘림교회 공동체로서 굳건한 관계성을 유지하고 있다.

공동체의 관계성은 섬김과 배려, 참여와 봉사의 행동으로 아름차게 깊어진다. 2007년 말 태안해안국립공원에 '기름유출 사고'가 터졌다. 국립공원 해안에 시커멓게 기름이 달라붙었고 생태계는 파괴되었다. 엘림교회는 2008년 1월에 안면도에서 청지기 세미나를 하고, 바닷가의 기름을 함께 닦았다. 청지기 세미나에서

'20주년 기념 성지순례'의 추진위원장 직분이 내게 부여되었다. 2010년이 되면 20주년이 되는 거였다. 성지순례의 준비기간은 3년이었다.

1인당 3백만 원 정도 자금을 준비해야 했다. 이스라엘의 기후와 학생들의 방학을 고려하여 성지순례는 2011년 1월로 잡았다. 나는 우리 식구 다섯 명에 장인과 장모님을 모시고 갈 요량으로 7만 원씩 매월 49만 원을 붓는 펀드적금을 들었다. '배세일움펀드'라 이름 짓고, 종료기간은 2010년 10월로 약정하였다. 33개월 동안 부으면 원금이 1617만원이다. 펀드 형태니 필요한 자금 2,100만 원까지 불어날 수도 있고 적자가 날 수도 있다.

성지순례를 준비했던 3년 동안에 배움은 대학 2학년과 군복무를 마쳤다. 세움은 고등학교를 졸업하였고 대학 1학년을 마쳤다. 일움은 초등학교를 졸업하였고 중학교 1학년을 마쳤다. 아내는 3년짜리 현장식당 배세일움F&B 살림을 마감했고 MTB자전거 동호인이 되어 '원더우먼'이란 닉네임을 갖게 되었다. 세계금융위기 덕분에 2008년부터 2010년 봄까지 쩔쩔매던 증권시장이 2010년 여름이 되면서 활동력이 왕성해졌다. 펀드 약정 종료기간인 2010년 10월 말일에 앞뒤도 안 재고 펀드를 매각했다. 대박! 펀드수익률 67%. 배세일움펀드는 일곱 명을 넘어서 아홉 사람의 순례자금을 감당했다.

2010년 11월 첫 주일, 엘림교회는 창립 20주년 기념예배를 드렸다. 배움은 마침 2010년 11월 26일자로 군복무를 마쳤다. 배움의 전역으로 온전해진 배세일움 패밀리 다섯은 몽땅 순례단원이 되었다. 엘림교회 성지순례단 35명이 조직되었다. 순례단은 2011년 1월 5일부터 14일까지 9박 10일 동안 이집트, 이스라엘, 요르단 출애굽여정순례를 하였다. 순례자 35명은 남자 17명, 여자 18명으로 16개 방이 배정되었다. 1번방 믿음 〈주일, 지현〉, 2번방 소망 〈주영, 하일〉, 3번방 사랑 〈영아, 하은, 하준〉, 4번방 양선 〈성웅, 은석〉, 5번방 위로 〈미경, 예은〉, 6번방 자비 〈금자, 상미〉, 7번방 충성 〈배움, 호진〉, 8번방 절제 〈용, 세움〉, 9번방 온유 〈홍선, 성례, 일움〉, 10번방 희락 〈춘란, 세현〉, 11번방 화평 〈지혜, 송이〉, 12번방 은혜 〈명순, 미선〉, 13번방 영광 〈상호, 석진〉, 14번방 인내 〈주희, 경자, 가은〉, 15번방 성취 〈정원, 가람〉, 16번방 용기 〈형림, 지석〉. 방 이름에 의미를 두니 특별해진다. 배움에게는 '충성', 세움에게는 '절제', 일움에게는 '온유'의 방이 주어졌다. 왜 그랬을까?

첫째 날, 저녁 9시 30분에 인천국제공항에서 모여 출국 절차를 밟다.

둘째 날, 00시 35분 인천국제공항을 이륙하다. 현지시간 05시 30분 카타르 수도 도하에 도착하다. 이집트 알렉산드리아에 09

시 55분 도착하다. 지중해 연안 '카이트베이 요새'를 보다. 2002년 10월 16일 개관한 '알렉산드리아 도서관'을 가다. 이집트의 수도 카이로에 도착하다. '바르셀로카이로피라미드호텔'에 투숙하다.

셋째 날, 스핑크스, 피라미드와 이집트 고고학 박물관을 구경하다. 수에즈 운하를 가로지르는 아흐마드 함디 터널을 지나 '마라의 샘'에 이르다. 원 달러와 천 원을 외치는 베두인족 소녀들을 보다. 르비딤에 이르니 날이 이미 어두워지다. 시내산 아래에 도착하여 '캐더린플라자호텔'에서 늦은 저녁을 먹고 쪽잠을 자다.

넷째 날, 새벽 2시에 일어나 시내산 꼭대기(2,285m)를 향해 걸어 올라가다. 장엄한 일출과 함께 붉게 타오르는 울퉁불퉁한 암반의 덩어리들을 가슴에 품다. 타박타박 먼지를 날리며 하산하여 캐더린 수도원 떨기나무를 만나다. 이스라엘 에일라트 국경을 어렵사리 통과하다. '여리고'로 가는 길에서 소금 기둥을 목격하다. 메마른 광야에 선 350m 높이 바위투성이 산, 시험산 중턱에 수도원이 있음을 확인하다. 삭개오 뽕나무를 보다. 엘리사의 샘에서 물을 마시다. '인터콘여리고리조트빌리지호텔'에 묵다.

다섯째 날, 케이블카를 타고 410m 높이로 솟아올라 깎아지른 절벽인 산꼭대기에 있는 '맛사다' 요새를 올라가다. AD 73년

960명의 열심당원이 자결한 기록을 읽다. 해수면보다 395m 낮은 소금의 바다 사해에서 둥둥 떠보다. 쿰란 동굴, 유대광야의 와디켈트, 오아시스 엔게디를 보다. 예루살렘에 입성하여 베데스다 연못, 십자가의 길, 골고다 언덕, 통곡의 벽에 발자국을 남기다. 베들레헴 예수 탄생 기념교회를 방문하고 '림몬호텔'에 투숙하다.

여섯째 날, 아브라함이 이삭을 희생 제사로 바치려 했던 모리아산, 솔로몬이 궁전과 성전을 세운 성전산, 무슬림이 세운 8각형의 황금돔이 다 한자리인 그곳에 서보다. 감람산에 올라 다윗성과 예루살렘성을 내려다보다. 승천교회, 주기도문교회, 눈물교회, 겟세마네동산교회를 차례차례 걸어서 순례하다. 기드론 골짜기를 건너 시온산으로 가다. 마가의 다락방, 다윗왕의 가묘, 베드로 통곡교회에 들르다. 가이샤라, 갈멜산, 므깃도(아마겟돈), 나사렛 수태고지교회를 일별하고, 가나 혼인잔치 기념교회를 들러 포도주를 마시다. 갈릴리 호수를 배를 타고 건너며 선상예배를 드리다. '엔게브홀리데이리조트호텔'에 여장을 풀다.

일곱째 날, 버스를 타고 골란고원으로 이동하다. 텔 단에서 상수리나무 아래에 떨어진 상수리를 줍다. 베드로의 신앙 고백이 이루어졌던 곳, 샘물이 콸콸 솟구쳐 나오는 헬몬산 아래 가이샤라 빌립보를 다시 오다. 갈릴리 호수를 따라 팔복교회, 오병이어

교회, 베드로수위권교회를 순례하고 베드로 물고기를 먹다. 가버나움을 방문하고 요단강 세례터에서 물을 묻히다. 벳샨 검투장의 유적들을 보고 벳샨 국경을 통과하여 요르단에 입국하다. 암만의 '그랜드팰리스호텔'에 짐을 풀다.

여덟째 날, 버스를 타고 뱀의 꼬리처럼 이어진 아르논강 골짜기 길을 따라 가다. 성경에 '길 하레셋'으로 언급된 곳이기도 한 십자군의 요새, 해발 1,050m에 있는 카락성의 유적을 둘러보다. 세렛강을 경유하여, '므리바 샘'이라고 부르는 '모세의 우물'에서 물을 마시다. 붉은 사암 덩어리로 이루어진 거대한 바위 틈새에 나바테아인이 건설한 산악도시 페트라를 걷다. 파라오의 보물창고라는 '알카츠네' 신전을 눈여겨보고 시크길을 따라 걸어오다. 페트라 어딘가에 내 핸드폰을 놓고 오다. 암만의 '그랜드팰리스호텔'로 돌아와 휴식하다.

아홉째 날, 험준하고 높은 천연지형에 건설한 마케루스 요새에 오르다. 세례 요한의 순교지인 그곳에서 사해를 내려다보다. '마디바'의 교회 바닥에 새겨진 '성지 모자이크 지도'를 목격하다. 모세가 죽은 느보산을 오르다. 사해와 여리고와 가나안 땅이 내려다보이는 모세기념교회 전망대에서 모세의 '놋뱀' 십자가를 목격하다. 암만국제공항으로 오다. 현지 시간 16시 45분 비행기가 이륙하다. 카타르 수도 도하에 19시 20분 도착하여 환승을 기다리다.

배세일움 사용서

열째 날, 비행기가 현지시간 01시 20분 도하에서 이륙하다. 한국시간 16시 15분에 인천국제공항에 도착하다.

민들레는 우리나라 각처의 산과 들과 집에 흔히 자라는 다년생 초본이다. 꽃은 4~5월에 노란색으로 핀다. 6~7월경 흰색 깃털이 달리는 열매들은 꽃처럼 보인다. 눈에 보이는 민들레 한 송이는 200개가 넘는 작은 꽃들이 뭉쳐있다. 우리 눈에는 두 번 피는 꽃이다. 노란색 꽃으로 한 번 피고, 작은 열매를 맺어 하얀 깃털이 솜사탕처럼 둥그렇게 부풀어 오르며 두 번째 핀다. 중생(重生)한다. 민들레 홀씨는 깃털이 있어 열매를 달고 멀리멀리 날아간다. 새로운 땅을 찾아, 그곳에서 새 생명을 틔운다.

영화 〈말모이〉 영화를 보는 중에 민들레 꽃 이야기를 들었다. "민들레가 왜 민들레인지 아세요? 문 주변에 펴서 문둘레, 문들레 했는데 이게 민들레가 된 거예요." 문 주위에 피는, 흐드러지게 많은 꽃이 민들레란다. "한 사람의 열 걸음보다 열 사람의 한 걸음이 낫다." 그러다가 문득 '공동체'라는 단어가 귀에 박혔다. 말모이 영화를 보면서 배움 세움 일움이 함께 참여한 엘림교회 성지순례단은 '민들레 공동체'였다고 생각한다.

민들레 공동체가 출애굽여정 성지순례를 다녀온 이집트, 요르단, 이스라엘은 사람들이 모여 사는 도시를 조금만 벗어나면 사막과 황무지였다. 그곳에서 물은 생명이었다. 왜 예수가 자신을 생명수라고 비유했는지 체감할 수 있었다. 프랑스의 소설가 생떽쥐베리가 1943년 발표한 『어린 왕자』에서 왕자가 전해주는 말이 공명되었다. "사막이 아름다운 건 어딘가에 샘이 숨겨져 있기 때문이다."

민들레 홀씨처럼 깃털을 타고 날아 샘 곁에 새 생명을 틔우는 성지순례를 했다. 순례 첫날 갔던 알렉산드리아 도서관 벽에는 세계 여러 나라의 문자가 새겨져 있었고 그중엔 한글도 있었다. 새겨진 한글을 모두 찾아서 조합하니 '아름다운 세월'이었다. 〈기다리는 이에게〉 기다림이 아름다운 세월은 갔다고 이야기하는 안도현 시인(1961~)의 시를 읽는다.

기다리는 이에게

기다려도 오지 않는 사람을 위하여

불 꺼진 간이역에 서 있지 말라

기다림이 아름다운 세월은 갔다

길고 찬 밤을 건너가려면

그대 가슴에 먼저 불을 지피고

오지 않는 사람을 찾아가야 한다

비로소 싸움이 아름다운 때가 왔다

굽이굽이 험한 산이 가로막아 선다면

비껴 돌아가는 길을 살피지 말라

산이 무너지게 소리라도 질러야 한다

함성이 기적으로 올 때까지

가장 사랑하는 사람에게 가는

그대가 바로 기관차임을 느낄 때까지

알래스카
교회 짓기

49번째로 미국 땅이 된 알래스카는 인디언 말로 '거대한 땅'을 의미한다. 154만㎢로 한반도의 약 7배이고, 미국 면적의 약 5분의 1이다. 여행사는 알래스카에서 크루즈를 타면 거대한 빙하 절벽 사이를 유유히 항해하며 빙하 위에서 노는 해양생물들과 빙하 절벽 사이로 흐르는 크고 작은 폭포 등 황홀한 대자연을 눈앞에서 만날 수 있다고 유혹한다. 시애틀에서 크루즈에 올라 여행사 사원이 9박 10일의 크루즈여행을 홍보하는 영상을 보며 공짜 점심을 먹다가 크루즈여행적금에 가입했다. 알래스카의 주도 쥬노, 황금을 향한 시작점 스캐그웨이, 하이라이트 글레이셔 베이 국립공원, 과거의 알래스카 캐치칸, 유럽의 향취 듬뿍 캐나다 빅토리아 등…. 놓치기엔 너무 궁금했기 때문이다. '꽂혔을 때' 저지르는 것이 용기다.

문배움&차소영 결혼식을 정확하게 8개월 앞둔 2019년 3월 16

일 토요일, 양가 상견례를 했다. 둘은 고등학교 동창인데 졸업하면서부터 시작한 연애시절이 지금까지 11년을 넘었다. 상견례 자리엔 세움, 일움도 동석했고, 사돈집 둘째딸 미영도 함께 참석했다. 맛있는 음식과 따뜻한 덕담을 나눴다. '판단력이 부족하면 결혼할 수 있고, 인내력이 부족하면 이혼할 수 있고, 기억력이 부족하면 재혼할 수 있다'는 내 아재개그와 '지금도 늦지 않았습니다'라는 아내의 주례사 사건을 이야기 메뉴로 내놨다. 아이를 셋 이상 낳으면 좋겠다는 말끝에 '결혼 10주년엔 알래스카나 지중해 크루즈 여행을 가라'면서 그때 양가 부모를 초청하면 참 좋겠다는 말도 덧붙였다. 배움은 그러겠노라 약속했다.

배움은 이미 2002년도에 알래스카 체험하기에 도전해서 교회까지 짓고 온 경험이 있다. 그때 비록 미국 생활 1년도 못 채운 중학생이었지만 미국 오리건주 유진한인교회를 다니는 중고등부 청년들과 함께 알래스카에 가서 교회 짓는 일을 하기로 계획했다. 미국인 그레이스 전도사의 지휘로 필요한 자금 마련을 위해 행동에 착수했다. 영어도 서툴고 외국인 앞에 서면 주눅이 들던 사춘기 소년인 배움은 애써 용기와 도전을 거듭했다. 집마다 문을 두드리며 기부 차원의 캔디 판매에 나섰다. 여러 번 거절당하는 경험을 축적하며 책임량인 캔디 100박스를 다 판매했다. 이어서 차량 세차 펀드레이징에 가세했다. 교회와 부모들도 형편에 맞춰 펀드레이징을 해줬다. 결국 각고의 노력 끝에 목표한 자금을 마련할 수 있었다. 알래스카로 출발하는 날 국제공항으로 가는 버스는 나도 함께 타고 갔다. 배움은 알래스카에 가서 교회 짓기 노동에도 참여하고 원주민 아이들과 함께 놀기도 하면서 2주 정도의 선교봉사활동을 몸으로 경험했다. 마지막 날엔 한국을 알리기 위한 공연행사도 가졌다. 배움은 도전으로부터 도망가지 않았다. 몸 사리지도, 소극적으로 행동하지도 않았다. 어려워도 끝까지 추진했다. 적극적으로 뛰어든 용기였다.

마라톤은 달리기 경기 중 가장 멀리 오래 달리는 경주이다. 그래서 종종 인생을 마라톤 경기로 비유하곤 한다. 실제로는 '세계 기록'이라는 말이 통용되지만, 마라톤 기록은 코스마다 조건이 약간 다르기 때문에 세계 기록은 공인되지 않으며, '세계 최고'라는 말이 쓰인다. 각각의 인생이 다르기 때문에 인생 기록은 공인되지 않으며, '인생 최고'라는 말이 쓰여야 하는 것과 얼추 비슷하다. 기원전 490년 아테네 북동쪽 마라톤 광야에서, 침략해 온 페르시아군을 격파한 그리스군의 병사가 그리스의 승리를 알리기 위해 약 40km를 달려 "우리는 이겼노라"고 아테네 시민들에게 알리고, 그 자리에 쓰러져 숨졌다고 한다. 마라톤이 유래된 고사를 생각해 보면 역설적으로 소명과 삶에 최선을 다하라는 '메멘토 모리'를 깨닫는다. 1908년 제4회 런던 올림픽대회 때, 윈저궁전에서 올림픽 스타디움까지의 거리 42.195km가 마라톤의 정식 거리로 채택되었다.

나는 1999년 4월 넷째 주 토요일에 열린 제1회 통일마라톤대회에서 마라톤 풀코스를 처음으로 도전했다. 지금은 임진각 평화누리공원에서 출발하여 임진강을 따라 난 길을 되돌아오는 순환 코스이지만, 그때는 구파발에서 출발하여 삼송리 대자리 봉일천 통일로를 따라 달려서 임진강을 넘어가는 한 방향 코스였다. 3개월 여를 연습하고 저지르는 최초의 마라톤 풀코스 도전이라서 전날 밤 잠도 잘 못 잤다. 5시간을 훌쩍 넘겨 골인 지점인 월롱초등학교에 도달했다. 도전하기 전에는 달리다가 포기할까 봐 아니 죽을까 봐 두려웠는데 결코 죽지 않았다. 대신 힘들었던 공포감은 나자빠져 죽었고 다시 또 뛸 수 있다는 자신감이 살아났다.

최초의 기록을 워낙 넉넉하게 해놓은 덕분에 이후 춘천마라톤, 동아마라톤, 중앙마라톤, 벚꽃마라톤, 한강마라톤 등등 풀코스 기록은 처음과 대비해 언제나 기분 좋은 기록을 수립했다. 마라톤 풀코스를 달릴 때마다 몸은 오버페이스를 하면 언제나 잘못된다는 것과 충분하게 준비하고 절대 겸손해야 된다는 것을 늘 가르쳐주었다. 나는 2016년 서울시청에서 강서구청으로 소속을 옮기면서 2007년부터 10년 동안 맡았던 제4대 서울시청마라톤동우 회장 직분을 넘겼다. 청마회, 서울시청마라톤동우회 하면 나에게 먼저 떠오르는 얼굴이 둘이다. 1999년 제2대 이규일 회장과 2017년 제5대 최성학 회장이다. 이규일 회장은 나를 1999년에 마라톤의 세계로 안내하고 키워준 분이다. 최성학 회장은 마라톤을 시작한 지 20년 만에 풀코스 600회를 완주한 사람이고 내가 10년 동안 마라톤 그림자 회장을 맡았던 시절 내내 그림자가 빛나도록 총대를 메준 총무였고 부회장이었다. 내가 풀코스 마라톤을 완주한 것은 기억상 15년 전이다.

나는 다시 2020년부터 마라톤의 세계로 천천히 달려가려고 맘 먹고 있다. 두려움은 없다. 그러나 충분하게 준비하지 않으면 완주하지 못한다는 것, 겸손하지 않으면 최초의 기록에도 못 미칠 수 있다는 걸 안다. 배움의 알래스카 교회 짓기 준비 시절처럼 몸과 맘을 다시 펀드레이징해야 된다. 많은 사람들에게 많이 알려진 이야기인데, 서커스단의 코끼리는 실제로 말뚝을 쓰러뜨릴 힘을 가졌는데도 도망가지 않는다. 어린 시절부터 말뚝에 매여 자랐기 때문이다. 심리학자인 마틴 샐리그만은 이를 '학습된 무력감'이라는 용어로 소개했다. 반대로 긍정적인 성취경험을 여러 차례 경험한 덕에 얻는 '학습된 도전의식'이 '배움'이다. 여기에 다시 긍정적인 감정과 사고를 이어가면 '긍정의 물레방아'가 돌아간다. 배움의 알래스카 교회 짓기와 나의 제1회 통일마라톤은 긍정의 물레방아를 다시 돌리는 마중물인 셈이다. 윤성학(1971~) 시인의 시 〈마중물〉을 발견하여 읽는다.

마중물

윤성학

참 어이없기도 해라

마중물, 마중물이라니요

물 한 바가지 부어서

열 길 물속

한 길 당신 속까지 마중갔다가

함께 뒤섞이는 거래요

올라온 물과 섞이면

마중물은 흔적도 없이 사라져버릴 텐데

그 한 바가지의 안타까움에까지

이름을 붙여주어야 했나요

철렁이기도 해라

참 어이없게도

배세일움
패밀리 캠핑

2002년도는 배세일움에게 특별한 경험이 집중적으로 축적된 해이다. 40일 동안 미국과 캐나다의 국립공원을 탐방하며 캠핑을 했다. 오로지 혼자 운전을 책임진 아내가 굴린 자동차 바퀴는 1만km를 넘게 기록했다. 나는 운전도 미숙하고 내비가 없던 시절이라서 지도 찾기와 캠프 마련에 올인했다. 캠프가 정해지고 도착하면 배움을 중심으로 세움과 일움은 함께 텐트를 치고 텐트 안을 정리했다. 배움은 15살, 세움은 12살, 일움은 8살 때이다. 그해 6월 4일 폴란드전부터 6월 29일 터키전까지, 한국에서 벌어지는 2002월드컵을 미국에서 실시간으로 보느라 새벽에도 모두들 눈을 뜨고 살았다. 덕분에 본격적인 배세일움 패밀리 캠핑은 7월 10일부터 시작됐다.

근대 인식론은 크게 영국의 경험주의와 대륙의 합리주의로 나뉜다. 경험주의는 인간의 지식은 오로지 경험에 의해서만 가능하다고 주장하는 반면, 합리주의는 인간의 이성만이 진정한 인식을 가져다준다고 믿는다. 그러니까 경험주의는 우리의 관념이 기본적으로 개별적 경험에 의존하며, 총합적 지식이란 그러한 관념의 연합일 뿐이라는 것이다. 하지만 합리주의는 이성에 의한 주체의 사유라는 중심 없이는 인식이 불가능하다고 본다. 그러므로 경험주의적으로 보면 주체는 관념의 다발이지만, 합리주의적으로 보면 주체는 인식의 중심이다. 독일 철학자 임마누엘 칸트는 이 둘을 종합하여 선험철학을 완성한다. 어쨌든 우리의 정신작용은 몸의 경험과 밀접하다. 심통가족은 40여 일 배세일움 패밀리 캠핑으로 몸의 경험을 축적시켰다.

우리나라 코오롱 제품으로 캠핑 장비를 장만했다. 339마일 오레곤코스트 101번 도로는 태평양을 끼고 펼쳐지는 해안가 절경으로 유명한 드라이브 코스다. 캐논 비치, 헤세타 헤드 등대, 사자 동굴, 오레곤 듄스 등등을 배세일움과 함께 경험했다. 캠핑장도 참 많다. 함께 가기로 작정한 양진철 패밀리 넷과 배세일움 패밀리 다섯은 7월 초 열흘 동안은 가까운 곳 여기저기 캠핑 연습을 했다. 미국 중부에서 서부로 여행 온 한문철 패밀리와 함께 크레이터 호수에 피크닉을 다녀온 다음 날 캠핑 여장을 꾸렸다. 양진철 팸 넷과 문홍선 팸 다섯은 유진시에서 5번 고속도로를 타고 남쪽으로 출발했다.

열흘 정도 계획한 남쪽 여정에 따라 세쿼이아 국립공원, 요세미티 국립공원, 타호호수 국립공원 순으로 캠핑장을 다녔다. 세쿼이아 국립공원은 옐로스톤 다음으로 전 세계에서 두 번째로 국립공원으로 지정된 곳이다. 솟아오른 거대한 나무, 자동차가 자이언트 세쿼이아에 달라붙은 딱정벌레처럼 여겨지는 거대한 나무들을 보았고, 맑고 상쾌한 숲을 마셨다. 1백만 년 전 빙하가 만들어낸 기암절벽 엘카피탄, 하프돔 등 엄청난 바위들, 계곡 곳곳에서 하얀 물살을 쏟아내는 폭포가 어우러진 요세미티 국립공원 캠핑장에서는 한여름 더위를 먹었다. 땀을 식히러 타호 호수로 갔다. 건너편 산꼭대기엔 눈이 쌓여있고 호수는 바다처럼 넓어 파도가 쳤다. 깊은 곳은 500m 이상인 이곳은 물이 어찌나 맑은지 바닥이 훤히 비쳤다. 호수의 물을 다 빼내고 다시 채우려면 700년이 걸린다는데 물놀이하며 우리가 마신 물은 다행히 그리 많지 않았다. 캘리포니아주 캠핑에서 배세일움은 거대한 나무들, 거대한 바위들, 어마어마하게 큰 물을 오감으로 인식하고 경험했다.

유진으로 돌아온 후 우리는 집에서 편안히 하루 저녁을 묵었다. 다음 날부터 미국과 캐나다 국경을 넘나들어야 하기에 여행 전 미리 여권을 챙기는 건 물론이고 미국 유학생 증명서도 준비하였다. 장거리 운행 길이라서 고장 난 유량계 빼고는 자동차 정비도 꼼꼼히 했다. 두려움과 설렘도 충전했다. 20일 정도를 계획한 여정에 따라 유진에서 5번 고속도로를 타고 북쪽으로 출발했다. 미

배세일움 사용서

국 워싱턴주 올림픽 국립공원, 캐나다 밴쿠버섬과 밴쿠버 그리고
밴프 국립공원, 캐나다 캘거리를 거쳐 미국 아이다호주 글레이셔
국립공원, 와이오밍주 옐로스톤 국립공원, 사우스다코타주 러시
모어산 국립기념지, 콜로라도주 덴버시 록키산 국립공원, 유타주
솔트레이크, 네바다사막을 거쳐 오레곤주 유진시 순으로 캠핑과
드라이브를 전개했다.

올림픽 국립공원 전망대로 올라가는 길에서 곰을 보았다. 전망대에서는 머리에 하얀 눈을 얹고 파노라마처럼 대자연을 펼치는 올림푸스산과 산맥을 감상했다. 전망대 벤치에서 먹는 라면 냄새에 콧구멍을 벌렁거리며 사슴들이 다가왔다. 신나는 경험을 하면서 사진도 만족스러울 만큼 찍은 뒤 캐나다 벤쿠버섬 건너편 미국 '포트 엔젤레스'에서 첫날 캠핑을 했다. 다음 날 캐나다 벤쿠버섬의 빅토리아시로 자동차와 함께 배를 타고 건너갔다. 채석장이었던 곳에 세계 각국의 꽃과 나무와 정원이 장관처럼 펼쳐진 부차드가든을 찾았다. 빅토리아시에서 이틀간 캠핑하며 이곳저곳 찾아보고 원주민 토템박물관도 들어갔다. 일정을 마친 뒤 페리를 타고 벤쿠버로 건너갔다. 바다와 마천루와 자연이 어우러진 살기 좋은 도시 벤쿠버에서는 스탠리파크에서 라면도 끓여 먹고 여기저기에서 놀다가 하루를 캠핑했다.

벤쿠버에서 아내는 동쪽 방향으로 자동차 핸들을 돌렸다. 로키산맥을 넘어가기 전에 '캐년 핫 스프링스' 캠핑장에서 온천을 체험했다. 캐나다에서 가장 오래된 국립공원, 앨버타주 밴프 국립공원으로 캠핑장을 옮겨 이틀 밤을 잤다. 루이스 호수, 쟈스퍼 피라미드 호수, 아이스필드 파크웨이, 밴프 스프링스 호텔 온천, 바우강, 밴프다운타운 야경 등등. 수많은 호수와 산, 빙하의 공원이다. 한여름인데 저녁엔 장작불을 지폈다. 침낭 속에서도 굉장히 추웠다.

배세일움 사용서

밴프에서 1번 고속도로를 타고 동쪽으로 달려 캘거리에서 이른 점심을 먹고, 운전대를 남쪽으로 돌려 캐나다 2번 고속도로를 탔다. 국경을 넘어 미국의 초원지대를 달리는 차량에는 폭죽처럼 터지며 부딪힌 메뚜기들이 자동차의 표피와 틈새를 파랗게 물들이고 메웠다. 물로 닦아내고 꼬챙이로 파내가며 열심히 달려 미국 아이다호주 글레이셔 국립공원 캠핑장에 도착했다. 다음 날은 하루 종일 남쪽으로 내달려 와이오밍주 옐로스톤 국립공원 캠핑장에 등록했다. 산중 호수로는 북미 대륙에서 가장 큰 옐로스톤 호수는 면적이 서울의 5분의 3 크기인 360㎢이다. 3,000m를 넘는 산봉우리가 45개나 된다. 형형색색 어마무시한 장관이다. 유황가스 냄새가 진동한다. 올드페이스풀 간헐천 등 온천이 1만여 개나 되고, 협곡과 폭포, 대초원과 야생동물의 천국인 화산공원지대다. 세계 최초로 지정된 국립공원, 옐로스톤에서 배세일움은 사흘 동안 캠핑했다.

옐로스톤에서 빠져나와 동쪽으로 달려 90번 고속도로를 탔다. 버팔로시를 지나서 사우스다코타주의 러시모어산 근처 캠핑장으로 향했다. 캠핑장에 다다르기 전 늦은 오후 버팔로 무리를 만나 한동안 다른 차들과 함께 기다려주며 버팔로 떼를 관람하는 행운을 겪었다. 다음 날 러시모어산 꼭대기에 새겨놓은 네 개의 거대한 '큰 바위 얼굴'을 보았다. 거츤 보글럼이 1927년에 시작하였고 그의 아들 링컨 보글럼이 1941년 완성했단다. 비용은 미국연

방정부가 댔다. 왼쪽부터 미국 초대 대통령 조지 워싱턴, 제3대 대통령 토머스 제퍼슨, 제26대 대통령 시어도어 루스벨트, 제16대 대통령 에이브러햄 링컨이다. 러시모어산에서 멀지 않은 곳, 선더헤드산에는 인디언 지도자 '크레이지 호스'의 거대한 기념물 조각이 새겨지고 있었다. 1948년부터 시작되었고 미국연방정부의 지원금은 거절했단다. 러시모어(Rush more)와 선더헤드(Thunder head)의 산꼭대기는 원주민과 이주민이 자기의 역사를 상징하는 거대한 영웅 기념물로 다투고 있는 전투 현장이었다.

7월 4일 오레곤주 허니맨파크에서 캠핑 연습을 시작한 이래 죽 달려와 러시모어산에서 이틀을 캠핑하고 나니 8월 13일이 되었다. 그동안 아픈 사람 하나 없이 과속 티켓 한 장 끊은 것 빼고 여행은 무탈하게 진행되었다. 러시모어! 이제는 서쪽으로 방향을 돌려 미국 서부 오레곤주 유진으로 돌아간다. 콜로라도의 주도 덴버도 들러 가기로 했다. 록키산 국립공원 캠핑장에서 1박을 했다. 독수리가 그려져 있는 티셔츠를 기념으로 샀다. 80번 고속도로를 타고 서쪽 방향으로 달려 유타주 솔트레이크시티 캠핑장에서 1박을 했다.

다음 날 80번 고속도로가 네바다 사막으로 본격 진입하기 전에 주유소에 들러 셀프 주유를 했다. 네바다는 주유소 간격이 100마일보다 멀다. 셀프주유기를 꽂아놓고 아내와 나는 화장실을 다녀왔다. 자동차의 유량계가 고장이 나서 미리미리 기름을 채웠는데, 하필이면 이때 화장실 간 사이에 막내 일움의 호기심에 뽑힌 셀프주유기가 기름을 덜 채운 걸 눈치채지 못했다. 한참을 달렸다. 에어컨을 끄는 비상조치에도 유량계가 제로에 근접했다. 하얀 소금이 깔려서 온통 하얀 네바다 사막 고속도로 갓길에 차가 멈췄다. 세움과 나는 드문드문 지나가는 차에 도움을 요청했다. 착한 미국인이 둘을 태우고 한참을 내달려 주유소로 갔다. 기름통을 사서 가솔린을 한가득 채웠다. 그 미국인은 차를 거꾸로 돌려 아내와 배움과 일움이 40도가 넘는 네바다 사막에서 익어가고 있는 '체험 삶의 현장'까지 우리를 도로 데려다주고 갔다. 지금은 시간을 아끼지 않고 도와준 그 미국인의 얼굴이 안 떠오른다. 미안하다. 네바다 사막은 하루 만에 질러가지는 못한다. 네바다 사막 고속도로 곁의 거친 벌판에 있는 캠핑장에서 1박을 했다.

네바다 사막의 소금은 배세일움 패밀리 생애에 큰 의미가 되었다. 제 아무리 크고 아름다운 것들도 내 삶에 들어와 부대끼지 않은 것들은 내게 아무 의미가 없다. 결국 내 삶과 만난 것들만이 내 인생에서 하나의 의미가 된다. 네바다의 그 미국인은 진정한 이웃이었다. 이향지(1943~) 시인의 시 〈소금의 행로〉를 떠올리면서 배세일움 패밀리 캠핑의 끝으로 간다.

소금의 행로

이향지

바다로 곧장 떨어지는 빗방울은
소금이 되지 못한다
고기의 내장을 들락거리지 않는 물은
거름이 되지 못한다
어제는 나는 산을 노래했다
산은 나를 노래하지 않았다
먼 것이 먼 것을 가리는 날
혓바닥에 얹히는 소금

　다음 날 오레곤주를 향하여 북쪽으로 달리는데 도로명이 'The Loneliest Road, 가장 외로운 길'이다. 2시간을 달려도 양진철 패밀리 차와 우리 차 2대만 있었다. 저녁 늦게 도착한 오레곤 사막지대 조그마한 마을에서 숙소를 찾으니 나이 많은 할머니와 할아버지 딱 두 분밖에 없다. 거기서 하룻밤을 묵었다. 8월 18일 오후 유진으로 돌아왔다. 7월 10일부터 시작하여 한여름 40일 동안 수행한 배세일움 패밀리 캠핑은 몸으로 경험주의를 확립했다.

　캠핑 경험 10년 후 나와 배움은 따로 또 함께 한양도성길을 수차례 걸었다. 인왕산 자락의 윤동주문학관에서 〈별 헤는 밤〉 시를 읽었다. 라이너 마리아 릴케(1875~1926)가 그 시 속에 있다. 릴케의 소설, 『말테의 수기』 첫 문장은 이렇다. "사람들은 살기 위해서 여기로 몰려드는데, 나는 오히려 사람들이 여기서 죽을 것

배세일움 사용서

같다는 생각이 든다." 소설 속의 시인 말테 라우리치 브라케는
이렇게 말했다. "시는 사람들이 흔히 생각하듯이 감정이 아니라
경험이다." 학창시절에 읊었던 릴케의 시 〈가을날〉을 낭송하며
배세일움 패밀리 캠핑을 다시 느끼며 경험해 본다.

가을날

라이너 마리아 릴케

주여, 때가 왔습니다.
여름은 참으로 위대했습니다.
당신의 그림자를 태양 시계 위에 던져 주시고
들판에 바람을 풀어놓아 주소서

마지막 과실들이
탐스럽게 무르익도록 명해 주시고,
그들에게 이틀만 더 남국의 나날들을 베풀어 주소서.

열매들이 무르익도록 재촉해 주시고.
무거운 포도송이에
마지막 감미로움이 깃들이게 해 주소서.

지금 집 없는 사람은
이제 집을 지을 수가 없습니다.
지금 홀로 있는 사람은
오랫동안 그러할 것입니다.

깨어서, 책을 읽고, 길고 긴 편지를 쓰고,
나뭇잎이 굴러갈 때면, 불안스레
가로수 길을 이리저리 소요할 것입니다.

누우면 죽고
걸으면 산다

프리드리히 니체가 이런 말을 세상에 던졌다. "진정 위대한 모든 생각은 걷기로부터 나온다." 나는 배세일움에게 니체가 던진 말을 한 번에 이해시키는 산 이름이 '누죽걸산'이라고 사자성어 아재개그를 던졌다. 어리둥절한 표정이다. 누죽걸산은 '누우면 죽고 걸으면 산다'는 뜻으로 지은 기가 막히게 절묘한 산 이름이다. 한양은 육백 년 세월이 흐르며 서울로 확대되었다. 한양의 가장자리 동서남북 4개의 산을 내사산이라고 하고, 한양을 둘러싼 서울의 가장자리가 된 동서남북 4개의 산을 외사산이라고 한다. 내사산의 산마루를 이어서 성곽으로 연결한 오십 리 길은 한양도성길이다. 외사산의 산자락을 이어서 이정표로 연결한 사백 리 길은 서울둘레길이다.

배세일움 패밀리는 무언가 변화가 필요할 때면 각자 또는 함께 걷기를 한다. 한양의 서북동남 인왕산–북악산–낙산–남산 내사산(內四山)을 연결하는 서울성곽길, 한양도성길 18.6km는 배세일움 패밀리가 하루 걷기로 애용하는 기가 막히게 좋은 트레킹코스다. 배움과 세움은 각각 군 제대 기념으로 아내와 나와 함께 한양도성길을 종일 걸었다. 4개의 산꼭대기에서 돌아보면 지나온 길이 훤히 다 보이고, 앞으로 내려다보면 가야할 길이 보인다. 한양과 청계천이, 서울과 한강이 그 둥그런 길 안팎으로 펼쳐져있다. 서울성곽길은 봄-여름-가을-겨울 언제나 걷기 좋다. 재미있는 길이다. 이 길을 나는 틈틈이 혼자 또는 여럿이 자주 걷는다.

2013년 5월 29일 서울시립대학교 도시공학과 졸업작품전시회에 아내와 나 그리고 배움의 할아버지인 나의 아버지가 참석했다. 배움의 졸작전시를 보고 난 뒤 학교 앞에서 아버지, 나, 배움 삼대가 함께 춘천닭갈비를 먹는 장면을 아내가 사진으로 포착했다. 8월에 배움은 중국 베이징으로 날아갔다. 베이징대학이 참여하고 있는 도시계획·조경·건축설계회사인 투렌스케이프(Turenscape) 외국인팀에서 인턴으로 6개월을 일하고 돌아와서 2014년 2월에 졸업했다.

대학전공과 미래계획 사이에서 고뇌하고 있는 배움에게 서울둘레길 156km를 걷도록 권유했다. '누죽걸산' 누우면 죽고 걸으면 산다. 2014년 3월 4일부터 엿새 동안 배움의 발은 서울의 서북동남 덕양산(행주산)-북한산-용마산-관악산 외사산(外四山)을 연결하는 서울둘레길 400리를 홀로 배낭을 메고 걸었다. 배움은 둘레길 걷기 후 외교관 도전의 길을 나섰다.

발은 서있거나 걸을 때 몸을 지탱해 주는 신체기관이다. 누죽 걸산에서 '백두산'으로 건배한다. '백 살까지 두 발로 산에 가자.' 백 살 가까운 나이가 되는 결혼 70주년에 나는 아내와 함께 백두산에 오르기를 희망한다. 내친 김에 그때 그 나이에 백두산부터 지리산까지 백두대간 종주를 하는 꿈을 꾼다. 배움이 6일 동안 걸어 완성한 서울둘레길 156km를, 나는 그해 2014년 서울시인 재개발원장으로 일하던 5월에 수-목-금-토 4일 동안 하루 평균 40km, 100리를 걷고 뛰어 완주했다. 힘들게 걸어가야 할 배움의 길을 4년으로 줄여주고 싶었다.

4년 후 2018년, 외교관시험 4번째 도전에 접어든 배움의 길에 힘을 보태보려고 4일 만에 걷는 서울둘레길 4백리를 다시 도전했다. 낮과 밤의 길이가 같은 춘분을 넘으면 봄이 오는 소리가 들린다. 이성부 시인의 시 〈봄〉을 낭송하며 진달래가 흐드러지게 핀 서울둘레길을 다시 걸었다. 강서구청 근무 3년차인 2018년 4월 4일에 미련 없이, 망설임 없이 '4월 4일부터 4일 동안 4백리 누죽걸산' 프로젝트를 감행했다. 나흘 만에 완성했다. 항상 시작이 반이다.

서울둘레길 하루 1백리는 아침 7시부터 저녁 7시까지 점심 먹는 때 빼고는 꼬박 걸어야 한다. 구승동, 김성경, 김건년, 김용식, 김은미, 김강수, 김완제, 남준영, 박규석, 변상우, 신재일, 이민영, 이용한, 최광회, 하대권 열다섯 사람이 하루 또는 이틀 또는 사흘 동안 함께 팀이 되어 걸어주었다. 김진년, 조영석 두 사람은 나흘 동안 내내 서포터즈로 도움을 주었다. 나와 변상우 두 사람은 나흘 동안 걸어 완주했다. 1시간 단위로 53분 보행, 7분 휴식을 기본으로 했다. "파워젤-쉬즈아~" 휴식구호를 발령하면 에너지 보충제 파워젤이나 물을 먹으며 휴식했다. "초콜렛-가즈아~" 보행구호를 누군가 외치면 걸었다. '초콜렛'은 'Choice - Collaboration - Let's go together'를 줄인 말이다.

봄이다. 몸이다. 걷자. 나는 춥고 어두운 겨울이 지나고 시작처럼 찾아오는 봄에서 배움이를 본다. 이성부(1942~2012) 시인의 시 〈봄〉에는 봄이란 단어가 하나도 없다. 보이지 않아도 겨울이 지나면 초심처럼 봄이 오는 것이다. 배움은 배세일움의 첫 마음, 초심(初心)이다.

봄

이성부

기다리지 않아도 오고

기다림마저 잃었을 때에도 너는 온다.

어디 뻘밭 구석이거나

썩은 물웅덩이 같은 데를 기웃거리다가

한눈 좀 팔고, 싸움도 한판 하고,

지쳐 나자빠져 있다가

다급한 사연 듣고 달려간 바람이

흔들어 깨우면

눈 부비며 너는 더디게 온다.

더디게 더디게 마침내 올 것이 온다.

너를 보면 눈부셔

일어나 맞이할 수가 없다.

입을 열어 외치지만 소리는 굳어

나는 아무 것도 미리 알릴 수가 없다.

가까스로 두 팔 벌려 껴안아 보는

너, 먼 데서 이기고 돌아온 사람아.

　　　　　　　　　　배세일움 사용서

水 (수)

Amor Fati Saeum

아
모
르
파
티
ㄴ 세움

멋진 미래를
마음속으로 그려라

2003년에 스펜서 존슨(1938~2017)은 "The present is a present."라며 배세일움에게 『선물』이란 책을 주었다. 존슨은 세움에게 '멋진 미래를 마음속으로 그려라'라고 말했다.

"어떻게 지내나?"

젊은이는 겸연쩍게 웃으면서 말했다.

"때로는 좋기도 하고, 때로는 나쁘기도 합니다. 하지만 미래를 생각하면 불안해요."

"미래를 너무 앞서서 사는 건 현명한 일이 아닐세. 그게 지나치면 걱정과 불안에 빠지기 쉽지. 그러나 미래에 대한 '계획'은 중요한 거야. 현재보다 더 나은 미래를 만드는 유일한 방법은 행운이 따르는 경우를 제외하곤 미래에 대한 철저한 계획뿐이지. 설사 운이 좋다고 해도 그건 금방 끝나고 말거든. 그러면 더 큰 문제들과 더 복잡한 상황에 빠질 수 있네. 결국 운에 의지하는 것은 올바른 자세가 아닌 게야."

"미래 계획이 어떻게 현재를 사는 것과 관련이 있나요?"

"미래를 계획하고 나면 걱정과 불안이 줄어들어서 현재를 더 즐겁게 살 수 있지. 계획이 있으면 어림짐작으로 일하지 않아도 되거든. 이를테면 미래 계획은 지도와 같은 거야."

"미래 계획을 세움으로써 현재에 더 몰입할 수 있다는 말씀이군요."

"맞아, 이렇게 생각하고 싶을지도 모르겠군."

누구도 미래를 통제하거나
예측할 수는 없다.

그러나 앞으로 원하는 것에
더 많은 계획을 세울수록

현재의
걱정과 불안이 줄어든다.

그리고 미래를
더 잘 알 수 있다.

"그렇다면 언제 미래에 대한 계획을 세워야 하나요?"

"현재보다 더 나은 미래를 원할 때지."

"미래 계획을 세우기 가장 좋은 방법은요?"

"다음의 세 가지 질문에 답하는 거야."

우리가 원하는 멋진 미래의 모습은 무엇인가?
그것을 달성하기 위한 우리의 계획은 무엇인가?
그렇게 하기 위해 오늘 우리가 해야 할 일은 무엇인가?

"자신이 원하는 미래의 모습을 보다 현실적으로 그릴 수 있고, 그게 달성 가능하다고 더 굳게 믿을수록 계획을 더 쉽게 세울 수 있네. 그리고 일단 계획을 세운 뒤에는 경험과 정보가 늘어감에 따라 계속 수정할 필요가 있고, 그래야만 보다 현실성 있는 계획이 되겠지. 중요한 것은, 설사 그게 아무리 작은 일이라 해도 매일같이 무언가를 '하는' 거야. 그래야만 멋진 미래가 현실로 바뀔 수 있다네."

멋진 미래의 모습은 어떠한지
그림을 그려라

현실적인 계획을 세워
그것을 달성할 수 있게 하라.

계획을 지금 이 순간
행동으로 옮겨라.

배세일움 사용서

젊은이의 눈이 반짝 빛났다.

"정말 그런 것 같네요. 직장에서 계획을 세우거나 목표를 정하지 않을 때, 혹은 미래 문제만 너무 걱정할 땐 길을 잃곤 해요."

"내가 얘기한 '현재'의 그 세 부분은 카메라의 삼각 지지대로 생각하면 딱 알맞겠군. 삼각대는 다리가 셋일 때 완벽한 균형을 이루지 않는가. 현재 속에서 살기, 과거에서 배우기, 그리고 미래를 계획하기야. 다리를 하나만 빼도 삼각대는 쓰러지지. 셋 모두 있어야 돼. 그런 점에서 우리의 인생도 마찬가질세. 현재와 과거, 그리고 미래로 이루어진 삼각 지지대 위에서 삶과 일이 균형을 이루도록 만들어야만 훨씬 더 즐겁게 살 수 있는 걸세."

2003년에 스펜서 존슨으로부터 '멋진 미래를 마음속으로 그려라'라는 말을 선물로 받은 세움은, 그로부터 10년 후 2013년에 박원순 서울시장으로부터 '정의롭게 세우고'라는 말을 선물로 받았다.

난 아빠 배 속에
있었다

2001년 6월 10일 일요일이다. 내일이면 배세일움 온 식구가
김포공항에서 비행기를 타고 미국 샌프란시스코-'유진'으로 날
아가 2년 동안 미국에서 살게 된다. 일주일 전부터 꾸린 비행기
화물용 이민가방 10개는 각각 23kg이 넘지 않게 무게를 재놓았
다. 집 안이 텅 비었다. 주일날이라서 온 식구가 길교회 예배당
에 가려고 나섰다. 마음들이 다 붕~ 떠있다.

일신동 풍림아파트는 우리나라 최초의 철도, 경인선의 남쪽에
있고, 길교회는 경인선의 북쪽에 있다. 5년 동안 일움과 함께 달
려온 하얀 자동차 '프린스'의 운전석엔 10년 경력의 베테랑 운전
자, 아내가 앉았다. 미국 가서 운전하려고 18개월 전에 운전면허
를 취득한 나는 아내 옆자리에 탔다. 뒷좌석에는 14살 중1 배움,
11살 초4 세움, 7살 특수교육생 일움 셋이 탔다. 경인선 철도를
넘어가는 짧고 가파른 고가교 오르막길을 속도를 내어 올라갔다.

일요일 아침이라서 차가 없다. 아내의 운전은 부드럽고 날렵하다. 치고 오른 오르막이 곧장 내리막으로 이어지니 자동차는 쑥 올랐다가 비행기처럼 슝~ 하고 가볍게 내려간다. 들숨 날숨을 따라 갈빗대가 부풀어 오르고 횡격막이 슈욱 올라갔다 쑤욱 내려갔다. 뒷좌석에서 야호~ 탄성이 터졌다. 앞좌석 심통부부의 귀가 쫑긋했다. 배움과 세움이 대화했다.

"야호~ 비행기 탄 기분이다~"
"형 비행기 타봤어? 언제?"
"제주도 갈 때 엄마 배 속에서 비행기 탔다!"
"엥, 그러면 나도 탔다. 나는 아빠 배 속에 있었다."
"으잉~"

아니 저 녀석들이 생명 탄생의 생물학적 원리를 다 꿰고 있었네. 11월 15일 결혼한 심통부부의 신혼여행 제주도 비행기 속에 이듬해 7월 8일 생인 배움이 생명이 되어 아내와 함께 탄 건 인정한다. 그런데 세움도 아빠 배 속에서 비행기를 함께 탔다고 주장하는 거였다. 일움도 따라 웃다가 뒷자리가 갑자기 조용해졌다. 장남과 장녀로서 책임도 엇비슷하고 생김새와 분위기도 닮았다는 평을 듣는 짝꿍이 심통심통부부다. 배세일움을 찬찬히 뜯어보면 생김새는 셋 다 반반씩 닮은 듯하다. 그런데 기질적으로 세움이는 나를 좀 더 닮았고, 배움이는 아내를 좀 더 닮았다. 일움은 반반이다. 이건 내 주장인데, 아내의 주장은 상황에 따라 다르다.

아내는 결혼 4년 차 되던 1991년에 필기시험도 한 방에, 실기시험도 한 방에 통과해서 운전면허를 땄다. 안산면허시험장에서 치른 코스실기시험에는 장모님, 배움이, 세움이가 함께 가서 응원했다. 세움이는 백일기념일이 갓 지난 아기라서 엄마 젖을 먹어야 할 때였다. 아내가 시험을 치를 때는 외할머니 품에서 잠을 잤다. 배움은 겨우 4살이라 아직 혼자 집을 볼 나이는 아니었다. 비도 많이 내린 날이었는데 대규모 응원단의 성원 덕분에 거뜬히 합격하였다. 나는 아내가 면허를 딴 뒤 8년이 지난 1999년에, 3단계 과정 1)필기시험 만점 합격, 2)코스시험 4전 5기 합격, 3)도로주행 합격으로 간신히 당당하게 운전면허를 취득했다.

91년 말에, 오래 굴렀지만 그래도 잔존수명이 남은 '포니엑셀'을 지인으로부터 무상으로 양도받은 아내는 우리 집 최초의 운전자가 되었다. 포니 엑셀은 1년여 움직이다가 폐차되었다. 아내는 할부융자를 끼고 신형 '엑센트'를 장만하였다. 일움이가 태어나 배세일움 이름이 완성된 이후, 4년여 할부가 끝나고 중고차가 된 엑센트를 팔고 다시 '프린스'를 구입했다. 일움이를 프린스로 생각했었나? 이 프린스가 경인선 철도 고가교를 비행기처럼 넘었던 것이다. 10년 무사고 베테랑 운전자 아내는 프린스를 그 일요일 오후에 막내 시동생 문구선에게 무상으로 양도하였다. 2001년 아내는 미국 오레곤주 유진 면허시험장에서 또 한 방에 운전면허를 땄다. 나는 도로주행시험을 비오는 날 두 번 더 치르고 원더풀하게 미국면허를 취득하였다. 자동차 운전을 안전하고 원활하게 잘하는 사람과 더불어 사는 게 천만다행이다.

미국은 자동차의 나라다. 미국면허를 따기 전에 차를 먼저 사서 국제면허로 운전했다. 이 차를 가지고 면허시험장에 가서 시험을 치르고 미국면허로 바꾼 것이다. 미국에서도 주력 운전자는 공간 감각이 뛰어나서 어려운 주차도 한 방에 끝내주는 아내였다. 나는 나 혼자 필요할 경우에만 운전했다. 난생 처음으로 외제차인 중고차 도요타 '캠리'를 사서 10개월여 타고 되팔았다. 중고 캠리를 판매한 돈으로 배세일움 가족 다섯 사람이 타고도 여기저기 짐을 잔뜩 실어주는 중고 밴 '보이저'를 구입했다. 캠리는 보이저를 사고도 상당한 달러를 남겨서 배세일움 패밀리 미국여행에 큰 보탬이 됐다. 미국을 떠나 한국으로 돌아오기 이틀 전날, 보이저는 산값의 반값으로 팔렸다.

2003년 부평 일신동 집으로 배세일움 패밀리가 귀환해서 구입한 자동차는 9인승 '트라제'였다. 배세일움의 덩치들이 커졌기도 하였고 여기저기 가족여행을 갈 때 좋으라고 '보이저'는 '트라제'를 낳았다. 트라제는 중·고등학생이 된 세움과 배움 덕분에 결코 가족여행용은 되지 못했다. 대신 2009년까지 7년 동안 동네사람들, 교회가족들, 현장식당식구들이 단체로 이용하는 공용차량으로서 훌륭한 역할을 다했다. 공용차량 트라제의 운전자인 아내는 2010년엔 '오피러스'로 자동차를 바꿨다. 아내가 운전하는 오피러스를 타고 부개역 옆에 걸쳐있는 고가교를 넘나든다. 오피러스는 쿠션이 좋은지 횡격막이 올라갔다 쑥 내려가는 느낌이 없다.

1991년부터 2019년까지 배세일움 패밀리와 함께 한 자동차의 계보는 이렇다. 잔존수명이 얼마 남지 않았으나 배세일움 가정에 무상으로 입양된 '포니엑셀'은 신형 '엑센트'를 낳았고, '엑센트'는 '프린스'를 낳고, '프린스'는 무상으로 문구선 패밀리에게 입양되었다. 중고이기는 하나 값이 제법 나가는 '캠리'는 '보이저'를 낳았고, '보이저'는 '트라제'를 낳고, '트라제'는 '오피러스'를 낳았다. '오피러스'가 이제는 열 살이 넘었다. 무엇을 낳을 생산능력이나 있을까?

박연준 시인(1980~)의 시 〈바지를 벗다가〉를 발견하고 깜짝 놀라 깨달았다. 자동차들은 베스트 드라이버인 아내가 없으면 움직이지 못했지만, 폐차되어 죽었든지 아직도 살아있든지 그 배 속에 타고 있었던 생명공동체 배세일움 패밀리의 일상을 기억했고, 추억하겠구나. 아내의 운전과 함께 배세일움 생명공동체를 지켜주고 지켜보는 생물체였구나. 생물과 무생물의 구분이, 생명과

142

무생명의 구별이 인식의 프레임에 따라 이렇게 다를 수 있구나.

바지를 벗다가

박연준

바지를 벗어 놓으면 바지가 담고 있는 무릎의 모양
그건 바지가 기억하는 나일 거야
바지에겐 내 몸이 내장기관이었을 텐데

빨래 건조대에 얌전히 매달려 있는
내 하반신 한 장

나는 괜찮지만
나 이외의 것들은 괜찮을까, 걱정하는 밤

내가 없으면 옷들은 걸어 다니지 못한다.

보이스피싱에 낚여
납치됐었지

2007년 11월 말인데 으슬으슬 춥다. 오후 세 시인데도 어둑어둑해질 만큼 구름이 잔뜩 꼈다. 남산 옛 안기부 청사를 리모델링한 유스호스텔 회의장에서 난해한 과제 해결을 위한 회의를 주재하는 중이었다. 주머니 속의 핸드폰이 끊어지지도 않고 진동이 진통처럼 계속 느껴졌다. 핸드폰을 주머니에서 꺼냈다. 아내 전화다. 귀에다 갖다 댔다. 비명 소리가 들렸다. 아내가 울먹이는 소리도 들렸다. 어, 이상한 상황이었다. 내 표정이 점점 겁먹은 듯 굳어졌다. 쳐다보는 사람들도 내 모습 따라 심각해졌다. 전화가 뚝 끊어졌다. 회의장 밖으로 나왔다.

낯설고 거친 남자 목소리가 먼 곳에서 들렸다.
"네 새끼, 납치했다. 문세움, 쥑인다."
겁에 질린 세움이 목소리가 먼 곳에서 들렸다.
"아~악, 때리지 마세요. 살려주세요."

아내의 절박한 목소리가 가까운 곳에서 들렸다.

"안 돼요. 아들만은 건들지 마세요."

회의장 밖으로 황급히 따라 나온 직원이 걱정스럽게 무슨 일인지 물었다. 둘째가 납치됐다고 말하는 순간, 동시에 "보이스피싱입니다. 과장님!" 순간 머리가 진공으로 변했다. 아내에게 급히 전화를 다시 발신해도 진동만 진통처럼 울릴 뿐 받지를 않았다. "세움이 학교로 전화해 보세요." 전화번호를 검색해서 부평고등학교 교무실 직원과 통화했다. "세움이에게 지금 바로 엄마에게 전화하라고, 엄마가 보이스피싱에 낚여 납치됐다고, 빨리 전해주세요." 교무실 직원이 걱정 말라면서 이번 주에만 벌써 세 번째 납치되었다고 말해주었다. 회의는 맡겨놓고, 이제는 충격을 받았을 아내를 구하러 나는 집으로 가는 전철을 탔다. 세움은 학업을 중단하고, 보이스피싱에 납치된 엄마를 구하러 집으로 오는 버스를 탔다.

전철을 타고 오면서 아내에게 몇 차례 전화를 해도 안 받더니, 집에 도착할 즈음 아내로부터 전화가 왔다. 학교에 있는 세움이와 통화했으며, 보이스피싱 전말을 경찰서에 신고했으며, 납치범은 오백만 원을 채갔으며, 경찰지구대가 집에까지 출동했으며, 지금은 빵과 우유를 사서 경찰지구대에 위로방문 및 진술하러 가고 있다고, 차분한 목소리로 이야기했다. 세움이가 무사하니까 다행이라면서도 '아직도 무섭다'고 말하며 전화를 끊었다. 나는 궁금했던 거, 어떻게 납치범과의 통화 내용이 내 핸드폰에 중계되었는지를 묻는다는 걸 깜빡했다. 사실 아내만 보이스피싱에 낚인 게 아니라 나까지도 세트로 걸린 거였다. 생생한 리얼이었다. 나는 아내를 걱정해 주고 있는데, 오히려 아내의 목소리는 나를 위로해 주고 있었다.

일신동 풍림아파트에 도착했다. 문을 열고 들어서니 아무도 없고 아무 일도 없었다. 멀쩡하게 가방을 멘 세움이가 곧 문을 열고 들어왔다. 세움과 나는 경찰지구대에서 돌아올 세움이 엄마를 구출하는 작전을 함께 짰다. 엄마가 문을 열고 들어오면, 세움이가 달려가 엄마를 격렬하게 안아주고, 감격에 겨운 목소리로 "엄마, 고마워요. 사랑해요. 엄마가 저를 구하기 위해 쓴 오백만 원을 오백 배로 갚아드릴게요. 어머니 사랑합니다."라고 결기 있게 말하기로 했다. 리허설도 두 번이나 했다. 11월 짧은 해는 사그라지고 밖은 이미 어두워졌다. 세움이는 방에 들어가고, 나는 극적인 상봉을 연출하려고 거실에 불도 안 켜고, TV만 소리를 죽여 켜놓은 채 소파에 앉아 기다리다가, 기다리다가 잠에 빠졌다. 갑자기 거실 등이 확 켜지고 아내가 눈앞에 서있다. 벌떡 일어나 아내를 안아주고, 거실 입구로 밀면서 외쳤다. "세움아, 엄마가 돌아왔다!" 세움이가 방문을 열고 나와 연습한 대로 납치되었던 엄마를 감격스럽게 안으며 결기 있게 말했다. "엄마, 고마워요. 사

배세일움 사용서

랑해요. 엄마가 저를 구하기 위해 쓴 오백만 원을 오백 배로 갚아드릴게요. 어머니 사랑합니다." 아내는 세움이를 한참 동안 안아주며, 등을 두드려주고 눈시울을 붉혔다. "아들, 고마워. 아들, 사랑해." 나는 죽였던 TV 볼륨을 크게 살렸다. 그리고 전혀 연습도 준비도 되지 않은 말을 던졌다. "배고프다. 저녁밥 먹자."

아내가 정말 리얼하게 납치 사건을 재방송해 줬다. 미리 배세일움 저녁밥을 준비해 놓고 일터인 현장식당에 가려고 문을 나서는데, 집 전화가 울었다. 그냥 갈까 하다가 돌아와 오른손엔 핸드폰을 들고, 왼손으로 전화기를 들었다. "910311 - 0000000, 부평동중학교 문세움." 묵직한 말과 함께 갑자기 퍽, 퍽, 퍽, 몽둥이가 날아가는 소리와 비명 소리가 들렸다. 큰일 났다. 아들이 납치됐다. 남편에게 긴급한 상황을 알려야 했다. 오른손으로 핸드폰을 켜서 납치범이 눈치채지 못하게, 남편이 위급상황을 알아차리도록 조치했다. 그런데 남편마저 멀쩡한 물고기처럼 생생한 보이스피싱에 낚인 것이었다. 아내는 핸드폰이 남편에게 걸린 것을 확인하고 이어 세움의 석방자금 오백만 원을 송금하기 위해 핸드폰의 방향을 전환했다. 전화가 끊겼다. 진공처럼 하얗게 빈 아내의 머릿속으로, 먹먹하게 뛰는 심장 고동 소리를 비집고, 세움이 핸드폰 전화가 왔다. 사랑하는 세움이를 구했다. 무섭게 이어지는 협박 전화는 욕을 한마디 퍼부어 주고, 다시는 전화기를 잡지 않았다. 이어 경찰지구대에 급하게 보이스피싱 납치 전화를 신고했다. 그런데 잘못 이해한 경찰지구대는 경찰차 경고음까지 끈 채로 급하게 풍림아파트 11층까지 출동하였다. 그리하여 납치된 아내를 구해냈다. 본래 멀쩡했던 아내는 미안해서 빵과 음료수를 사서 출동한 경찰지구대원들을 위로하러 갔고, 보이스피싱 사건의 전말을 진술하였다. 납치범들은 잡히지 않아 미제 사건으로 남았고, 후유증으로 그날 이후 전화 소리만 죽었다. 오백만 원을 인출해 가는 장면까지는 은행 CCTV를 통해 다음 날 확인했다. 이 보이스피싱 사건은 세움에게도 내게도 아내에게도 분명한 깨달음을 오백 배로 절실하게 주었다. 나도 아내도 바보가 아니고, 보이스피싱은 리얼이었구나. 나와 아내가 아들 세움을 사랑하고 믿는다는 것이, 리얼이구나. 오백 배로 갚겠다는 언약을 한 세움은 새롭게 깨달았다. 세움은 자신이 엄마와 아빠의 사랑하는 아들임을 분명하게 확인했다.

스위스 알프스에 위치한 작은 도시, '실스마리아'는 니체에게 창작의 요람이 되어준 곳이라고 한다. 프리드리히 니체는 '실스마리아'를 이렇게 썼다. "나는 여기 앉아 있었다. 기다리며 — 뭘 기다린 것도 아니면서, 선과 악의 피안에서, 때로는 빛을 즐기고, 때로는 그림자를 즐기면서, 온통 놀이, 온통 바다, 온통 한낮, 온통 목표도 없는 시간이었다. 그때, 갑자기, 벗이여! 하나가 둘이 되었다 — 그리고 짜라투스트라가 나를 찾아온 것이다….

배세일움 사용서

짜라투스트라는
이렇게 말했다

　'아모르 파티, 운명을 사랑하라, 운명애(運命愛).' 이 말을 떠올리면, 나는 어머니 생각이 먼저 난다. 이어 세움이 생각이 난다. 내 무의식 속에 뭐가 있어서 어머니와 세움이가 생각나는 걸까. 어머니가 생각나는 것은 '김영애'인 어머니 이름이 운명애라는 단어와 운율이 어울려서 그런 것인지도 모른다. 세움은 초심(初心) 배움과 결심(決心) 일움 사이에 낀 중심(中心)의 운명이라서 그런가 싶다.

　'아모르 파티'는 인간이 가져야 할 삶의 태도를 설명하는 프리드리히 니체의 철학용어이다. 니체에 따르면 삶이 만족스럽지 않거나 힘들더라도 자신의 운명을 받아들여야 한다. 그러나 운명을 받아들인다는 것은 자신에게 주어지는 고난과 어려움 등에 굴복하거나 체념하는 것과 같은 수동적인 삶의 태도를 의미하지는 않는다. 니체가 말하는 '아모르 파티' 즉 '운명애'는 자신의 삶에서 일어나는 고난과 어려움까지도 받아들이는 적극적인 방식의 삶의 태도를 의미한다. 즉 부정적인 것을 긍정적인 것으로 가치 전환하여, 자신의 삶을 긍정하고, 그에 대한 책임을 지는 것이다. 그는 이 운명론이 창조적인 것과 합치된다고 말하고 있다.

세움이가 열림유치원에 다닐 때였다. 세움은 아이들 또래에서 앞장을 서는 적극적이고 행동적인 리더였었나 보다. 유치원 엄마들 모임에 다녀온 아내가 말했다. 어떤 아이의 엄마가 세움이가 누구냐고 물었다는 것이다. 그 집 아이가 늘 코를 만지작거리는 버릇이 있었는데 손이 코까지 올라갔다가도 이내 중지한다는 것이었다. 코 만지지 말라고 그렇게 말을 해도 버릇을 못 고쳤었는데 안 한다는 것이었다. 그래서 물었더니 "세움이가 하지 말라고 그렇게 말했다."는 것이었다. 니체는 짜라투스트라는 이렇게 말했다고 밝혔다. "아모르 파티!"

프리드리히 니체(1844~1900)는 서구의 오랜 전통을 깨고 새로운 가치를 세우고자 했기 때문에 '망치를 든 철학자'라는 별명이 있다. 한 권도 제대로 읽어보지는 못했지만, 그가 쓴 책들은 제목만 보아도 범상치 않다. 『비극의 탄생』(1872), 『반시대적 고찰』(1873), 『인간적인, 너무나 인간적인』(1878), 『여명』(1881), 『환희의 지혜』(1882), 『짜라투스트라는 이렇게 말했다』(1883), 『권력에의 의지』(1884), 『선악의 피안』(1886). 니체는 삶에 대한 깊은 생각을 품은 명언을 많이 말했다. 니체는 삶에서 가장 위대한 단어를 '아모르

파티'로 보았다. 니체의 명언들을 듬성듬성 인터넷을 뒤져서 찾았다. 그 의미를 삶 속에서 음미해 보려고.

차라리 고난 속에 인생의 기쁨이 있다. 풍파 없는 항해는 얼마나 단조로운가! 고난이 심할수록 내 가슴은 뛴다.

너는 안이하게 살고자 하는가? 그렇다면 항상 군중 속에 머물러 있으라. 그리고 군중에 섞여 너 자신을 잃어버려라.

언젠가 날기를 배우려는 사람은 우선 서고, 걷고, 달리고, 오르고, 춤추는 것을 배워야 한다. 사람은 곧바로 날 수는 없다.

결혼하기 전 당신 자신에게 다음과 같은 질문을 해보라. 즉 나는 이 여자와 늙어서도 여전히 대화를 잘 나눌 수 있을까?

인간은 수목과도 같다. 나무는 높게 밝은 곳으로 올라가면 올라갈수록 그 뿌리는 점점 강하게 땅속 아래로, 어두운 쪽으로, 나쁜 쪽으로 향한다.

춤추는 법을 잉태하려면 반드시 스스로의 내면에 혼돈을 지녀야 한다.

진정 위대한 모든 생각은 걷기로부터 나온다.

스스로를 소유하는 특권을 위한 대가는 아무리 비싸도 과하지 않다.

  옛사람들이 '신을 위해서' 행했던 것을 요즘 사람들은 돈을 위해서 행한다.

  나를 믿어라. 인생에서 최대의 성과와 기쁨을 수확하는 비결은 위험한 삶을 사는 데 있다.

  남들이 우리와 다르게 살아가고 행동하며 경험한다는 사실을 알고 이에 기뻐하는 것이 사랑 아니고 무엇이겠는가?

  진실에 대한 탐구는 그 전까지 '진실'이라고 믿던 모든 것에 대한 의심으로부터 시작된다.

  가장 냉철한 마녀 재판관과 마녀 자신조차 마법에 대한 죄를 인정하였다고 해도 그 죄는 실제로 존재하지도 않았다. 모든 죄의 이치가 이와 같다.

  괴물과 싸우는 사람은 그 과정에서 자신마저 괴물이 되지 않도록 주의해야 한다. 그리고 그대가 오랫동안 심연을 들여다볼 때 심연 역시 그대를 들여다본다.

  2014년도엔 서울시인재개발원에서 원장의 직무를 수행하던 나는 화장실 이름을 〈괄약근 리더십 양성관〉이라고 붙이기도 했다. 교육을 받으러 와서 한 번은 들르는 화장실에서 한 번씩 웃

배세일움 사용서

고, 적극적인 리더십 증진과 건강 증진을 함께 이루길 바라는 마음으로 지었다. 괄약근은 수축과 이완을 통해 우리 몸을 정상적으로 작동하게 하는 중요한 소통근육이다. 우리 신체에는 빛의 양을 조절하는 눈동자의 조리개부터 입(구문)과 식도조임근, 위의 입구인 분문, 출구인 유문, 샘창자·빈창자·돌창자·막창자·잘룩창자·곧창자 마디마디, 마지막 항문까지 50개가 넘는 괄약근이 있다. 괄약근이 리더십을 상실하면 죽었거나 병났거나 한 것이다. 〈괄약근 리더십 양성관〉 입구엔 괄약근 위치도를 그려놓고 항문만이 괄약근인줄 착각하는 우리의 무지를 일깨웠다. 인재개발원은 학문에 힘쓰는 곳임을 알 수 있도록 화장실에서 항문에 힘쓰며 적극적으로 웃고 배우자고 붙인 이름인데, 교육은 수동적으로 받는 것이라 생각했는지 지금은 그 이름이 사라졌다. 니체가 조직한 '화장실 전설'도 괄약근 리더십 양성관 입구에 한 번 웃어보라는 듯 붙어있었는데 지금은 없다. 절에서는 화장실을 근심을 버리는 곳, 〈해우소〉라 하는데, 아쉽다.

  1883년 『짜라투스트라는 이렇게 말했다』라는 책을 펴낸 프리드리히 니체는 라히프치히대학교 화장실에 몰래 낙서를 했습니다. "신은 죽었다." 1900년 니체가 죽은 후 화장실에서 니체의 낙서를 용케 발견한 학생은 누가 낙서를 했는지 알고 있음을 낙서로 응수했습니다. 니체의 낙서 바로 밑에 이렇게 크게 썼습니다. "니체, 너도 죽었다." 다음 날 화장실 청소를 맡은 아주머니가 큼지막하게 경고문으로 낙서를 이어 붙였습니다. "니네 둘 다, 죽었다!" 열흘이 지나도 낙서를 지우는 사람이 안 나타나자 그 아주머니가 깨끗하게 지워 흔적을 없앴다는 전설입니다. 화장실에 낙서하지 말고 곰곰 생각하면서 괄약근 리더십 양성에 힘씁시다.

배세일움 사용서

공부해서 남 주자,
유엔 사무총장

    2004년에 중학생이 되어 장래 희망을 적어 오라는 숙제를 받은 세움에게 '유엔 사무총장'이라 부르면서 열심히 공부하도록 채근했다. "문세움 유엔 사무총장님, 공부해서 남 주자. 잠만 자지 말고 공부해야지요." 『빛은 내 가슴에』, 독실한 기독교인이었던, 강영우 박사의 자서전 제목이다. 〈눈 먼 새의 노래〉, 1994년 MBC에서 특집극으로 제작한, 그의 인생을 소재로 한 드라마 제목이다. "공부해서 남 주자", 2003년도에 강영우 박사의 강연을 통해 심통부부가 받은 메시지다. 2004년 유엔 안전보장이사회는 한국의 반기문 외무부장관을 포함하여 유엔사무총장 후보 추천을 위한 예비투표를 시작했다. 문세움은 중학생 시절 장래 희망을 유엔사무총장으로 세웠다. 배세일움이 함께 배우고 세우고 이룰지 누가 알겠는가?

    2003년도 10월 즈음으로 기억한다. 아내와 함께 일신동 풍림

아파트 가까이 있는 평화교회에서 시각장애인 강영우(1944~2012) 박사의 특별한 설교와 강연을 듣게 되었다. 강영우 박사는 어려서 후천성 소아녹내장을 앓았다. 14세 때 축구공이 눈을 강타한 사고로 시각장애인이 되었다. 가정에 풍파가 겹쳐 맹인학교에 들어갔다. 점자를 배웠다. 나중에 그의 아내가 된 자원봉사자 석은옥 여대생의 도움을 받으며 연세대를 졸업했다. 결혼 후 미국에 유학하여 피츠버그대학에서 교육학 박사학위까지 얻었다. 2001년부터 2009년까지 조지 w. 부시의 부름으로 미국 국무부 국가장애위원회 정책차관보를 역임했다. 2011년부터 췌장암으로 투병하다 자신의 전 재산 25만 달러를 국제로터리재단 평화센터에 기부하고 향년 68세로 세상을 떠났다. 그러니까 2003년도는 강영우 박사의 왕성한 활동 시기였는데 석은옥 여사와 함께 배세일움에게 메시지를 전하러 왔던 셈이다. 메시지는"공부해서 남 주자"였다.

"저는 시각장애인입니다. 대한민국 엄마들은 아이들 교육에 관한 한 세계 최고의 열정을 가졌습니다. 그런데 공부하라고 채근하는 말이 잘못됐습니다. 공부 안 하는 아이에게 엄마가 목소리를 높입니다. 공부하라고, 이게 다 너 잘 되라고 하는 소리야! 맞는 말이기는 한데요. 이러면 아이들이 공부할 생각을 안 합니다. 공부해서 남 주자. 너만 잘 되자고 공부하는 게 아니고 남에게 베풀려고 공부하는 것이다. 공부해서 남 주자. 이렇게 이야기해 주셔야 합니다. 열심히 공부해서 남에게 주어야 합니다. 그래야 공

배세일움 사용서

부를 열심히 합니다. 믿으세요."

2년 동안 미국 유학을 마치고 돌아온 2003년 가을이다. 남들 다 시키는 과외공부를 배움과 세움에게도 제공하기로 했다. 여동생의 추천으로 부개동교회의 젊은 오주영 목사님과 면담했다. 그때부터 배움과 세움은 그 교회에서 거의 무상으로 운영하는 '영수교실' 학생이 되었다. 나중에 둘 다 대학생이 되어서는 이름을 다시 세운 '엘림교회' 영수교실의 교사가 되기도 했고, 교회에서 주는 장학금도 받았다. 의식하고 한 건 아니겠지만, 교사로서 봉사한 시간들은 '공부해서 남 주자'는 메시지의 작은 실천을 한 셈이다. 공부해서 남 주자. 더 많이 좋은 것을 남에게 주려면 죽을 때까지 끊임없이 공부해야 한다. 그렇게 할 때 공부는 자신에게도 좋은 열매를 더 많이 맺게 한다. 나는 항상 그렇게 배세일움에게 이야기했다.

공부한다는 게 뭐지? 찰스 로버트 다윈(1809~1882)은 그의 나이 50이 되어 발표한 『종의 기원』에서 이런 말을 했다. "그처럼 단순한 시작으로부터 가장 아름답고 가장 화려한 수많은 모습의 생명들이 진화했고 지금도 진화하고 있다니." 다윈의 진화론은 "자연선택의 원리를 통한 공동 후손의 점진적 진화"로 거칠게 정의할 수 있다. 진화란 한마디로 변화를 의미한다. 그중에서도 특히 세대 간에 일어나는 생물체의 형태와 행동의 변화를 뜻한다. DNA

의 구조로부터 사회생활에 이르기까지 생물의 형질은 세대를 거치면서 조상의 형질로부터 변화한다. 다윈의 자연선택론은 이 모든 변화의 과정을 설명하는 이론으로 전혀 손색이 없다. 『종의 기원』마지막 문장은 이렇다. "지금도 진화하고 있다는 이런 생명관에는 장엄함이 있다." 나는 다윈의 진화론을 어린이도서와 만화책으로 공부했다.

『이기적 유전자, The Selfish Gene』는 영국 옥스퍼드대학교 교수인 리처드 도킨스(1941~)가 1993년에 쓴 책이다. 이 책은 자연선택의 단위, 진화의 주체가 인간 개체나 종(種)이 아니라 유전자이며 인간은 유전자 보존을 위해 맹목적으로 프로그램된 기계에 불과하다고 주장하여 생물학계의 논쟁을 불러일으켰다고 흔히 알려져 있다. 한편 그는 그런 유전자의 지배와는 별개로, 개체인 인간은 자유의지와 문명을 통하여 이런 유전자의 독재를 충분히 이겨낼 수 있다는 관점을 다른 저서에서 밝히고 있다. 나는 『이기적 유전자』책을 듬성듬성 찔끔찔끔 읽어서 공부했다. 배움과 세움에게도 읽기를 권했지만 그냥 훑어본 듯하다.

『이타적 유전자, The Origin of Virtue』는 영국 옥스퍼드대학교에서 동물학 박사 학위를 받은 과학 저널리스트 매트 리들리(1958~)가 1996년에 쓴 책이다. 이 책은 얼핏 볼 때는 리처드 도킨스의 이기적 유전자의 반대 개념을 다룬 책으로 생각하게 된다.

내 안에 있는 유전자가 나를 생존에 유리한 행동을 하게끔 만든다는 이기적 유전자와는 달리, 이타적 유전자는 유전자가 나뿐만 아니라 내 주변 사람의 생존까지 신경 쓰기에 공존 혹은 희생의 태도를 보이게끔 한다는 것이다. 예를 들어, 나의 유전자는 내 가족 모두 가지고 있기에 내가 죽더라도 나의 가족이 생존한다면 유전형질은 대를 이어 보존될 수 있는 것이므로 유전자의 입장에서는 얼마든지 나라는 놈을 희생시킬 수 있고, 그 명령을 받은 나는 가족들을 위해 헌신하고 희생한다는 것이 핵심 논의이다. 인간은 이기적 유전자에 의해 지배받지만, 사회성과 협동성, 신뢰성을 지향하는 호혜주의를 적자생존으로 선택했다는 것이다. 나는 이 책도 꼼꼼히 읽는 건 포기하고 슬렁슬렁 대충대충 훑어서 눈치껏 공부했다. 배움과 세움도 곁눈질만 한 듯하다.

공부한다는 게 책 읽기부터라고 해도 이렇게 쉽지 않은데 책 쓰기는 열 배 아니 백 배 더 공부하는 것이라고 생각했다. 공부해서 남 주자는 말을 공부해서 대학 나오고 돈 벌어서 남들에게 돈을 조금 베풀자는 말로 가볍게 들을 게 아니었다. 김훈 작가의 산문 〈연필로 쓰기〉를 한숨에 다 읽었다. 김훈 작가는 〈연필로 쓰기〉가 정진규 시인(1939~2017)의 시 제목이라고 일러주었다. 김훈의 〈연필로 쓰기〉와 정진규 시인의 시를 연속으로 엮어 단숨에 읽어보면서 공부를 해본다. 세움아 공부해서 남 주자.

연필로 쓰기

김훈

연필은 내 밥벌이의 도구다.
글자는 나의 실핏줄이다.
연필을 쥐고 글을 쓸 때
나는 내 연필이 구석기 사내의 주먹도끼,
대장장이의 망치, 뱃사공의 노를
닮기를 바란다.

지우개 가루가 책상 위에
눈처럼 쌓이면
내 하루가 다 지나갔다.
밤에는 글을 쓰지 말자.
밤에는 밤을 맞자.

배세일움 사용서

연필로 쓰기

한밤에 홀로 연필을 깎으면
향그런 영혼의 냄새가
방 안 가득 넘치더라고 말씀하셨다는 그분처럼
이제 나도 연필로만 시를 쓰고자 합니다
한번 쓰고 나면 그뿐
지워버릴 수 없는 나의 생애
그것이 두렵기 때문입니다

연필로 쓰기
지워버릴 수 있는 나의 생애
다시 고쳐 쓸 수 있는 나의 생애
용서받고자 하는 자의 서러운 예비
그렇게 살고 싶기 때문입니다

연필로 쓰기
잘못 간 서로의 길은
서로가 지워드릴 수 있기를 나는 바랍니다
떳떳했던 나의 길
진실의 길
그것마저 누가 지워버린다 해도
나는 섭섭할 것 같지 않습니다
나는 남기고자 하는 사람이 아닙니다
감추고자 하는 자의 비겁함이 아닙니다
사랑하는 까닭입니다
오직 향그런 영혼의 냄새로 만나고 싶기 때문입니다

고성은 인천에서
가장 먼 곳

　나의 아버지는 2남 4녀를 두었는데, 아버지는 육군 제9사단 현역으로 6.25전쟁에서 백마고지 전투를 수차례 직접 수행하셨다. 나는 1981년 7월부터 1984년 1월까지 육군 제9사단 현역으로 복무했고, 막내 남동생(문구선)은 육군 제7사단 현역으로 복무했다. 아버지의 손주는 16명인데 손자가 10명, 손녀가 6명이다. 손자 10명 중 9명이 병역을 마쳤다. 문배움 육군 제21사단 현역, 문세움 육군 제22사단 현역, 이정글범 육군 제103여단 상근, 이호겸 육군 제8군단 현역, 이호경 제3사관학교 현역, 이호진 육군 군수사령부 현역, 정일규 육군 제1군단 현역, 최현웅 의경, 최현재 육군 제5사단 현역. 나의 아버지는 두 아들과 10명의 손자, 총 12명 중 11명의 성실한 병역 수행을 지켜보셨다. 9사단에서 현역으로 복무한 할아버지 덕분에 손자 10명 중 9명만 병역 복무하게 되었나? 다운증후군으로 병역 면제된 문일움이 있어 참 다행이다.

　　　　　　　　　　　　　　　　　배세일움 사용서

병역명문가란 3代(조부, 부·백부·숙부, 본인·형제·사촌형제)가 모두 현역 복무를 성실히 마친 가문을 뜻한다. 병무청은 2004년부터 병역 명문가 찾기 및 선양사업을 역점사업으로 추진해 오고 있다. 매해 3월에 신청서를 접수하고 4월에 선정하여 호국보훈의 달인 6월에 20가문을 표창한다. 병역이 면제된 일움 덕분에 문가네 여섯 포도송이는 병역명문가에서 면제될까?

배움은 2009년 1월부터 2010년 11월까지 육군 21사단 현역으로 복무했다. 딱 두 번만 배세일움 가족의 이름으로 면회를 갔다. 21사단 훈련소에서 훈련을 마친 날 한 번, 자대인 21사단 포병부대에 배치를 받은 이등병 시절에 한 번. 세움은 2011년 4월부터 2013년 1월까지 육군 22사단 현역으로 복무했다. 딱 두 번 배세일움 가족의 이름으로 면회를 갔다. 논산 훈련소에서 훈련을 마친 날 한 번, 자대인 22사단 부관참모부에 배치를 받은 이등병 시절에 한 번. 배움은 강원도 양구군의 백두산부대에서, 세움은 강원도 고성군의 율곡부대에서 둘 다 성실하게 복무를 마치고 병장으로 제대하였다.

그전에는 논산훈련소의 퇴소식 때 면회가 없었다. 행운이 많은 세움이 때부터 면회가 부활되었다. 맛있는 것들을 많이 준비한 아내는 장인 장모님까지 모시고 면회를 갔다. 배움은 빼고 일움과 나도 함께 갔다. 내려가는 차 안에서 인천에서 가장 먼 곳,

동해안 쪽으로 세움의 자대가 배치되면 좋겠다고 얘기했더니, 장모님이 혀를 끌끌 차며 섭섭해하셨다. 휴가 자주 나오지 않게 하려면 집에서 멀어야 한다고 했더니 아내까지 뭐라고 핀잔을 주었다. 세움은 면회하는 곳에서 만나자마자 자대가 어디인지 나에게 물었다. 퇴소식 전에 미리 등록한 훈련병 가족의 휴대전화로 전국적으로 배치되는 자대를 알려줬다는데, 등록한 게 내 휴대전화이었다. 하필이면 내 휴대전화는 부평 집에서 충전기에 꽂혀 안식하는 중이었다.

세움의 자대 배치가 어디로 됐는지 소식은 캄캄했다. 일단 자리를 잡고 음식을 풀었다. 한참 후에야 세움은 밝은 얼굴로 자대가 22사단이라는 정보를 찾아왔다. 조금 후에 22사단이 강원도 고성군에 위치한 율곡부대라는 걸 알았다. 장모님과 아내는 나에게 의심의 눈초리를 날렸다. 우연의 일치를 해명할 수는 없었다. 자대에 가면 "지원자를 찾으면 먼저 손을 들어라. 스스로 너를 세우라."고 세움에게 당부했다. 세움에게 얼마 전에 22사단 부관참모부로 병역을 지냈을 때의 교훈과 에피소드를 보내달라 했더니, 제법 긴 메시지를 보내왔다. 그대로 아래에 베껴놓았다.

"육군훈련소에서는 전국으로 자대배치를 받기에, 상대적으로 강원도로 배치를 받는 경우는 많지 않은데, 22사단에 배치를 받았음. 훈련소 퇴소식 때 부모님 면회가 부활하여 가족들과 함께

배세일움 사용서

자대배치를 확인했고, 그 시절만 해도 전방에서부터 1사단 순으로 좌측부터 아래로 내려가는 줄 알고 22사단이 되었을 때 좋아했는데, 아버지가 22사단 위치가 어딘지 보여주셨을 때 좌절함. 보충대에 입소하여 중간에 차출되어 면접을 보게 되었고, 그 결과 부관참모부 일보계원으로 차출됨. 일보계원은 일일병력보고의 줄임말로 매일매일 육군본부 시스템에 22사단의 계급별 병력현황을 업데이트 하는 업무임. 군대라기보다는 회사에 다니는 느낌이었고 야근도 자주하였음. 훈련이 있는 경우에도 위장크림을 바르고 총을 메고 사무실로 가서 컴퓨터 앞에 앉아서 평소와 같이 일을 하는 경우가 다반사였음. 그 후 상말(상병 말년) 때부터 인력획득계원이라는 새로운 보직을 또 받게 되어 사단을 돌아다니며 부사관 홍보 및 면접 자료, 체력검정 등을 지원하게 되었음. 보통 한 가지 보직을 가지고 처음부터 끝까지 하는 게 일반적인데, 일을 잘해서 그런지 아니면 간부의 마음에 들어서인지는 모르겠지만 전역할 때까지 3가지 보직을 수행하게 되었고, 별 탈 없이 잘 마무리했음. 군대라는 곳이 다시는 가기 싫고 생각하기도 싫은 장소가 태반이라지만, 나의 경우 군대라는 곳은 내가 많은 것을 배우고 새로운 사람들을 만나서 관계를 맺기에 아주 적합했던 장소였던 것 같음. 지금도 군대 선·후임들과 1년에 1번 정도는 주기적으로 만나고 있으며, 윗사람들과 만날 때는 막내, 아랫사람들과 만날 때는 최고참으로 중간 다리 역할을 하고 있음."

문세움 이등병 때는 '세움' 이름을 해명하느라 열을 올렸다고 한다. "문세움 이등병, 뭘 세워? 한 번 세워봐." 그러면 배움 세움 일움 삼형제의 이름으로 '배우고 세우고 이루자'의 가훈을 밝히고, 논어의 '학이시습지 불역열호(學而時習之 不亦說乎)'를 설명하고, 스펜서 존슨의 '선물'까지 대기도 했다는 것이다. 누구나 군대 가면 상당히 '고통⑦'스러운 이등병 시절이 있다. 김현성 작사 작곡의 노래를 전인권, 윤도현, 홍진영 등 많은 가수들이 불렀다. 결정적으로 유명해진 버전은 영화 공동경비구역 JSA에서 OST로 사용된 김광석의 노래인 '이등병의 편지'다. 군대 면제되어 이등병이 되어보지 못한 일움이의 버전으로 들어보고 싶다.

집 떠나와 열차 타고 훈련소로 가는 날
부모님께 큰절하고 대문 밖을 나설 때
가슴속엔 무엇인가 아쉬움이 남지만
풀 한 포기 친구 얼굴 모든 것이 새롭다
이제 다시 시작이다 젊은 날의 생이여

친구들아 군대 가면 편지 꼭 해다오
그대들과 즐거웠던 날들을 잊지 않게
열차 시간 다가올 때 두 손잡던 뜨거움
기적소리 멀어지면 작아지는 모습들
이제 다시 시작이다 젊은 날의 꿈이여

짧게 잘린 내 머리가 처음에는 우습다가

배세일움 사용서

거울 속에 비친 내 모습이 굳어진다 마음까지
뒷동산에 올라서면 우리 마을 보일런지
나팔소리 고요하게 밤하늘에 퍼지면
이등병의 편지 한 장 고이 접어 보내오

이제 다시 시작이다 젊은 날의 꿈이여

　인천에서 먼 곳, 고성에서 보내온 문일움 이등병의 편지를 노래로 들었다. 고요하고 담박한 느낌이다. 활동력이 넘치는 세움에게 주기적으로 스마트폰과 컴퓨터를 끊고 차분히 숨 고르며 눈을 감고 자신의 내면을 들여다보기를 권한다. 담박함과 고요함의 힘을 키우는 데 분명 도움을 줄 것이다. 세상을 떠나기 전에 여덟 살 아들을 훈계하기 위해 제갈량이 썼다는 편지가 '계자서(誡子書)'이다. 거기에 이런 구절이 있단다. 비담박무이명지(非淡泊無以明志) 비영정무이치원(非寧靜無以致遠). 무슨 주문이냐고? 아니다. "담박하지 않으면 뜻을 명확히 할 수가 없고, 고요하지 않으면 멀리 이를 수 없다."는 경계의 말이다. 가끔은 군대 가서 혼자 경계근무 섰던 시간처럼 고요하고 담박한 시간을 가져라.

사는 것에서
사는 곳으로 시프트

첫째 배움에 이어 둘째를 세움이라고 이름 지을 때는 공자가 말한 이립(而立)을 떠올렸다. 마음이 확고하게 도덕 위에 세워져 움직이지 않는다는 뜻이며 체험에 바탕을 둔 공자의 말이다. 『논어』 위정편(爲政篇)에 "공자가 말씀하시기를, 나는 15세가 되어 학문에 뜻을 두었고(志學, 지학), 30세가 되어서 학문의 기초가 확립되었으며(而立, 이립), 40세가 되어서는 판단에 혼란을 일으키지 않았고(不惑, 불혹), 50세가 되어서는 천명을 알았으며(知命, 지명), 60세가 되어서는 귀로 들으면 그 뜻을 알았고(耳順, 이순), 70세가 되어서는 마음이 하고자 하는 대로 하여도 법도에 벗어나지 않았다(從心, 종심)."고 하였다. 60세에 다다른 내 나이를 공자의 말씀에 비추어보면 학문에 관한 한 '나는 결코 그렇지 못하다'는 게 올바르다. 그러나 배세일움과 함께 사는 '집'에 관한 한 얼추 그럴 듯하게 들어맞는다.

"나는 15세에 시골 아버지 집을 떠나 전주 아저씨 집에 기숙하며 내 집에 뜻을 두었고, 30세가 되어 부천에 전세로 내 집의 기초를 확립하였으며, 40세가 되어서는 부평 일신동에 확립한 32평형 아파트 대출이자에 혼란을 일으키지 않았으며, 50세가 되어서는 대출이자를 박멸하고 자가를 완성하여 천명을 알았으며, 60세가 되어서는 직장과 거주지가 서울과 인천으로 한 번도 일치하지 않았다는 것을 귀로 들으면 그 뜻을 알았다. '70세가 되어서 마음이 하고자 하는 대로 하여도 법도에 벗어나지 않을'지는 그때 가서 알게 될 터이다." '사는 것에서 사는 곳으로 시프트'는 배세일움 패밀리의 집 경험에 걸맞는 표어다. 배세일움 중 세움이 가장 먼저 정규직 직장을 얻었고, 서울 구로구에 월세 원룸을 얻어서 일단 독립하였다. 세움이가 가장 먼저 자기 힘으로 사는 곳을 확립할 것으로 기대된다.

입을(衣) 것, 먹을(食) 것, 사는(住) 곳, 인간 생활에 필수적인 세 가지 기본요소인 의식주 중에서 가장 많은 자본이 필요한 게 사는 곳, 집이다. 심통심통 부부가 결혼하여 전세를 살며 8년 동안 배세일움 셋을 확립하고 나니 안정된 집이 절실했다. 1995년 가을에 아버지가 땅 팔아 보태주신 돈, 전세자금, 가장 큰 은행대출금, 총 1억 원의 부채와 자산을 투자하여 일신(日新)동 아파트를 구입했다. 공무원연금공단에서 인정해 주는 전세자금이 인천은 1천만 원, 서울은 1천 2백만 원으로 차별적이었는데, 그 덫에 걸려서 서울로 48일간 배움과 내가 위장전입을 했다. 그나마 더 빌린 2백만 원은 가족계획법을 위반하며 95년도 9월 출생한 셋째 일움의 출산비용에 몽땅 들어갔다. 그래도 이 집은 2001년도가 되어 배세일움 패밀리가 미국으로 유학 간 2년 동안은 전세로 변신하여 현금이 되어주었고, 현금의 일부는 배세일움의 미국 여행에 소모되었다. 2010년 아내의 현장식당 배세일움F&B 덕분에 15년이나 버티던 대출이자를 박멸하였다. 게다가 일신동 아파트는 지금 사는 곳인 부개동 보람아파트로 옮기는 추동력이 되어주었다. 작은 대추 같은 대출이자가 또 달라붙기는 했지만 방이 4개로 늘어나서 배세일움에게 방을 하나씩 배정하였고, 자가의 위용을 잃지도 않았다.

정부의 주택정책에서 늘 골머리를 앓는 것이 아파트 값이다. 특별히 서울의 아파트는 '사는 곳'보다는 '사는 것'으로 꿈틀대서 부동의 부동산정책 표적이다. 아파트 값은 말 그대로 서울에서 살 곳을 찾는 사람들을 아프게 한다. 그래서 서울시는 2007년도에는 사는 것이 아닌 '사는 곳'에 초점을 맞춘 장기전세주택을 발명하고 이름을 '시프트'라고 명명했다. 그때 나는 서울시 주택정책과장으로 활약했다.

어떤 한 시대 사람들의 견해나 사고를 지배하고 있는 이론적인 틀이나 개념의 집합체를 '패러다임(paradigm)'이라 한다. 미국의 과

배세일움 사용서

학사회학자이며 철학자인 토마스 쿤(1922~1996)이 그의 저서 『과학 혁명의 구조』(1962)에서 새롭게 제시하여 통용된 개념이다. 오늘날에는 거의 모든 사회현상을 정의하는 개념으로 확대되어 사용되고 있다. 쿤이 말하는 패러다임의 전환(paradigm shift), 패러다임 시프트를 모방해서 아파트의 이름을 시프트로 지었다.

장기전세주택은 SH공사가 짓거나 매입하여 20년 장기임대로 공급하는 아파트다. 2007년 당시 서울시의 주택공사 격인 서울도시개발공사는 이름을 SH공사로 개명한지 오래되지 않았었다. 장기전세주택의 브랜드를 만드는 것과 동시에, 잘 인지가 안 된다는 까닭에 Seoul Housing의 약자인 SH공사라는 이름의 개명을 검토하는 것도 주택정책과장으로서 해결해야 할 숙제의 하나였다. 주택정책팀은 시프트의 SH는 대문자로, ift는 소문자로 하여 SHift로 적고, 이것을 Seoul Housing i first try의 약자라고 설득했다. 그리고 시프트 앞에 주택에 대한 패러다임을 전환하는 슬로건을 부착했다. "소유에서 거주로 시프트", "사는 것에서 사는 곳으로 SHift" 시프트 덕분에 SH공사 개명을 할 까닭도 소멸됐다.

우여곡절을 넘고 서울시 CEO가 브랜드를 확정하고 나니, '시프트 SHift' 브랜드런칭이 일주일밖에 안 남았다. 브랜드가 확정되자마자 먼저 도메인을 잡아야 했다. shift.com은 야동이 이미

점령했고, shift.co.kr은 강재회사 것이었다. shift.or.kr을 도메인으로 잡고 홈페이지를 이틀 만에 제작했다. 시프트 홈페이지 첫 화면은 컴퓨터 키보드만 띄워놓고 계속 "시프트 키를 누르세요."라는 말만 퍼 올렸다. 말귀를 알아듣고 키보드 좌우에 하나씩, 두 개나 되는 기다란 Shift ↑ 키를 어느 하나만 누르면 그제야 시프트 홈페이지로 전환되게 했다. 주택정책도 바뀌고 서울시장도 바뀐 지금은 컴퓨터에서 숨죽은 도메인이지만 한때는 대한민국 서울시 주택정책 시프트, 패러다임 시프트를 하기 위해 독하게 애쓴 도메인이었다.

아파트가 '소유에서 거주로', '사는 것에서 사는 곳으로' 시프트하려면 아직 멀었다. 내 마음도 왔다 갔다 하니 말이다. 배세일움이 각각 결혼하고 독립할 때 제일 부담인 게 주거 공간 마련이다. 아내도 나도 안쓰럽기는 하지만 세상 물정 모르는 척, 애써 집은 사는 곳이라고 주장한다. 이런 심통부부의 마음을 인정해 주고 격려해 주는 다큐 영화 〈칠곡 가시나들〉에서 본 박금분 할매의 시를 나태주 시인의 시와 연결하여, 방패연처럼 묶고 연꼬리를 달아서 하늘로 날린다. 배세일움아, 집은 사는 곳이다. 사는 것에 너무 마음 두지 마라!

배세일움 사용서

내 마음

박금분

빨리 죽어야 데는데
십게 죽지도 아나고 참 죽겐네
몸이 아푸마 빨리 주거야지 시프고
재매끼 놀 때는
좀 사라야지 시프다
내 마음이 이래
와따가따 한다

틀렸다

나태주

돈 가지고 잘 살기는 틀렸다
명예나 권력, 미모 가지고도 이제는 틀렸다
세상에는 돈 많은 사람들이 얼마나 많고
명예나 권력, 미모가 다락같이 높은 사람들이 얼마나 많은가?
요는 시간이다
누구나 공평하게 허락된 시간
그 시간을 어디에 어떻게 써먹느냐가 열쇠다
그리고 선택이다
내 좋은 일, 내 기쁜 일, 내가 하고 싶은 일 고르고 골라
하루나 한 시간, 순간순간을 살아보라
어느새 나는 빛나는 사람이 되고 기쁜 사람이 되고
스스로 아름다운 사람이 될 것이다
틀린 것은 처음부터 틀린 일이 아니었다
틀린 것이 옳은 것이었고 좋은 것이었다

배세일움 사용서

86세에 세례받은
성도

세움은 추운 1월 말에 군복무를 마치고 시골집에 계신 할아버지께 제대 신고하러 내려갔다. 세움은 할아버지 세례를 위한 전령사가 되었다. 2013년 3월 31일 부활절에 기독교대한성결교회 엘림교회에서, 오주영 담임목사의 집례로 86세 되신 아버지는 세례를 받고 기독교인이 되셨다. 어머니는 1993년 5월 26일 돌아가시기 전까지 시골 주천의 대한기독교장로회 주양교회에서 신앙생활을 하셨다. 어머니가 돌아가신 지 20년이 넘어서 같은 종교를 가진 성도가 되신 셈이다. 아버지의 세례예전에는 자식들인 여섯 형제자매와 배우자 전원, 손주 열여섯과 장인 장모님과 처제 처남 식구들까지 함께 참석하여 증인이 되고 축하하며 기뻐했다. 8쪽짜리 엘림교회 주보에는 세 번째 쪽에 항상 〈오목사의 일기〉가 실린다. 2013년 4월 14일의 〈오목사의 일기〉는 86세에 세례받은 성도가 '하나님과 통화'한 놀랍고 아름다운 내용이 담겨 있다.

'하나'님과 통화?!

　문홍선 집사님의 아버지이신 문제원 성도님께서 이번 부활주일날 세례를 받으셨습니다. 86세의 연로하신 아버지 대신 문가네 여섯 포도송이의 첫 열매인 문홍선 집사님이 신앙간증문을 써 가지고 와서 고백했습니다. 그동안 문 집사님이 형제들과 저와 주고받은 휴대전화 문자 메시지를 굴비처럼 엮어 가지고 와서 읽어나가는데, 새로운 형식이라 재미있기도 하고, 색다른 감동이 있었습니다.
　세례받기 전 철저한 교육을 대한민국 어떤 목사보다 강조하는 목회신념을 깨고, 기도하던 중 성령께서 주시는 감동대로 올 초 아버지를 금년 부활주일에 꼭 세례를 받을 수 있도록 하자고 강력하게 권면을 했는데, 그 후 아버지의 건강검진에서 기침하실 때 피가 나오고… 폐에 이상이 있다는 것을 알게 되고… 사순절 기간 내내 문홍선 집사님 부부가 아침 금식을 했습니다. 아버지가 과연 세례를 받으실까? 모두가 전날까지 반신반의하던 중 집안 잔치에 참여하시고자 부활주일 전날인 토요일 상경한 할아버지와 손녀 '하나'가 뜻밖의 대화를 하는 것을 문 집사님이 들었습니다. "할아버지 왜 왔어?", "세례 받으러 왔지", "세례 받으면 어떻게 되는데", "천국 가지."
　아버지가 '하나'님과 전화하는 소리를 듣고 아들은 옥죄이던 마음이 탁하고 풀어지는 소리를 들었을 것입니다.
　아버지 세례를 받는 날 문 집사님 내외는 집안 형제들과 자손들뿐만 아니라 사돈 어르신들도 모두 초대했습니다. 그리고 아버지는 신앙고백을 하고 세례를 받으셨습니다. 서 집사님과 함께 병원에 입원하시기 전에 작은 아들 댁에 계시는 문제원 성도님 심방을 갔습니다. 기도하고 났는데, "아멘" 하십니다. 문제원 성도님의 세

　　　　　　　　　　　　　배세일움 사용서

례 사건은 문가네 가족들뿐만 아니라 부모님께서 아직 세례를 받지 않거나, 신앙생활하지 않는 엘림교회 성도들에게 이것이 얼마나 놀랍고 감사한 일인지 많은 생각을 가져다주는 계기가 되었으면 합니다. 하나님께서 그것을 의도하신 것 같습니다.

세례식에 온 가족들

세례받기 전 과정을 잘 알기에 아버지의 세례를 요청하고 싶었지만 못 하고 있었던 나는 2013년 1월 초, 찬 바람이 불던 주일날 이번 부활절에 아버지 세례를 받게 하자는 오 목사님의 말씀을 들은 후 곧장 아버지께 전화를 드렸다. 전화기 너머의 아버지는 밭은기침 소리만 내셨다. 날씨도 찬데 혼자 계시지 말고 서울 올라오시라고 말씀드려도 그저 괜찮다는 대답만 하셨다. 군복

무릎 마친 세움이가 할아버지께 내려가서 장학금을 받아 올라와서 할아버지가 기침을 하시는데 피가 섞여 나왔다고 걱정스럽게 보고했다. 서울에 올라오셨고 두 군데 대학병원에서 검진을 했다. 얼굴색이 까매지셨다. 폐암이었다. 수술해야 한다는데, 나이가 86세인 환자라서 위험을 생각해 보라는 것이었다. 장남인 내가 먼저 결단해야 했다. 수술하기로 결정했다. 시골에서 아버지 후견인으로 애쓰는 막내 여동생(문정숙)이 2013년 3월 26일 문가네 여섯포도송이 밴드를 열었다. 2013년 3월 31일 아버지는 세례를 받으셨고, 막내 남동생(문구선) 집에서 목사님의 심방을 받고 다음날 서울의료원에 입원하셨다. 2013년 4월 17일 다섯 시간의 수술을 받으셨다. 문가네 여섯포도송이 밴드는 환자복을 입은 아버지와 여섯 형제자매 부부와 손주들이 서로 섬기고 사랑하고 나눈 이야기들과 사진들을 정성스럽게 담뿍 담아 책을 만들었다. 2014년 1월에 아버지는 시골집으로 내려가셨다. 2014년 9월 4일 엘림교회 주보에는, 〈특별한 추석 선물〉을 받았다는 오목사의 일기가 실렸다.

특별한 추석 선물

지난 목요일 전북 진안의 문제원 할아버지를 심방하고 왔다. 오후 5시경 세미나가 끝나고 진안에 부지런히 내려갔다. 할아버지는 마당에 나와서 서성거리고 계셨다. 출발 전 전화드릴 때는 쉰 목소리로 "이 산골짜기까지 뭐 하러 와!" 하셨지만, 내심 기다리고 계셨던 것이다. 문을 열고 들어서자 깨끗하게 정돈된 정갈한 할아버지의 집이 나왔다. 허락 하에 집 구경을 하는 동안 할아버지는 저녁을 차리셨다. 흰 쌀밥, 김치, 간장에 절인 깻잎, 짠지, 소시지, 그리고 추어탕이 나왔다. 식사 중에 뭔가 부족하다고 느끼셨는지 일어나셔서 숨겨 놓으신 일회용 김을 두 개나 꺼내 놓으셨다. 밥을 두 그릇이나 주셔서 잘 먹고 나니, 저 심산계곡에서 흘러온 물이라며 수도꼭지에서 물을 받아 주신다.

밥 먹고 심방을 했다. 혼자서 찬송 부르고, 기도하고, 말씀 전했다. 말씀의 핵심은 주일날 예배 빠지지 말고, 집 앞에 있는 교회 가서 예배 잘 드리라는 것과 일 년에 두 번은 우리교회 성도니까 본 교회 예배에 꼭 참석하시라는 것이었다. 할아버지는 세례를 도로 물리자고 협박(?)하신다. 이미 물이 사라져 불가능하다고 말하면서 옥신각신했다.

할아버지가 손수 지으신 집의 유래를 들었다. 이 집에서 아이들 키우신 일도, 이사 오신 이야기도 들었다. 폭탄이 비처럼 쏟아지는 전쟁터, 중공군이 내려와 총알도 없이 백병전을 하시던 이야기… 내겐 현실이 아닌 영화 속 이야기가 할아버지 삶에서는 지울 수 없는 현실이었다. 집을 떠나면서 할아버지를 세 번 안아 드렸다. 마중 나온 할아버지께 차 안에서 머리 위로 하트를 그리며 사랑한다고 했더니, 할아버지도 하트로 응답해 주셨다.

돌아오는 길에 옛날에 내 아버지의 아버지인 할아버지와 겸상했던 기억이 났다. 시달리는 현실 속에 잃어버렸던 행복했던 어릴 적 기억이 되살아난 것이다. 깊은 산골짜기에 감추어 두었던 소중한 무엇인가를 꺼내보고 온 느낌이었다. 쉰 목소리, 어린 소녀만큼 자그마한 체구, 그 안에 담겨진 깊은 세월만큼이나 자글자글한 주름, 말 없는 사랑과 환한 웃음은 내게 특별한 추석선물이 되었다.

아버지의 폐암 수술은 폐 일부를 절제하면서 쉰 목소리를 선물로 주었다. 덕분에 자식들은 아버지 입 모양을 보며 이야기하러 시골에 더 자주 내려가는 선물을 받았다. 2016년 5월 5일 어린이날부터 6일까지 이틀 동안 문가네 여섯포도송이는 엘림교회 성도들과 함께 시골집 본채를 대수선하였다. 본채 내부 인테리어를 온통 편백나무로 바꿔 펜션처럼 만들었다. 8월 12일 토요일, 16명의 손주들을 포함한 문가네 여섯포도송이 28명은 한 사람도 빠짐없이 시골집에 모여 아버지의 89세 생신기념모임을 갖고 온 가족 사진을 찍었다. 엘림교회 성도들은 8월 13일 주일날 예배를 드리고, 문제원 성도의 시골집으로 다 내려왔다. 시골집과 운일암반일암에서 8월 15일 광복절까지, 2박 3일 엘림교회 여름 수련회를, 문제원 성도와 함께 했다. 추석 명절 후 아버지는 상경하여 막내 남동생 집에 일주일을 계셨다.

추석 명절을 지내고 맞는 9월 25일 주일날, 엘림교회 예배와 윷놀이대회에 참석하러 교회에 오셨다. 교회 앞까지 오셨다가 몸이 안 좋으시다며 큰 여동생 집에 가서 쉬시다가 점심을 드셨다. 그리고 까르페디엠 까페로 오셨다. 윷놀이가 끝나고 까페로 가서 아버지를 만났다. 아버지와 함께 엘림교회 곁을 지나는 물길을 따라, 손을 꼭 잡고 우리 집까지 걸어왔다. 대야에 따뜻한 물을 받아 발을 씻겨드렸다. 저녁을 맛있게 드시고 주무셨다. 다음날 월요일 인천성모병원 중환자실에 입원하시고 의식이 돌아와

　　　　　　　　　　　　배세일움 사용서

자식들과 손주들을 다 만나셨다. 오주영 목사님과도 얼굴을 보셨다. 토요일 10월 1일 새벽 세 시, 아버지의 자식 여섯과 사위와 며느리 모두 함께 보는 가운데 오 목사님이 임종기도를 하셨다. 아버지는 86세에 세례를 받아 기독교인이 되시고 만 3년 6개월 동안 참으로 많은 사랑과 아름다운 이야기를 이웃과 교회와 자식과 손주들에게 주시고 소천하셨다. 기독교를 사랑의 종교라고 말한다. 나는 우리 아버지를, 사랑하는 기독교인이셨다고 기록했다.

아버지가 돌아가신 다음 해 여름, 장인어른과 함께 걷는 하이원리조트 산책길에는 매미가 뜨겁게 울고 있었다. 장인어른과 말 없이 의자에 잠시 앉았다. 편안한 의자 옆 나무 판때기에 뭔가 쓰여 있다. 군데군데 지워지긴 했는데 안도현 시인(1961~)의 시 〈사랑〉이다. 사랑 시를 읽었다. 나무 꼭대기에서 여전히 뜨겁게 울고 있는 매미는 박지웅 시인(1969~)의 시 〈매미가 울면 나무는 절판된다〉까지 환청으로 들려주었다. 나는 아버지와 장인어른 두 분이 매미라고 생각했다.

사랑

안도현

여름이 뜨거워서 매미가
우는 것이 아니라 매미가 울어서
여름이 뜨거운 것이다

매미는 아는 것이다
사랑이란, 이렇게
한사코 너의 옆에 붙어서
뜨겁게 우는 것임을

울지 않으면 보이지 않기 때문에
매미는 우는 것이다

배세일움 사용서

매미가 울면 나무는 절판된다

박지웅

붙어서 우는 것이 아니다
단단히 나무의 멱살을 잡고 우는 것이다
숨어서 우는 것이 아니다
반드시 들키려고 우는 것이다

배짱 한번 두둑하다
아예 울음으로 동네 하나 통째 걸어 잠근다
저 생명을 능가할 것은 이 여름에 없다
도무지 없다

붙어서 읽는 것이 아니다
단단히 나무의 멱살을 잡고 읽는 것이다
칠 년 만에 받은 목숨
매미는 그 목을 걸고 읽는 것이다

누가 이보다 더 뜨겁게 읽을 수 있으랴
매미가 울면 그 나무는 절판된다
말리지 마라
불씨 하나 나무에 떨어졌다

水 아모르 파티 − 세움

오 주여!
예배를 세우소서

　세속주의(世俗主義, secularism)는 종교의 자유를 주장함과 동시에, 인간 활동이나 정치적인 의사결정이 종교에 의해 간섭받기보다는 객관적인 증거와 사실에 기반하여야 한다는 주장이다. '세속화(secularization)'와는 다른 뜻이다. 그런데 나에게 세속주의, 세속이라는 단어는 본래의 의미보다는 '신' 대신에 '돈'이 떠오르게 한다. 크리스천으로 자리매김하고 살아온 배세일움 패밀리에게 '돈'은 언제나 '신'보다 어려웠고 자비롭지 않았다.

　세움의 이름 앞에 심통부부가 붙여준 심(心)자 돌림 호(號)는 중심(中心)이다. 배움은 처음 마음, 초심(初心)이다. 일움은 맺은 마음, 결심(決心, 結心)이다. 초심 배움, 중심 세움, 결심 일움이다. 배세일움 패밀리에게는 꼰대인 아비가 정한 규칙이 몇 개 있다. 배세일움에게 지원하는 돈에 관한 것이 중심이다. 예외가 있기는 하지만 그리 자주 생기지 않는다. 이 규칙은 배세일움이 수용함으로

써 항상 유효하다.

첫째, 생존비 지급규칙이다. 배세일움에게는 스무 살 이후로 하루 1만 원을 기준으로 매월 20일 경에 생존비 30만 원을 지급한다. 생존비를 기초로 스스로 생존해야 한다. 생존비가 지급되는 날엔 '배우고 세우고 이루라'는 '배세일움, 사용(使用)서'가 배세일움 카톡방에 함께 공지된다. 배세일움 패밀리 집에서 배세일움이 숙식하는 것은 언제나 무상이다. 정규직 직장을 얻어 자기소득이 있는 경우에도 생존비를 지급하는데 대신 하루 1천 원으로 조정한다. 2019년 현재 일움과 배움은 하루 1만 원, 세움은 하루 1천 원의 생존비를 지급받고 있다.

둘째, 자기소득 사용 우선순위 규칙이다. 배세일움 패밀리 집에서 독립하든 기숙하든 상당한 자기소득을 갖게 되면 두 가지 우선순위를 지켜야 한다. 먼저 세금을 낸 후 자기소득의 10% 상당액은 크리스천으로서 자기가 속한 교회공동체를 위하여 공여한다. 십일조이다. 세금과 십일조를 낸 후 다시 소득의 10% 상당액을 배세일움 공동체의 생활비 집행자에게 공여한다. 또 십일조인 셈이다. 나머지는 스스로 우선순위를 정하여 사용하고 저축하고 투자한다. 결혼하고 독립해도 약속은 유효하고 여전하다. 그리고 매우 중요한 다음 액션을 실천해야 한다. 공여하는 20% 상당액과 나머지 스스로 우선순위를 정할 수 있는 80% 상당액의

자기소득 파이를 열심히 창의적으로 크게 키워야 한다. 더 잘 벌고 더 잘 쓰는 행복한 부자가 되어야 한다. 2019년 현재 정규직 직장을 획득하고 있는 세움은 규칙을 잘 준수하고 있다. 가끔 나는 교회공동체 재정 담당자와 배세일움공동체 생활비 집행자에게 물어 규칙이 잘 지켜지고 있는지 궁금증을 푼다. 변화심리학자 토니 로빈스는 『머니』라는 책에서 이렇게 말한다. "부(富)에 이르는 비밀은 간단하다. 타인에게 더 많이 도움을 줄 방법을 찾으면 된다. 더 많이 행동하고 더 많이 베풀고 더 큰 존재가 되고 더 많이 봉사하면 된다. 그러면 더 많이 벌 기회가 생긴다."

셋째, 독립자금 지원규약이다. 배세일움은 스무 살 이후 언젠가는 배세일움 패밀리 집에서 반드시 독립해야 한다. 스스로 독립할 것을 다짐하며 2007년도에 각자 스무 살부터 발효할 명함을 미리 만들었다. 배세일움D&D, 배세일움C&C, 배세일움B&B 명함은 2008년도에 내가 받은 훈장과 함께 액자에 전시되어 독립의 약속을 증거하고 있다. 독립자금은 5천만 원으로 정했다. 독립자금은 '대학 이후 더 공부하기, 자기소득을 갖기 위한 선투자, 독립할 둥지 마련하기, 결혼하기 등의 독립프로젝트'를 스스로 정한 뒤 아비에게 청구할 수 있는 종잣돈이고 마중물이다. 다만, 짝을 만나 결혼하는 예식에는 친지들과 부모의 하객이 많을 것이므로 이때의 식사비용까지도 아비와 어미가 감당하기로 정했다.

배움은 2014년~2015년도에 연세대학교 '국제대학원에서 두

학기 더 공부하는 독립프로젝트'에 독립자금 1천 2백만 원을 청구하여 지원했다. 배움은 이 '독립프로젝트'의 유효성을 스스로 판단한 후 휴학했다. 외교관 선발시험에 지원하기로 행로를 바꾸었다. 세움은 정규직 직장을 획득한 후, 2018년 구로역 근방에 원룸을 얻는 '둥지 마련하기 독립프로젝트'에 독립자금 2천만 원을 청구하여 지원했다. 배움은 2019년 3월 16일 상견례를 통하여 '결혼하기&둥지 마련하기 독립프로젝트'를 확립하고, 나머지 독립자금 3천 8백만 원을 청구하여 지원했다. 배움에게는 독립자금 지원이 완료됐다. 세움에게는 3천만 원의 여유가 남았다.

아내가 이의신청을 했다. '결혼하기&둥지 마련하기 독립프로젝트'는 배우자까지 한 사람 더 배세일움 패밀리가 되는 것이니, 한 사람 몫의 독립자금 5천만 원을 더 지원하는 게 옳다는 것이었다. 배움의 독립자금 3천 8백만 원은 사는 것은 고사하고 사는 곳의 마중물이 되기도 현실적으로 불가능한 형편이라고 아내는 주장했다. 할 수 없이 아내 모르게 월급에서 떼어내어 지방재정공제회에 저금해 놓은 '내 독립 비자금' 5천만 원을 내놓기로 하였다. 불가피하게 독립자금 지원규약을 개정했다. 덕분에 세움에게도 결혼하여 배세일움 패밀리 한 사람을 늘리는 때에는 5천만 원을 더 지원받을 기회가 주어졌다.

넷째, 학자금 지원규칙이다. 이 규칙은 지금은 사실상 실효됐다.

공무원은 중고등학교까지는 자녀학자금이 지원되므로 초·중·고는 이미 의무교육인 셈이다. 고마운 중앙대학교는 1981년, 1984년~1987년까지 4년 동안, 나의 학비와 생존비를 장학금으로 꼬박꼬박 지원해 줬다. 나는 배세일움에게 고마운 중앙대 역할을 하기로 작정했다. 배세일움에게 생존비를 지급하는 규칙과는 별개로 대학교 학비는 4년 동안 아비가 장학금으로 지원하겠다고 약속했다. 그런데 배움은 공립학교인 서울시립대학교에서 4년 동안 내내 학비를 몽땅 장학금으로 받았다. 2007년도 서울시립대 한 학기 학비는 250만 원이니 6개월 동안 매월 40만 원을 장학금으로 돌려주었다. 나머지 10만 원은 내가 챙겼다. 배움은 월 40만 원 장학금으로 책도 사고 여행도 가고 교환학생자금을 모으는 데도 보탰다. 배움이 군복무를 마치고 복학한 2011년부터 서울시립대가 반값등록금을 시작해 장학금도 반값으로 줄었지만, 이미 관례화되어서 할 수 없이 졸업 때까지 매월 40만 원씩 돌려줬다.

문제는 2010년 한양대학교에 입학한 문세움이었다. 사립학교인 한양대학교는 등록금이 서울시립대보다 두 배 이상 비쌌다. 따라서 세움이가 학교에서 장학금을 받으면 돌려줘야 하는 돈도 두 배 이상이었다. 다행히 그런 일은 없었다. 그런데 입학 첫해 세움이 시골에 계신 할아버지로부터 등록금 전액을 장학금으로 받아왔다. 아비가 부담하지 않는 돈은 모두 장학금에 해당한다는

　　　　　　　　　　　　　　배세일움 사용서

규칙에 따라 학비를 돌려줘야 했다. 배움의 선례를 주장하여 결국 매월 40만 원씩 돌려주는 것으로 결정되었다. 이후에도 전북 도민회에서 장학금을 받아오기도 했고 할아버지에게서 또 받아오기도 했는데 그럴 때마다 정확하게 월 40만 원씩 돌려줬다.

2014년 1월에 고등학교를 졸업한 일움은 대학에 진학하지 않겠다고 결정했다. 2014년 2월에 배움이 대학을 졸업했고, 2017년 2월에 세움도 대학을 졸업했다. 학자금 지원규칙은 임무를 정확하게 완수하고 실효되었다.

배세일움에게 지원하는 돈에 관한 규칙이 세워진 지 십 년이 넘어 삶이 요구하는 좋은 형식이 되기에 이르렀다. '삶이 요구하는 좋은 형식'이란 김훈의 산문집 『연필로 쓰기』를 눈길로 따라가다가 81쪽의 〈꼰대는 말한다〉는 제목 아래에서 본 말이다. 그가 했던 주례사의 한 토막이다. 이 글귀에서 나는 한참 동안 머뭇거렸다. "삶이 요구하는 형식을 존중하라. 삶의 내용은 형식에 담긴다. 형식이 소멸하고 나서도 존재할 수 있는 내용은 그다지 많지 않다. 좋은 형식은 인간을 편안하게 해준다."

2003년부터 2019년까지 매 주일 엘림교회 오주영 목사의 집례로 드리는 예배의 모습, 형식을 생각했다. 오주영 목사가 오랫동안 끊임없이 예배학을 공부하며, 연구하고, 지우고, 다시 쓰고, 배세일움도 함께 세운, 예배가 요구하는 예식과 예배의 내용에 대한 말로 치환해 보았다. 단어 두 개를 지우개로 지우고 연필로 고쳐 쓴 뒤, 소리 내어 읽고, 내 귀로 들었다. "예배가 요구하는 예식을 존중하라. 예배의 내용은 예식에 담긴다. 예식이 소멸하고 나서도 존재할 수 있는 내용은 그다지 많지 않다. 좋은 예식은 인간을 편안하게 해준다." 형식은 중요한 약속을 소중하게 담는 좋은 그릇과 같다. 중생(重生), 성결(聖潔), 신유(神癒), 재림(再臨) 사중복음의 성결교회인 엘림교회 예배예전은 입례예전, 말씀예전, 성찬예전, 파송예전 4부로 세워져 있다. 물론 예배예전의 중심은 삼위일체 하나님이다.

+ 엘림교회 예배예전 +

〈입례예전〉

+ 입례송(Entrance)

+ 인사(Salutation)

+ 예배기원(Opening Prayer)

+ 찬송(Hymn)

+ 고백의 기도(Prayer of Confession)

+ 자비송(Kyrie Eleison)

+ 침묵의 기도(Silence)

+ 용서의 확신(Assurance of Forgiveness)

+ 소영광송(Gloria Parti)

+ 감화기도(Prayer of Illumination)

〈말씀예전〉

+ 구약봉독(First Lesson)

+ 화답송(Gradual)

+ 서신서봉독(Second Lesson)

+ 복음환호송(The Anthem)

+ 복음서봉독(Gospel)

+ 설교(Sermon)

+ 목회기도(Pastoral Prayer)

+ 신앙의 확인(The Creed)

+ 찬송(Hymn)

+ 평화의 인사(The Peace)

〈성찬예전〉

+ 봉헌(Offering)

+ 봉헌기도(Prayer for Offering)

+ 식탁으로 초대(Invitation to The Lord's Table)

+ 대감사기도(The Great Thanksgiving)

+ 성만찬 참여(Communion)

+ 성찬 후 기도(Post-communion Prayer)

〈파송예전〉

+ 찬송(Hymn)

+ 권면(Charge)

+ 축도(Blessing)

오늘보다 더 나은
내일이면 돼

2019년, 정규직 직장인이 된 지 삼 년째 되는 세움은 세계여행을 계획하고 있다는 속내를 내비쳤다. 배움은 철저하게 준비를 해야 한다고 부추기고, 아내는 위험한 곳엔 가지 말라고 당부한다. 말리는 사람이 없다. 나는 직장을 그만둔다는 게 은근히 걱정이 되기도 해서, 그만두려면 직장 다닌 이야기를 먼저 책으로 발간하라고 주문했다. 별 신통한 반응이 없다.

나는 직장에서 2019년 5월, 열흘 동안 스페인 여행의 기회를 얻었다. 세비야 성당을 들렀다. 세계에서 세 번째로 큰 성당일 뿐만 아니라, 중세 고딕 양식을 보여주는 뛰어난 건물이다. 나는 여기서 약속된 시간(단체행동 40분) 때문에 딱 두 가지만 발과 눈으로 체험했다. 모스크의 일부인 옛 미나레트에 종을 설치해서 종탑으로 전환시킨 1백여 미터 높이의 수직 통로를 세 번씩이나 배낭을 메고 발로 걸어 오르락내리락했다. 공중에 부양되어 있는 크리스토퍼 콜럼버스의 무덤 관을 직접 눈으로 확인하고 촬영했다. 발과 눈으로 체험한 두 가지의 공통점은 '전환'이었다. 세계여행을 감행하려고 한다는 세움의 기운이 뻗친 건 아닌지 모르겠다.

'지랄다종탑'은 원래 종탑이 아니었고, 모스크의 첨탑인 미나레트를 수세기에 걸쳐 교회 종탑으로 개조한 거라 한다. 신기하게도 계단으로 되어있지 않고 계속 길을 꺾어가며 오르는 형태이다. 올라가 보니 전망이 좋았다. 1492년 아메리카 대륙을 발견한 콜럼버스는 그의 성과를 인정하지 않는 사람들에게 달걀 세우기 제안을 했고, 누구도 성공하지 못하자 달걀의 한 쪽을 깨뜨려 세우는 것을 보여줬다. 당시 사람들과는 달리 지구가 둥글다고 믿고 실행한 콜럼버스의 '발상의 전환'을 보여주는 일화다. 콜럼버스를 인정하지 않았던 스페인 땅을 다시는 밟지 않겠다는 유언에 따라, 그의 관을 공중 부양해 놓은 것은 또 무슨 '발상의 전환'이란 말인가. 배세일움 중 처음으로 정규직 직장을 세운 세움이 직장을 때려치우고 세계여행을 하겠다는 건 달걀 깨뜨리는 소리 같았고, 지랄다종탑 종소리 같았다.

지랄다종탑은 그렇다 치고 달걀을 깨뜨리지 않고 세우기가 정말 쉽지 않은 것인지 조사했다. 방법은 간단했다. '달걀 세우기'로 검색 엔진을 돌렸더니 EBS 동영상이 나왔다. 날달걀을 딱딱하고 맨질맨질한 바닥에 세우기는 쉽지 않다. 찐 달걀은 조금만 집중하면 세우는 게 어렵지 않다. 날달걀과 찐 달걀의 차이점은 달걀 껍데기 속이 다르다는 것이다. 날달걀은 흰자와 노른자가 액체 상태이고, 찐 달걀은 고체 상태다. 달걀은 질량이 큰 노른자에 무게중심이 있다. 흰자 속 알끈으로 묶인 노른자는 무게중심을 유지하면서 액체 상태이면 흔들거린다. 날달걀을 세우려면 시간과 무게중심을 맞추는 집중력과 끈기가 필요하다. 날달걀을 한참 흔들면 알끈이 끊어지고 밀도가 높은 노른자는 아래로 내려와서 무게중심이 아래로 내려온다. 그런 연후에는 날달걀을 세울 수 있다. 깨뜨려서 세우지 않아도 달걀의 무게중심만 생각할 수 있다면 가능한 일인 것이다. 그런데 착각하면 안 된다. 달걀을 삶아서 무게중심이 고정되거나 알끈을 끊어서 아래로 내려놔도, 타원형인 달걀은 바닥과 닿는 면이 아주 작아서 마찰력이 약해 여전히 세우기는 쉽지 않다. 마찰력을 높이려면 바닥과 닿는 표면을 넓히는 게 상책이다. 날달걀이든 찐 달걀이든 깨뜨리면 바닥과 닿는 면이 넓어져 마찰력이 커지고 세우기 쉽다. 세움의 이름 앞에 붙이는 호(號)가 중심(中心)인 것을 생각하면 '중심 세움'이니 바로 발상의 전환이다. 달걀 세우기는 '중심 세움'과 '마찰력 높임'이 동시에 요구되는 일이다.

달걀 세우기의 법칙은 '사람 세우기'에도 똑같이 적용된다. 사람 세우기 방법 중 대표적인 게 '선출' 또는 '선거'이다. 세움은 초등학교 4학년 때 반장 선거에 출마하였으나 표를 두 번째 순위

배세일움 사용서

로 받아서 부반장으로 세워졌다. 중심 세움과 마찰력 높임 중 상대적으로 부족한 곳이 있었나 보다. 고등학교 2학년 때는 반원들의 자유로운 토론으로 반장에 뽑혔다고 한다. 중심 세움과 마찰력 높임이 한층 나아졌나 보다. 나는 중학교 2학년 때 진짜 리얼한 선거를 치른 경험이 있다. 팔십 프로를 훌쩍 넘는 높은 지지를 받았던 것으로 기억한다.

그해 중학교 학생회장 선거를, 교육당국은 민주주의 선거와 민주교육을 과시하고 자랑하는 사례로 삼았던 듯하다. 민주선거의 4대 원칙인 직접선거, 비밀선거, 보통선거, 평등선거가 정확하게 적용되고, 선생님들은 공정한 선거 지도와 지원을 해주셨다.

학생회장 후보엔 두 사람이 출마했다. 남, 여 부회장 두 명을 러닝메이트로 각각 지명하여 선거캠프를 차렸다. 2학년 담임선생님이 각 캠프의 지도위원이 되셨다. 공약을 발표하고, 1학년부터 3학년까지 6개 반을 돌며 정견을 발표했다. 일주일 동안 개별 선거 유세를 했다. 투표 당일 학교 운동장에는 학생 전원이 모였고, 각 캠프 지도 선생님의 찬조발언 후 후보자 최종 연설을 마쳤다. 학교 운동장에 차려진 투표소에서 학생 전원이 투표했다. 즐거운 민주선거를 경험했고, 난 학생회장에 당선됐다. 선거는 민주적으로 치렀지만, 전통적으로 학생회장이 해야 할 '역할'은 가난한 아버지 덕분에 선생님들의 기대를 저버렸다. 재미있고 힘들고 캄캄하기도 했던 경험이었다.

나는 33년 동안 임명직 공직자의 길을 선택하여 인생일모작을 가꿨다. 인생이모작에서는 세움처럼 '중심 세움'과 '마찰력 높임'으로 선출직 공직자의 길에 나아간다는 속내를 배세일움 패밀리에게 내비쳤다. 배움은 철저하게 준비해야 한다고 부추기고, 아내는 위험한 곳엔 가지 말라고 당부한다. 말리는 사람이 없다. 세움은 아빠가 계획한 여기저기연구소의 책부터 발간하시라고 주문했다. 별 신통한 반응이 없다.

자신의 삶에서 일어나는 고난과 어려움까지 받아들이는 적극적인 방식의 삶의 태도가 니체가 말하는 '아모르 파티'이다. 쫄지 마라. 돈워리 비해피(Don't Worry, Be Happy!). 다가올 사랑은 두렵지 않다. 가슴이 뛰는 대로 가면 돼. 오늘보다 더 나은 내일이면 돼. 핸드폰을 꺼내서 이건우.신철 작사, 윤일상 작곡, 김연자 노래 〈아모르 파티〉를 듣는다. 부질없는 걱정을 다 내버리고 신나게 노래를 엇박자로 따라 부른다.

산다는 게 다 그런 거지 / 누구나 빈손으로 와 / 소설 같은 한 편의 얘기들을 세상에 뿌리며 살지 / 자신에게 실망하지 마 / 모든 걸 잘 할 순 없어 / 오늘보다 더 나은 내일이면 돼 / 인생은 지금이야 / 아모르 파티 / 아모르 파티

인생이란 붓을 들고서 무엇을 그려야 할지 / 고민하고 방황

하던 시간이 없다면 거짓말이지 / 말해 뭐해 / 쏜 화살처럼 사랑도 지나갔지만 / 그 추억들 눈이 부시면서도 슬펐던 행복이여 / 나이는 숫자 마음이 진짜 / 가슴이 뛰는 대로 가면 돼 / 이제는 더 이상 슬픔이여 안녕 / 왔다 갈 한 번의 인생아 / 연애는 필수 결혼은 선택 / 가슴이 뛰는 대로 하면 돼 / 눈물은 이별의 거품일 뿐이야 / 다가올 사랑은 두렵지 않아 / 아모르 파티 / 아모르 파티

木 ^(목)

Carpe Diem Ilum

카르페디엠ㄴ 일움

바로 지금
이 순간을 살아라

2003년에 스펜서 존슨(1938~2017)은 "The present is a present."라며 배세일움에게 『선물』이란 책을 주었다. 존슨은 일움에게 '바로 지금 이 순간을 살아라'라고 말했다.

한 소년이 살고 있었다. 소년은 지혜로운 노인이 들려주는 이야기를 귀담아 들으면서 '세상에서 가장 소중한 선물'에 대해 배우게 됐다.

소년은 이제 스물다섯 살 젊은이가 되었다.

그 선물이 무엇인지
당신은 이미 알고 있다

그것을 어디에서 찾아야 하는지
당신은 이미 알고 있다
그리고 그것이 어떻게 행복과 성공을 가져다주는지

당신은 이미 알고 있다
지금보다 더 어렸을 때
당신은 그것을 가장 잘 알고 있었다

예전에 노인에게서 들었던 말이 떠올랐다.

"정말 그 선물을 찾고 싶다면, 자네가 가장 행복했고 가장 성공적이었던 때를 생각해 보게."

젊은이는 샤이니의 링딩동 노래를 따라 춤추기에 정신을 집중해서 다른 일에는 전혀 관심을 주지 않았었다.

"지금 하고 있는 일에 완전히 몰두할 때 넌 산만하지 않고 행복하다."

노인은 그렇게 말했었다.

"너는 바로 지금 일어나는 일에만 집중한다."

찬찬히 '까르페디엠 배세일움' 까페 안을 살펴보았다. 그 순간 그는 과거를 생각하지 않았다. 미래에 대한 불안도 잊고 있었다. 그냥 지금 자신이 있는 곳을, 그리고 지금 자신이 하는 것을 즐기고 있었다.

이윽고 미소가 떠올랐다. 기분이 아주 좋아진 것을 느낄 수 있었다. 그는 오직 자신의 현재―The Present를 그냥 즐기고 있던 것이다. 지금 이 순간에 존재하고 있는 자신을 즐기고 있을 뿐이었다. 그 순간 갑자기 무언가가 뇌리를 스쳤다.

"그래, 바로 그거야."

비로소 그는 '소중한 선물'이 무엇인지 알 수 있었다. 그것은 늘 그곳에 있었던 것이다.

세상에서 가장 소중한 선물은
과거도 아니고 미래도 아니다.
세상에서 가장 소중한 선물은
바로 현재의 순간이다.

세상에서 가장 소중한 선물은
바로 지금이다.

'현재'속에서 존재한다는 것은 바로 지금 일어나고 있는 것에 집중한다는 뜻이다! 그것은 우리가 매일같이 받는 소중한 선물에 감사한다는 뜻이기도 하다.

"자네가 그 선물을 찾은 순간 무엇이 옳고 그른지 생각해 봤나?"

노인은 질문을 던졌다.

"아뇨. 전 그저 춤추기를 즐겼을 뿐이었는걸요."

그러자 노인은 "이걸 생각해 보게."라고 말했다.

아무리 어려운 상황에
처해 있어도

현재 이 순간

배세일움 사용서

'옳은' 것에만 집중하면
우리는 더 행복할 수 있다.

그렇게 하면
활력과 자신감을 얻어
그른 것도 처리할 수 있다.

노인의 말을 듣고 그는 매우 놀랐다.
"그럼 현재 속에서 존재한다는 게 바로 지금 right now 일어나는 것에 집중한다는 뜻인가요? 그리고 지금 now 옳은 right 것에 집중한다는 뜻이겠군요."

현재 속에서 존재한다는 것은
잡념을 없앤다는 뜻이다.

그것은 바로 지금 중요한 것에
관심을 쏟는다는 뜻이다.

우리가 무엇에 관심을 쏟는가에 따라
소중한 선물을 받을 수도 있고
받지 못할 수도 있다.

노인에게 인사하고 현재 속에 사는 것에 대해 그때까지 배운 것을 다음과 같이 메모했다.

바로 지금 일어나고 있는 일에 집중하라.
바로 지금 올바른 것이 무엇인지 생각하고 그에 따라 행동하라.
바로 지금 중요한 것에 관심을 쏟아라.

　노인과의 만남을 계속 이어갔다. 노인은 젊은이들이 계속 발전하면서 행복해지고 성공을 이루어가는 것을 지켜보며 기뻐했다. 그러던 어느 날, 피할 수 없는 일이 일어났다. 노인이 죽음을 맞이한 것이다. 장례식에는 수많은 사람들이 찾아와 노인을 추모했다. 노인은 많은 사람들에게 도움을 준 것 같았다. 삼각 지지대처럼 젊은이 셋, 배움 세움 일움이 다 함께 그들의 할아버지 장례식장에 모여서 이렇게 자문해 보았다.
　"어떻게 해야 그분 같은 사람이 되고, 많은 사람들을 도울 수 있을까?"
　'존재'를 넘어 '존재자'로 살았던 할아버지의 목소리가 들리는 듯했다.
　"현재에서 살기, 과거에서 배우기, 그리고 미래를 계획하기만으로는 충분치가 않다. 우리의 삶에 소명이 있을 때만 그 모든 것이 의미를 갖는다."

　　우리가 어떻게 행동하는가는
　　우리의 소명이 무엇인가에 따라 다르다.

　　행복해지고 성공하고 싶을 때
　　현재를 사는 법을 배워야 한다.

　　　　　　　　　　　　　　　배세일움 사용서

과거보다 나은 현재를 원할 때
과거에서 배움을 얻어야 한다.

현재보다 나은 미래를 원할 때
미래를 위한 계획을 세워야 한다.
우리가 소명을 갖고
일을 하고 살아갈 때

그리고 바로 지금 중요한 것에
집중하고 몰두할 때

우리는 더 잘 이끌고, 관리하고,
지원하고, 친구가 되고, 사랑할 수 있다.

성공은 우리가 될 수 있는
사람이 되는 것이다.

그리고 고귀한 목표들을
향해 나아가는 것이다.

성공이 무엇을 의미하는지를
우리는 모두 스스로 정의한다.

　　2003년에 스펜서 존슨으로부터 '바로 지금 이 순간을 살아라'
라는 말을 선물로 받은 일움은, 그로부터 10년 후 2013년에 박
원순 서울시장으로부터 '끈질기게 이루세요'라는 말을 선물로 받
았다.

지금
뭐하는 거야

2013년 1월 1일자로 성북구청 부구청장에서 서울시 산업경제 정책관으로 자리를 옮긴 나의 핸드폰도 마침내 서울시 국장들 카톡방에 몸을 담았다. 모바일 메신저 어플리케이션 카카오톡이 출시된 지 만 3년이 된 2013년 2월 토요일 아침 9시쯤이었다. 나는 공휴일 늦잠을 자고 있고, 일찍 일어난 일움은 내 핸드폰을 제 방으로 가져다가 두더지잡기⑦ 게임 중이었다. 일움은 게임을 방해하는 '까똑 까똑' 소리가 들리자, 가차 없이 카톡방으로 쳐들어가 한마디 내던지고 나왔다. "지금 뭐하는 거야." '까똑 까똑' 소리는 두더지처럼 쑥 들어갔다.

난 일움이 내던진 그 강력한 말을 사흘 뒤에야 들었다. 실없는 농담과 아재개그 좀 그만하고, 점잖아지라고 충고하는 아내가 챙겨준 아침밥을 먹고 월요일 출근을 했다. 회의장에서 만난 국장들이 걱정스런 표정을 지으며 의미심장하게 웃었다. 영문을 모르

배세일움 사용서

는 난 평소보다 괜찮은 아재개그를 던졌다. 뼈 있는 농담으로 들렸는지 웃기는 데는 이틀 연속 실패했다. 보다 못한 본부장이 썰렁한 카톡방을 안내해 줬다. "아이구야~" 하필이면 토요일 아침 그 시간, 까똑 소리 발신자는 서울시장님이었다. 바로 밑에 "지금 뭐하는 거야"가 붙어있다. 그 후로는 댓글이 없다. 나는 '지금' 밑에 "자유로운 영혼, 다운증후군 문일움의 말!"이라고 덧붙였다. 상상력으로 상황을 수습하고, 이어 댓글을 점잖게 써서 해명했다. 그래도 이미 엎질러진 물이었다. 그날 이후, 카톡방은 오래 못 가서 문을 닫았다. 그리고 밴드로 바뀌었다.

여전히 일움은 배세일움 패밀리 카톡방에도 때때로 "지금 뭐하는 거야"라고 묻는다. 내겐 언제나 일움이가 던지는 '지금'이 자유와 책임에 대한 질문으로 들린다. 답하기가 늘 힘들다.

성북구청 부구청장으로 일하던 2011년 11월이다. 보건소 건강관리과장께서 서예가 남강(南崗) 정준(鄭俊)님이 써주신 글씨라며 心通(심통)을 선물로 줬다. 범엽이 쓴 후한서에 있는 말이라고 했다. 후한서를 읽어 본 적도 없지만 나는 나름대로 '마음이 통한다'로 뜻풀이를 하고, 마음이 통하려면 먼저 마음이 아파야 한다는 생각으로 心痛(심통)을 앞에 붙였다. 그리고 心痛心通(심통심통)을 내 별명, 호(號)로 채택했다. 그런데 이게 말뿐이지, 심통심통하며 사는 사람이 되는 건 늘 어렵다. 그래서 나는 심통편지를 쓰는 사람이 되었다.

전날 농담과 아재개그에 술을 섞어서 신나게 마셨던 탓으로 아침에 출근하니 머리가 아둔하고 몸은 피로했다. 신규 임용되는 직원 두 사람에게 구청장을 대신하여 부구청장이 인사발령장을 전수해야 한다고 인사팀장이 말했다. 피곤한 몸뚱이는 쉬고 싶었는지 투덜투덜댔다. 인사발령장을 전달하고 나니 귀에 웬 소리가 윙윙거렸다. "지금 뭐하는 거야" "심통심통이라고?" 그날 이후 나는 심통편지를 준비하기 시작했다. 다른 사람에게 생긴 일을 내 일처럼 생각하는 것은 쉬운 일이 아니다. 다른 사람에게 생긴 슬픈 일이 내 슬픈 일이 되고, 다른 사람에게 생긴 기쁜 일이 내 기쁜 일이 되는 것은 겸손과 유순함과 배려와 연민이 있어야 한다. '마음이 아파야 마음이 통한다' 심통심통이다. 2011년 12월 22일부터 심통편지를 썼다.

몸이 아프면 병원에 가야 한다. 내가 아닌 남이 아플 때 내 몸은 통증이 없다. 그런데도 보호자로 병원에 가면 아프지 않은 남인 나도 때때로 통증을 느낀다. 안 아파도 병원에 가면 심통심통을 스스로 체감할 때가 있다. 나는 치유하는 병원 이화의료원과 인연이 많다. 2019년 5월 23일 강서구 발산역 앞 1만 평이 넘는 부지에 스마트병원으로 개원한 이대서울병원에서 해외출장 중인 구청장을 대신하여 부구청장인 내가 축사를 해야 했다.

정규 공직자로서 처음 맡은 직무가 1988년 동대문구청 새마을 과장이다. 갓 결혼한 스물아홉밖에 안 된 무경험자가 직무를 수 행하려니 몸도 맘도 고생이었다. 원형탈모증이 생겼다. 시동생 시누이와 함께 사는 부천 전셋집 살림을 꾸리면서 직장을 다니는 아내도 몸과 정신에 탈이 났다. 그때 우리를 치유해 준 병원이 이 대동대문병원이다. 훗날 정신은 쌩쌩한데 오십 년을 넘겨서 고 장 난 내 눈과 아내의 등을 치료해 준 병원은 이대목동병원이다. 2010년 서울시 보건기획관으로 근무할 때 이화의료원에 위탁한 서남병원이 개원했다. 일움이 "지금 뭐하는 거야"라고 질문을 던 진 2013년에는 서울시 산업경제정책관으로서 마곡에 이대서울 병원을 건립하는 협약을 체결했다. 이래저래 이화의료원과의 인 연이 깊다. 이대서울병원 개원을 책임진 이화의료원장은 나와 동 갑내기에 성씨도 문가다. 영어로 Moon은 달이다. 이대서울병원 개원은 아프고 힘든 환자에게는 '밤에 뜬 환한 달'과 같다는 생각 이 떠올랐다. 나는 김용택 시인(1948~)의 시 〈달이 떴다고 전화를 주시다니요〉를 이대서울병원 개원식 축시로 낭송했다.

달이 떴다고 전화를 주시다니요
이 밤 너무 신나고 근사해요
내 마음에도 생전 처음 보는
환한 달이 떠오르고
산 아래 작은 마을이 그려집니다
간절한 이 그리움들을,
사무쳐 오는 이 연정들을
달빛에 실어
당신께 보냅니다

세상에,
강변에 달빛이 곱다고
전화를 다 주시다니요
흐르는 물 어디쯤 눈부시게 부서지는 소리
문득 들려옵니다.

배세일움 사용서

링딩동 링딩동
시인의 사회

배세일움 패밀리 다섯 사람의 카톡방 이름은 '빛나는 샤이니'이다. 문일움이 카톡방 이름을 지었고 운영자이다. 샤이니 멤버는 5인이다. 다섯 사람이다. 카톡방 '빛나는 샤이니'에서 리더 온유의 몫은 일움의 엄마 서성례이다. 나는 종현이다. 문배움은 민호다. 문세움은 Key이다. 일움은 샤이니 멤버의 막내 태민이다. 일움이가 다 지정하였다. 일움의 방에는 샤이니 화보가 걸려있다. 종현이 죽었을 때 일움이가 충격을 받을까 봐 온 식구가 노심초사했었다. 일움은 알면서도 내색을 안 했다. 종현으로 지정된 아빠가 충격을 받을까 봐 오히려 걱정하는 듯 보였다. 배세일움 패밀리는 일움의 안무 지도를 받으며 샤이니의 노래와 춤을 연습한다. 우리끼리 공연도 한다. 일움은 열렬한 샤이니 팬이다.

수능금지곡으로 지정된 샤이니의 링딩동은 배세일움 패밀리가 가장 많이 연습한 곡이다.

Baby 네게 반해버린 내게 왜 이래 / 두렵다고 물러서지 말고 / 그냥 내게 맡겨봐라 어때 My Lady / Ring Ding Dong Ring Ding Dong Ring Diggi Ding Diggi Ding Ding Ding x 4번

Butterfly 너를 만난 첫 순간 / 눈이 번쩍 머린 Stop / 벨이 딩동 울렸어 / 난 말야 멋진 놈 착한 놈 그런 놈은 아니지만 / 나름대로 괜찮은 Bad boy / 너는 마치 Butterfly / 너무 약해 빠졌어 / 너무 순해 빠졌어 / 널 곁에 둬야겠어 / 더는 걱정 마 걱정 마 / 나만 믿어 보면 되잖아 / 니가 너무 맘에 들어 놓칠 수 없는 걸 /

Baby 내 가슴을 멈출 수 oh crazy / 너무 예뻐 견딜 수 oh crazy / 너 아니면 필요 없다 crazy / 나 왜 이래 / We wanna go rocka, rocka, rocka, rocka, rocka rock(so fantastic) / Go rocka, rocka, rocka, rocka, rocka rock(so elastic)

fantastic fantastic fantastic fantastic elastic elastic elastic elastic Ring Ding Dong Ring Ding Dong Ring Diggi Ding Diggi Ding Ding Ding x 4번

I called you butterfly! / 날이 가면 갈수록 못이 박혀 너란 Girl / 헤어날 수 없다는 거 / 나를 선택해 / 돌이키지 말고 / 선택해 / 도망가지 말고 / 네게 빠진 바보인 나 / 날 책임져야 돼 /

난 착하디 착한 증후군에 걸린 너를 이해 못 하겠다 / 넌 가끔씩 그런 고정 이미지를 탈피 이탈해 봐 괜찮다 / Ring Ding Dong Ring Ding Dong Ring Diggi Ding Diggi Ding Ding Ding x 4번

링딩동 링딩동 링딩동~ 노래가 끝나도 귓속으로 들어온 링딩동 소리는, 계속 머릿속에서 쉬지 않고 울린다. 일움은 샤이니의 동영상을 핸드폰으로, 컴퓨터로 틀어놓고 안무를 익힐 때까지 쉬지 않고 연습한다. 세밀한 동작 하나 하나까지 놓치지 않고 구현한다. 그 치열함과 끈질김을 따라갈 수 없다. '끈질기게 이루세요!'라고 말해준 서울시장님도 놀랄 만하다. 샤이니의 노래와 안무는 거의 다 익히고, 이젠 다른 아이돌 그룹의 노래까지 섭렵한다. 틈틈이 기회만 되면 춤과 노래를 펼친다. 교회에서, 거실에서, 시골에서, 모임에서 어디든지 나설 준비가 돼있다. 요즈음에는 트로트까지 시도한다. 듣는 사람이 노래 가사를 잘 알고 있으면 일움의 노래를 제대로 들을 수도 있다. 일움의 발음은 자기만의 목소리를 가진 까닭이다.

철학자 세네카는 이렇게 말했다. "인간은 세월에 대하여 말로는 '순간'이라고 하면서도 삶은 '영원'할 것처럼 살아간다." 1959년을 배경으로 보수적인 남자사립학교인 웰튼 아카데미에 영문학 선생님이 부임한다. 키팅 선생이다. 시와 문학을 가르치면서 틀에 박힌 삶을 강요받는 학생들에게 영감을 준다. 1989년에 개봉한 미국 영화, 피터 위어 감독의 〈죽은 시인의 사회〉이다. Dead Poet's Society는 직역해서 그렇지 '죽은 시인을 기리는 동아리'로 이해하는 게 적당하다. 이 영화로 유명해진 말이 '까르페 디엠'이다. 나는 이 영화를 보고 책으로 쓰인 『죽은 시인의 사회』

도 구입해서 읽었다. 일움은 항상 즐겁게 사는 모습으로 언제나 키팅 선생처럼 배세일움 패밀리를 가르친다. Carpe Diem. 현재를 즐겨라. 현재에 충실해라. 지금 이 순간을 살아라. 일움의 직장을 만들기 위해 아내가 일움과 함께 2013년 말에 창업한 까페 이름을 "까르페디엠 배세일움"으로 한 연유도 여기에 있다.

나에게 일움은 내가 기다리는, 나와 함께 즐겁게 살아주는 시인이다. 피천득 시인(1910~2007)의 시 〈기다림〉과 황지우 시인(1952~)의 시 〈너를 기다리는 동안〉을 일움의 링딩동 동영상을 보면서 연속으로 이어서 낭송한다.

기다림

피천득

아빠는 유리창으로
살며시 들여다보았다

뒷머리 모습을 더듬어
아빠는 너를 금방 찾아냈다

너는 선생님을 쳐다보고
웃고 있었다

아빠는 운동장에서
종 칠 때를 기다렸다

배세일움 사용서

너를 기다리는 동안

황지우

네가 오기로 한 그 자리에
내가 미리 가 너를 기다리는 동안

다가오는 모든 발자국은
내 가슴에 쿵쿵거린다

바스락거리는 나뭇잎 하나도 다 내게 온다
기다려본 적이 있는 사람은 안다

세상에서 기다리는 일처럼 가슴 애리는 일 있을까
네가 오기로 한 그 자리, 내가 미리 와 있는 이곳에서

문을 열고 들어오는 모든 사람이
너였다가
너였다가, 너일 것이었다가
다시 문이 닫힌다

사랑하는 이여
오지 않는 너를 기다리며
마침내 나는 너에게 간다

아주 먼데서 나는 너에게 가고
아주 오랜 세월을 다하여 너는 지금 오고 있다

木 까르페디엠 –일움

아주 먼 데서 지금도 천천히 오고 있는 너를
너를 기다리는 동안 나도 가고 있다

남들이 열고 들어오는 문을 통해
내 가슴에 쿵쿵거리는 모든 발자국 따라
너를 기다리는 동안 나는 너에게 가고 있다

　일움에게 다가가 보면 언제나 일움의 엄마를 함께 만난다. 아내는 한시도 일움과 마음에서 헤어지지 못한다. 나처럼 기다리지도 못한다. 아니 나는 기다리는 것이 아니라 자주 잊고 산다. 일움과 아내는 일심동체(一心同體) 같다. 난 일움을 기다리는 화이부동(和而不同) 같다.

　링딩동 가사를 다시 한번 꼼꼼하게 들여다봤다. 다운 증후군 일움이가 착한 증후군 엄마에게 불러주는 노래임이 분명하다. 더는 걱정 마. 걱정 마. 나만 믿어보면 되잖아. 난 말야 멋진 놈 착한 놈 그런 놈은 아니지만 나름대로 괜찮은 Bad boy. Baby 네게 반해버린 내게 왜 이래. 그냥 내게 맡겨봐라 어때 My Lady. 난 착하디 착한 증후군에 걸린 너를 이해 못 하겠다. 나 왜 이래. Ring Ding Dong Ring Ding Dong.

　　　　　　　　　　　　　　　　　　배세일움 사용서

춤추고 빨래 개는
끈질긴 달인

   일움은 링딩동 시인이며 샤이니 춤꾼이다. 스스로 스스럼없이 '댄스머신'이라고 부른다. 그래서 혼자 있을 때는 거의 날마다 동영상을 보며 춤만 추는 줄 알았다. 그런데 이상하게도 일움이 없는 일움의 방은 언제나 깔끔하다. 일움의 침대에 있는 이불과 베개는 정확한 위치에 항상 각이 잡힌 채 정갈하게 자리를 잡고 있다. 일움의 옷장에 얹혀사는 옷들도 질서정연하게 대오를 정렬한다. 일움의 책상에 올라앉은 엘림교회 주보와 지우개와 샤프펜슬과 이어폰과 핸드폰과 종이쪽지까지 깍듯하게 자기 자리를 지킨다. 일움의 방에는 우렁각시가 몰래 함께 사는 줄 알았다. 그분이 나의 아내인 줄로 알고 있었다. 그런데 어느 날인가 우렁이 각시가 안방에도 출현했었나 보다. 안방 옷장의 속옷과 양말과 티셔츠가 각을 잡고 줄을 맞췄다. 배움의 방에도 출현했다는 소식이 들렸다.

   그러더니 드디어 일움의 방에 살던 우렁각시가 정체를 드러냈다. 빛나는 샤이니 카톡방에 사진을 올려 모습을 나타냈다. 베란다 빨랫줄에 걸려있던 수건과 양말과 속옷들과 셔츠들이 거실 TV 앞에 나란히 줄을 맞춰 개어진 채로 집단촬영을 당한 사진이었다. 우렁각시가 한 일이 분명했다. 우렁각시는 사진 밑에 이런 말을 남겼다. "우리 엄마 힘들잖아. 사랑해. ㅋㅋㅋ … 신라면 먹고 싶어. 사줘. 흑흑흑." 우렁각시는 신라면을 생라면으로 깨뜨려 스프 찍어 먹기를 탐닉하는 게 분명했다. 신라면 공급이 금지되니까 모습을 드러낸 것이었다. 아내가 일움에게 신라면 금지령을 발령한 지 보름 만에 우렁각시는 일움이라고 일움이 스스로 밝힌 것이었다. 일움은 그때부터 본격적으로 배세일움 집 우렁각시로 드러내놓고 활동하기 시작했다. 이제는 세탁기에서 탈수과정을 마친 빨래를 꺼내 빨랫줄에 너는 일까지 한다. 문제는 우렁각시 활동에 집에서 쉬고 있는 나와 배움 세움까지 동원하는 능력자가 되었다는 것이다. 그럴 때마다 던지는 말이 "우리 엄마 힘들잖아. 도와줘. 사랑해."이다.

"칭찬은 고래를 억지로 춤추게 하지만, 격려는 고래를 드넓은 바다로 가게 한다!" 누다심(강현식)이 지은 『엄마의 첫 심리 공부』라는 책 표지에 쓰여있다. 엄마의 마음이 편해지고 가족이 행복해지는 '역설의 심리학'이라는 부제가 붙어있다. 누다심이라는 필명은 '누구나 다가갈 수 있는 심리학'을 의미하며, 사람들에게 제대로 된 심리학을 쉽고 재미있게 알리겠다는 의지를 담았다고 한다.

배세일움 사용서

링딩동 시인, 샤이니 춤꾼인 일움이가 빨래를 개고, 널고, 옷장까지 정리하는 달인이 된 걸 보면서 아내가 역설의 심리학을 공부한 것은 아닌지 의심했다.

그렇잖아도 결혼한 이후 아내의 임무는 바깥일하는 나보다 가짓수가 열 배는 많았다. 집안일만 해도 아내, 엄마, 며느리, 언니, 형수님, 장녀의 몫이 넘쳤다. 직장인에서 현장식당, 까페 경영주까지 가계소득을 보태는 역할도 계속 이어졌다. 교회 꽃꽂이 담당, 성가대원, 바자회 물품수집인 자리도 십 년을 넘겼다. 아내의 MTB 자전거와 골프채도 그대로 있다. 이렇게 바쁜데도 다운증후군 일움이와 함께 살아온 '착한 증후군'에 걸린 아내는 갱년기를 극복한다며 탁구 동호인이 되면서부터 더 바빠졌다. '배려의 달인' 일움이가 아내의 빨래를 개는 우렁각시가 된 사연이 탁구 아닐까? 나도 일움 덕분에 떠밀려서 빨래 개고 청소기 돌리는 몫을 수행하긴 했지만, 아내는 우렁각시 일움이 덕분에 생활탁구인 짱이 됐다고 생각한다.

일움은 초등학교, 중학교, 고등학교 과정을 특수학교가 아닌 일반학교를 다녔다. 아내는 일움이 학교를 다니는 12년 동안, 일움이가 같은 반 친구들에게 우렁각시가 되도록 임무를 맡겼다. 매 학기마다 반 친구 모두에게 주는 햄버거, 초콜릿, 학용품 등을 일움이 손에 챙겨주었다. 일움이는 일일이 친구들에게 삐뚤삐

뚤한 쪽지 편지를 썼고 즐거워했다. 지금도 일움은 엘림교회의 아이들에게, 장애인 일터 송암작업장 동료들에게도 틈틈이 우렁 각시가 된다.

나도 아내의 우렁각시가 될 수 있었던 결정적인 기회가 한 번 있었다. 허나 운전 경험 부족으로 우렁이 속에서 나오지 못했다. 나는 1999년에 운전면허를 따서 2019년 현재 운전면허 소지 20년 경력자다. 그런데 운전대를 잡은 건 미국 유학 기간 2001년 6월 부터 2003년 6월까지 2년 동안 뿐이다. 그때에도 주력 운전자는 공간 감각이 탁월한 아내였다.

배세일움 패밀리가 미국 유학을 마치고 돌아온 지 얼마 되지 않은 2003년 7월로 기억한다. 장마철이라 밤새 비가 내렸다. 모기 때문에 새벽녘에 잠을 깼다. 미국에서 썼던 높은 침대 위에서 다. 이 침대는 지금도 사용한다. 여름철이라서 비가 내려도 창문이 훤했다. 누운 채로 천장을 바라보니 밤새 일움의 피를 빨아 먹고 통통해진 모기 한 마리가 붙어있다. 아내가 침대에서 일어나 선 채로 손바닥으로 모기를 잡으려 했다. 도망치는 모기를 쫓다가 아내의 발이 물렁물렁한 내 배를 밟았다. 균형을 잃은 아내가 내 몸 위로 덮쳤다. 순간 "퍽"하는 소리가 났다. 침대 모서리에 아내의 코가 부딪혔다. 아내의 높은 코뼈가 부러지고 찢어졌다. 잠시 후 피가 솟구쳤다. 비상이 걸렸다. 손수건으로 코를 눌러 피를 막았다. 시급히 병원 응급실로 가야했다. 밖에 내리는 빗발

배세일움 사용서

은 더 굵어졌다.

아내는 왼손으로 손수건을 잡아 코를 감싸고, 오른손엔 자동차
키를 챙겼다. 나는 아내의 가방을 챙겼다. 트라제 운전석에 아내
가 먼저 앉았다. 나는 조수석에 앉았다. 아내는 빗길을 한 손으
로 운전했다. 부천 순천향병원 응급실에 아무 탈 없이 도착했다.
지혈과 봉합수술을 하기 전에, 나는 모기 때문에 코뼈가 부러진
과정을 리얼하게 설명했다. 어안이 벙벙한 간호사의 표정을 바라
보다가, 동시에 아내도 나도 의사도, 웃음이 터졌다. 얼결에 손
수건을 놓친 아내의 부러진 코에서는 뽀글뽀글 소리와 피가 났
다. 수술을 마치고 돌아오는 길은 빗발도 가늘어졌다. 아내는 양
손으로 운전대를 잡고 운전했다. 집에 돌아와 놓쳤던 모기를 잡
았다. 나는 그날 운전을 했으면 아내의 우렁각시가 될 수 있었는
데…. 절묘한 기회를 놓쳤다. 아내는 부러진 콧대를 다시 높이지
않았다. 지금 다시 생각해도 잘했다고 나는 생각한다. 이미 충분
히 아름답기에 더 높이려고 더 아플 까닭이 없다.

아내는 일움이가 주변 사람들을 우렁각시처럼 소리 없이 도와
주고 기쁨을 줄 수 있는 사람으로 살 수 있도록, 칭찬해 주고 격
려해 주는 운전의 달인이다. 일움은 아내를 생활탁구인의 짱이
되도록, 격려해 주고 칭찬해 주는 춤추고 빨래 개는 달인이다.
나와 배움과 세움은 아내와 일움의 이런 상호작용을 보면서 행복
해하는 배세일움 패밀리라서, 행운의 달인이다.

초코
우유

초코, 우유

콩씨네 자녀교육

정채봉

광야로
내보낸 자식은
콩나무가 되었고

온실로
들여보낸 자식은
콩나물이 되었고

아동문학가 정채봉 시인(1946~2001)의 동시 〈콩씨네 자녀교육〉
을 아내와 일움에게 읽어주었다. 아내가 솔선하고 일움이 수범을
보인 배세일움 패밀리의 삶의 방식은 콩씨네 자녀교육을 닮은 것
같다고 나는 말한다. 솔선수범해준 아내와 일움이 초코우유처럼
귀엽다.

우유는 하얗다. 그런데 초코는 초콜릿 색깔이다. 초코와 우유
는 일움이가 예뻐하고 보살펴주는 개 이름이다. 금슬 좋은 장모
치와와 부부다. 초콜릿 색깔의 털을 가진 초코는 3살짜리 수컷이
고, 하얀 색깔 털옷을 입은 우유는 3살짜리 암컷이다. 둘 다 조그

많고 귀엽다. 둘 다 눈이 또랑또랑하고 귀를 쫑긋거리면서 일움과 잘 지낸다. 초코와 우유는 일움에게 짖어대는 개에 대한 두려움을 지워줬다. 대신 일움은 초코와 우유의 똥도 치워주고 물도 주고 잠자리도 챙겨준다. 초코우유가 지워준 일움이의 두려움이란 감정의 정체는 도대체 뭘까?

초코우유를 만나기 전에 일움이가 밖에서 만난 개들은 일움이를 좋아해서 그랬는지 두려워서 그랬는지 멀리서 가까이서 또는 갑자기 짖었다. 즉각적으로 일움은 "으아~" 소리를 지르며 피하고 아내 뒤로 숨었다. 아내의 안내로 배세일움 집 거실에 나타났었던 강아지들도 일움이를 소파로 튀어 올라가게 하거나, 아예 방에서 나오지 않게 했다. 두려움은 인간의 생존을 위해 꼭 필요한 감정이다.

원시시대부터 인간은 두려움을 느꼈기 때문에 온갖 위험으로부터 자신과 가족 그리고 종족을 보호할 수 있었다. 두려움은 어떤 식으로 우리를 위험으로부터 보호할까? 그 비책은 신체 반응에 있다. 개가 으르렁 짖는 순간 일움의 신체 반응과 상황 판단은 동시에 일어날 것이다. 그래서 일단 피하고, 그다음 두려운 감정을 인식한다. 감정은 경험이다. 축적된 경험은 일움에게 두려움 회피 전략을 확립해 줬다. 회피한다고 도망간다고 두려움에서 도망갈 수 있을까? 피하면 지고 맞서면 이긴다. 아내는 일움의 두려움을 극복해 주려는 노력을 포기하지 않았다. 초코우유가 나타

배세일움 사용서

났다.

초코와 우유는 다 컸는데도 둘 다 합쳐서 몸무게가 4.2kg 남짓하다. 일움은 태어날 때부터 4.2kg을 넘었다. 배움보다 세움보다 몸무게가 훨씬 무거웠다. 하나님이 아내에게 선물로 주신 생명의 무게가 너무 무거워서 아내는 더 무서웠고 두려웠다. 아내와 나는 일움이가 '배세일움'을 확립한 돌잔치 때, 일가친척들을 다 불러서 함께 식사를 했다. 아내는 두려움을 피하지 않고, 포기하지 않고, 맞서겠다는 의지를 섞어 소리 없이 음식마다 간을 맞췄다. 차려진 음식이 다 맛있었다. 보행기를 타고 굴러다니며 웃는 일움과 내색하지 않는 아내의 웃음소리에 다들 막연한 두려움들을 망각했었다.

우리는 일움이 죽을지도 모른다는 두려움부터 맞서야 했다. 21번 3염색체증, 다운증후군의 대표적인 증상 중의 하나는 불완전한 심장이다. 일움은 심실중격결손(VSD)이었다. 가끔은 심하게 울다가, 혹은 잠을 자다가 심장의 피가 거꾸로 흐르면 어린 일움의 얼굴이 새파래졌다. 그때마다 격동했던 아내의 심장은 일움이 세 살이 되어서야 안정을 찾았다. 일움이 세 살 때 부천세종병원에서 심장수술을 했기 때문이다. 심장의 틈새를 열고 잘 꿰맸다. 빙하지대 같은 '심실의 크레바스'를 잘 메꾸고 일움의 심장을 완전하게 고쳤다. 서울시약사회와 친척들이 함께 도움의 손길을 보태줬다. 일움의 가슴에는 얇고 기다란 흉터가 남았다.

근육이 약했던 일움이가 애용했던 보행기를 내보내고, 튼튼해진 심장으로 아내와 함께 직립보행을 시작했다. 세 살이 넘어서야 일어서서 걸었다. 그때 즈음 일움과 아내가 그렇게 상호작용을 하더니 일움의 말문도 트였다. 최초의 완전한 발음은 아내의 기대를 넘어서는 '아빠'였다. 서울시청에 근무 중인 내게 전화를 해서 아내는 아쉽고 기쁜 소식을 알렸다. 나는 아직도 일움이 최초로 완전하게 완성한 언어는 아빠가 아니고 '엄마'였을 거라고 의심하지만 한 번도 되묻지 않는다.

그때부터 아내는 일움과 함께 인천의 노틀담복지관, 서울의 남부장애인복지관 언어치료교실을 치열하게 다녔다. 일움의 구강은 입천장이 좁고 깊은 반면에 혀는 길고 커서 비좁았다. 먹기와 말하기에 불리한 형편이었다. 다섯 살 때 경희대병원에서 혀의 길이와 편도를 자르고 꿰매는 수술을 했다. '아플 때 아프자'고 콧대를 올리는 수술도 함께 해줬다. 아내는 입안이 온통 아픈 일움에게 시원하고 부드러운 아이스크림을 먹였다. 다른 사람들에게 굳세게 보이려고 콧대를 높이는 고생까지 시킨 것을 미안해했다. 보다 원활해진 혀와 편도를 활용하여 일움은 일곱 살, 여덟 살 때 미국에서 영어를 배웠다. 아홉 살 때 초등학교에 입학한 일움은 말하기를 넘어서 한글 읽기와 쓰기를 훈련하기 시작했다. 집에 오면 아내와 함께 학습지를 풀고 공부했다.

배세일움 사용서

초등학교 시절 집에 오면 아내는 일움과 함께 틈틈이 생존훈련을 했다. 태권도장에서 발차기와 주먹지르기를 배웠다. 흰 띠에서 시작하여 파란 띠까지는 확실한데 검정 띠는 기억이 불확실하다. 생존수영도 오랫동안 훈련했다. 처음엔 두려움으로 가득 찬 물속에서 들어가는 것도 어려워 잠수훈련부터 했는데 이제는 자유영도 배영도 소화하는 소박한 능력자가 되었다. 실로폰부터 시작한 악기 다루기 훈련은 피리를 넘어서 전자오르간까지 갔는데 지금은 다 어디로 갔는지 행방불명이다.

요즈음은 송암작업장이 문을 닫는 토요일에 혼자 오카리나를 배우러 다닌다. 집에 와서 종종 오카리나를 연주하는데 초코와 우유가 관객이 되어 함께 '오호오~' 따라서 소리를 낸다. 아내는 근육맨 일움과 팔씨름을 하지 않는다. 이길 수가 없다. 볼링장에서는 가끔 스트라이크를 터트린다. 볼링장에서 보는 일움의 뒤태는 경이로울 만큼 오묘하다.

일움은 네 살 때 부평구에 장애인 등록을 했다. 정신지체장애 1급으로 진단을 받아 등록되었다. 그러나 배세일움 패밀리의 행복을 이끌어주는 능력자로서 얼마 전까지 2급의 실력을 유지했다. 1988년 도입되어 31년간 이어온 장애등급제가 2019년 7월 1일부터 폐지되고 '장애의 정도가 심한 장애인'과 '심하지 않은 장애인'으로 장애정도가 단순화됐다. 장애등급이 아닌 장애인 개

개인의 서비스 필요도에 대한 통합조사를 통해 서비스를 선정하고 지원할 수 있게 됐다. 일움이는 일움이다운 일자리를 찾았으면 좋겠다. 일움이는 두려움에 맞선 일움이 엄마와 함께 여전히 성장하고 진화하는 중이다. 일움이는 초코우유를 사랑하고 도우며 함께 사는 능력자이다. 배세일움 패밀리 중에서 최고인 1급 행복 리더이다.

배세일움 사용서

내 사랑하는
아들 부탁해

    2004년 11월, 영국문화원(British Council)에서 설립 70주년을 기념하기 위하여 세계 102개 비영어권 국가 4만 명을 대상으로 '아름답다고 생각하는 영어단어'를 쓰도록 하였고, 많이 적힌 순서대로 1위부터 70위까지 순서를 매겼다고 한다. 그 결과 Mother(어머니)가 1위을 차지하고, 20위까지 2. Passion(열정), 3. Smile(미소), 4. Love(사랑), 5. Eternity(영원), 6. Fantastic(환상적), 7. Destiny(운명), 8. Freedom(자유), 9. Liberty(해방), 10. Tranquility(평온), 11. Peace(평화), 12. Blossom(꽃), 13. Sunshine(햇빛), 14. Sweetheart(연인), 15. Gorgeous(매력적인), 16. Cherish(소중히 하다), 17. Enthusiasm(열의, 열중), 18. Hope(희망), 19. Grace(우아, 은총), 20. Rainbow(무지개)가 줄을 이었다. 애석하지만 '아버지(Father)'라는 단어는 1위를 차지한 '어머니'와는 대조적으로 70위에도 들지 못했다고 한다. 내 나이 34살 때 어머니께서 돌아가셨다. 아버지는 내 나이 57살 때 돌아가셨다. 23년을 홀로 사신 셈이다. 어머니는 돌아가시기 전날 아내의 꿈속에 나타나셔서 나를 아내에게 부탁하셨다. 그날 새벽녘 들려준 아내의 얘기가 지금도 생생하다. 일움이는 잠자기 전에 안방에 와서 아내와 나를 꼭 껴안아 주고 간다. 밖에 나갔다 올 때도 틈틈이 포옹해 준다. 어머니가 일움이를 나와 아내에게 보내신 것 같다는 생각을 할 때가 많다. 일움이를 생각하면 어머니 생각이 떠오른다.

여름방학이라서 날이 뜨겁다. 그늘 밑에서 잠을 자면 시원하고 좋다. 나는 인삼밭 그늘에서 쿨쿨 낮잠에 빠졌다. 오후에 여동생 둘과 인삼밭을 훼손하는 꿩들을 막으라는 미션을 수행하러 갔다가 꿀잠을 잔 것이다. 날이 어두워지려 하자 여동생들은 집에 가자고 했지만 졸음에 빠진 나는 먼저 가라고 하고 일어나지 않았다. 여동생들은 무서워서 오겠지 하며 먼저 집에 가버렸다. 초등학교 6학년 여름밤 저녁 무렵이다. 이미 날은 캄캄해졌다. 잠결에 엄마가 부르는 소리가 들렸다. "홍선아~ 홍선아~" 엥…! 시골집 뒷산 비지재 고개 넘어 공동묘지에 붙어있는 밭고랑에 누워 있던 나는 잠에서 깨어났다. 떨리는 엄마의 목소리가 들렸다. 엄마의 소리를 따라 좁다란 산길을 뛰다시피 걸었다. 이백여 미터 떨어진 비지재 고개에서 아버지의 담배 불빛이 보였다. 엄마가 저 멀리 휘달려 오고 계셨다. 날이 어두워졌는데, 공동묘지 곁인데, 자다 깨면 놀랜다고 엄마와 아버지가 산길을 급히 달려오신 것이다. 엄마 아빠하고 함께가 되니 무섭지 않았다. 지금은 포켓몬으로 변해서 핸드폰 속에 귀신이 있지만, 내 어릴 적엔 이곳저곳에 귀신이 많았다. 그날 엄마도 많이 무서웠다고 말씀하셨다. 그렇지만 내가 놀랠까 봐 더 무서웠다고 하셨다. 나는 그날 저녁 무서움을 이긴 엄마 사랑 덕분에 두려움을 이겼다. 어린 배움과 세움이 어머니와 함께 찍은 사진이 몇 장 있다. 일움이와는 태어나기 전에 돌아가셨으니 전혀 없다. 어머니의 추모예배 때마다 사진첩을 놓고 보면서 이야기를 나눈다. 일움이가 사진첩을 챙긴다. 할머니를 구별하고 기억한다.

결혼하고 일움이 태어나기 전까지 7년 동안은 부천 중동역 근방 다세대주택에서 전세를 살았다. 막내 여동생과 막내 남동생의 서울살이를 지지하기 위해 방이 3개 있는 공간으로 들어갔다. 훗날 동생들이 비워준 방에 배움과 세움의 장난감과 책과 옷들이 들어왔다. 배움과 세움의 돌잔치도 이곳에서 했다. 명절 땐 우리가 시골에 갔지만 돌잔치 때는 어머니가 우리 집에 오셨다. 화장실 거울 앞에 둔 빗에는 어머니의 머리카락과 아내의 머리카락이 함께 빗살무늬처럼 어울려 있었다.

1993년도가 되어서야 어머니 아버지가 살고 계신 진안군 주천면 지방도로는 아스팔트 포장이 완성되었다. 포장된 아스팔트를 달리던 자동차로 인하여 어머니가 교통사고를 당하셨다. 소식을 듣고 아내와 급히 시골로 내려갔다. 전주에 있는 대학병원에 입원하셨다. 응급시술을 했다. 아내와 나는 어머니의 손을 잡고 다급한 목소리로 어머니를 불렀다. 장기와 대퇴부 부상이 깊었지만 의식은 명료하셨다. 아버지와 막내 여동생이 곁을 지켰다. 나와 아내는 일단 부천으로 올라왔다. 응급시술 경과는 괜찮은 편이고 토요일 오전에 대퇴부 수술을 한다고 여동생이 연락을 줬다. 반공일인 토요일 근무를 마치고 아내와 함께 전주로 내려가기로 했다. 엄마는 무서움을 이기셨지만 나와 아내는 못내 두려웠다.

금요일 저녁 자정이 넘어도 잠이 안 왔다. 불안했다. 자정 넘어 화장실을 청소하며 거울 앞에 둔 빗에 엉킨 어머니와 아내의 머리카락까지도 청소했다. 이런 나를 보며 아내는 무섭다며 빨리 자라고 채근했다. 아내 곁에서 잠들었는데 새벽녘에 아내가 나를 흔들어 깨웠다. 꿈속에서 어머니가 흰 옷을 입고 우리 집에 오셨다는 거다. 아내 손을 잡고 내 사랑하는 아들 부탁한다 말씀하시고 방금 가셨다는 것이다. 불투명유리로 된 문에 떠나시는 모습이 어른거려서 "어머니, 가시지 마세요!" 외치다 깼다는 것이다. 나는 아내를 안아주면서 꿈은 항상 반대라고 말했다. 어머니 수술이 성공적으로 잘 될 거라고 말했다. 어머니는 나의 어머니 역할을 맡아줄 동반자로 며느리를 찜하고 부탁하셨던가 보다. 어머니는 초파일 이틀 전 토요일, 마취에서 깨어나지 않고 수술도 없이 평온하게 소천하셨다.

배세일움 사용서

어머니가 돌아가신 후 1년 반 뒤에 일움이가 우리 가정에 선물로 태어났다. 선물은 당혹할 만큼 예상과 상상을 뛰어넘는 빅뱅처럼 왔고, 아내의 완벽한 동반자이자 배세일움 패밀리의 완성이자 상징이 됐다. 어머니가 그리울 때면 일움이 모습이 함께 떠오른다. 웃는다. 일움이 돌잔치 즈음에 아버지는 아버지의 장모이신 나의 외할머니께 혼자 사는 게 힘들어 재혼하겠다고 말씀하셨다. 외할머니는 단호하게 외할머니 당신이 죽거들랑 재혼하라 하셨다. 아버지는 그러겠노라 약속하셨다. 1914년생이신 외할머니는 2015년에 돌아가셨다. 우리 나이로 102세셨다. 아버지는 2016년에 소천하셨다. 외할머니와 아버지의 약속은 반만 지켜졌다. 아버지는 외할머니의 사위라기보다는 큰아들 같으셨다. 어머니는 아버지를 외할머니에게 부탁하셨는지도 모른다.

일움이와 어머니를 생각하면 촛불과 호롱불이 켜진다. 호롱불은 내 기억 속에서만 켜지는 어머니와 함께한 추억과 소망의 불빛이다. 촛불은 하나의 혁명으로 내 삶을 차지하고 있는 일움이와 함께하는 희망과 사랑의 불빛이다. 어머니의 호롱불과 일움의 촛불은 같다. 그리움이란 밤이 되면 촛불을 켜는 일이요, 사랑이란 촛불 아래 앉아 서로의 얼굴을 바라보는 일이다. 1939년에 나온 신석정(1907~1974) 시인의 시집 『촛불』에서 시 한 편을 읽는다.

아직은 촛불을 켤 때가 아닙니다

저 재를 넘어가는 저녁 해의 엷은 광선들이 섭섭해합니다
어머니, 아직 촛불을 켜지 말으셔요
그리고 나의 작은 명상의 새 새끼들이
지금도 저 푸른 하늘에서 날고 있지 않습니까?
이윽고 하늘이 능금처럼 붉어질 때
그 새 새끼들은 어둠과 함께 돌아온다 합니다

언덕에서는 우리의 어린 양들이 낡은 녹색 침대에 누워서
남은 햇볕을 즐기느라고 돌아오지 않고
조용한 호수 위에는 인제야 저녁 안개가 자욱히 나려오기 시
작하였습니다
그러나 어머니, 아직 촛불을 켤 때가 아닙니다
늙은 산의 고요히 명상하는 얼굴이 멀어가지 않고
머언 숲에서는 밤이 끌고 오는 그 검은 치맛자락이
발길에 스치는 발자국 소리도 들려오지 않습니다

멀리 있는 기인 둑을 거쳐서 들려오던 물결소리도 차츰차츰
멀어갑니다
그것은 늦은 가을부터 우리 전원(田園)을 방문하는 까마귀
들이
바람을 데리고 멀리 가버린 까닭이겠습니다
시방 어머니의 등에서는 어머니의 콧노래 섞인

234   배세일움 사용서

자장가를 듣고 싶어 하는 애기의 잠덧이 있습니다
어머니, 아직 촛불을 켜지 말으셔요
인제야 저 숲 너머 하늘에 작은 별이 하나 나오지 않았습니까?

어머니는 당신이 떠나시면서 아름다운 단어 70위 안에도 들지 못하는 father, 아버지로 사는 나를 배움 세움 일움의 어머니, 아내에게 부탁하셨다. 내 아버지는 아버지의 장모님, 어머니의 어머니에게 부탁하셨다. 태진아가 부른 노래 〈동반자〉가 흐른다. 당신은 나의 동반자, 영원한 나의 동반자. 내 생애 최고의 선물, 당신과 만남이었어. 잘 살고 못 사는 건 타고난 팔자지만, 당신만을 사랑해요. 영원한 동반자여!

삼겹살을 구워놓고
소주 한 잔

    배움과 세움이 다닌 부평동중학교에는 특수반이 없었다. 일움은 일신동 집에서 더 멀지만 특수반이 있는 진산중학교를 다녔다. 중학교를 졸업하고는 집에서 더 멀어진 영선고등학교 특수반에 진학했다. 아내는 일움이가 고등학교는 걸어 다닐 수 있도록 이사를 결심했다. 부평구 일신동에서 17년을 살았는데, 2011년에 지금 살고 있는 부개동 보람아파트로 이사 오게 된 건 순전히 일움이 탓이다. 배세일움 패밀리의 유일무이한 이사 경력이다. 이사 온 지 1년 후에 지하철 7호선 삼산체육관역이 개통됐다. 아파트에 딱 붙어있다. 부천상동호수공원도 동쪽에 붙어있다. 웅진플레이도시는 남쪽에 붙어있다. 삼산체육관은 서쪽에 붙어있다. 한국만화박물관은 북쪽에 붙어있다. 붙어있는 거리가 다 300m 이내이다. 삼겹살 아니 오겹살만큼 맛있게 구워진 주거환경이다. 서울시청 선배 공무원이셨던 방우달 시인의 시 〈삼겹살을 구워놓고〉를 낭송하며 '소주 한 잔' 마시기 딱 좋은 곳으로 일움이 덕분에 이사 왔다.

아내와 일움과 나는 삼산체육관에서 임창정 콘서트를 본 적이 있다. 까맣게 잊고 있었는데 일움이가 '소주 한 잔' 노래를 너끈히 불러내는 걸 듣고서야 기억이 되살아났다. 1990년에 빨치산 영화 〈남부군〉을 본 기억도 찾았다. 〈남부군〉을 쓴 작가 이태(1922~1997)를 열연한 주연배우가 안성기이다. 영화에서 안성기 등에 업힌 소년병이 임창정이다. 임창정은 17살 고등학교 1학년 때 남부군 영화로 데뷔했다. 그의 노래 〈소주 한 잔〉을 나도 좋아한다. 삼산체육관이라는 이름에 맞게 그의 자녀도 배세일움처럼 셋인 줄 알았는데 임창정은 아들만 넷 키운다는 걸 최근에 알았다. 술을 전혀 마시지 못하는 일움이가 부르는 '소주 한 잔'을 듣다보면 그냥 취한다.

배세일움 패밀리가 미국에서 일신동으로 돌아온 2003년에 나온 노래가 임창정의 〈소주 한 잔〉이다. 임창정이 직접 작사했다. 가사 때문에 청소년에게 악영향을 끼친다는 이유로 방송 불가 판정을 받은 적도 있다는데 노래방에서 가장 많이 불리는 노래의 앞자리를 다툰다. 일움이는 한 달에 한 번 송암작업장 동료들과 엄마들이 후원해 주는 노래방을 간다. 이 노래방에서 샤이니 링딩동으로 시작해서 트로트를 거치고 급기야 '소주 한 잔'까지 노래로 마셔버린다.

술이 한 잔 생각나는 밤, 같이 있는 것 같아요
그 좋았던 시절들, 이젠 모두 한숨만 되네요

떠나는 그대 얼굴이, 혹시 울지나 않을까
나 먼저 돌아섰죠, 그때부터 그리워요

사람이 변하는 걸요, 다시 전보다 그댈 원해요
이렇게 취할 때면, 꺼져버린 전화를 붙잡고

여보세요 나야 거기 잘 지내니, 여보세요 왜 말 안 하니
울고 있니 내가 오랜만이라서, 사랑하는 사람이라서

그대 소중한 마음 밀쳐낸, 이기적인 그때의 나에게
그대를 다시 불러오라고, 미친 듯이 외쳤어

떠나는 그대 얼굴이, 마치 처음과 같아서
나 눈물이 났어요, 그때부터 그리워요

사람이 변하는 걸요, 다시 전보다 그댈 원해요
이렇게 취할 때면, 바뀌어버린 전화번호 누르고

여보세요 나야 거기 잘 지내니, 오랜만이야 내 사랑아
그대를 다시 불러오라고, 미친 듯이 울었어 우--

여보세요 나야 정말 미안해, 이기적인 그때의 나에게
그대를 다시 불러오라고, 미친 듯이 외쳤어

238   배세일움 사용서

삼겹살을 구워놓고 친구들과 소주 한 잔을 들며 생각한다. 내 삶은 몇 겹일까? 몇 겹의 일상들을 느릿느릿 숯불에 굽는다. 노릿노릿 쫄깃쫄깃 잘 구워진 삼겹살에 가지가지 싱싱한 야채를 불러와 쌈장에 쿡 찍어 소주 한 잔 섞는다. 이래도 삶이 맛 없다? 일움과 함께 사는 삶이 나는 맛있다. 일움은 행복이 멀리 있지 않음을, 일상의 소소함에 있음을 소주 한 잔으로 알려준다. 여보세요! 나야 거기 잘 지내니?

톨스토이의 장편소설 『안나 카레니나』는 앞머리에서 이렇게 말한다. "행복한 가정은 모두 엇비슷하고 불행한 가정은 불행한 이유가 제각각 다르다." 진화생물학자인 제레드 다이아몬드는 "흔히 성공의 이유를 한 가지 요소에서 찾으려 하지만 실제 어떤 일에서 성공을 거두려면 먼저 수많은 실패의 원인을 피할 수 있어야 한다."고 말한다. 배세일움 패밀리가 일움이와 함께 사는 삶이 행복한 까닭은 가지가지 싱싱한 야채를 불러와 쌈장에 쿡 찍어 소주 한 잔 먹듯이 사는 탓이다. 일움도 다르지 않다. 소주를 안 마셔도 '소주 한 잔' 할 수 있다.

봉준호 감독, 송강호 출연의 영화 〈기생충〉이 2019년 제72회 칸영화제 황금종려상을 받았다. 영화 기생충의 엔딩크레딧이 올라갈 때 봉감독이 작사한 노래가 나온다. 〈소주 한 잔〉이다.

"길은 희뿌연 안개 속에 힘껏 마시는 미세먼지 / 눈은 오지 않고 비도 오지 않네 / 바싹 마른 내 발바닥 / 매일 하얗게 불태우네, 없는 근육이 다 타도록 / 쓸고 밀고 닦고 다시 움켜쥐네 / 이젠 딱딱한 내 손바닥 / 차가운 소주가 술잔에 넘치면 손톱 밑에 낀 때가 촉촉해 / 메마른 하늘에 비구름 조금씩 밀려와 / 쓰디쓴 이 소주가 술잔에 넘치면 손톱 밑에 낀 때가 촉촉해 / 빨~간 내 오른쪽 뺨에 이제~야 비가 오네."

소주 맛은 맨날 엇비슷하다.

배세일움 사용서

나는 까르페디엠
까페 사장님

일움의 초중고 학창시절이 얼마 남지 않은 2013년도 영선고등학교 3학년 2학기가 시작되었다. 졸업하면 일움을 스타로 세우려는지 아내는 혼자서 바리스타 공부를 하러 다녔다. 그러더니 일움에게 일자리를 제공할 뿐만 아니라 일움을 대표 사장님으

까르페디엠 까페

로 세우는 까페를 창업하겠다고 한다. 그러면서 이미 3년 전에 예전에 살던 일신동 복덕방에 연락을 달라고 부탁해 놨다는 것이었다. "뭘?" "일신시장 입구 희망약국 옆 다솜사진관 자리가 딱이라구요. 사진 손님이 줄어서 다솜사진관 오래 못 버텨요. 사

진관 사장님에게도 이미 얘기해 놨어요. 그런데 통 연락이 없네요." 다솜은 순우리말로 '사랑'이라는 뜻인데 아내는 다솜사진관이 문 닫기를 기다리고 있었다. 졸업 전에 창업한다는데 복덕방 전화통은 자물쇠처럼 입을 다물었다.

시월이 다가오자 아내는 일움이 학교 공부 후에 가는 '엘린디' 근방에 마땅한 곳이 없나 이곳저곳을 찾고 다녔다. '엘린디'는 부천에 있는 지적장애인 교육시설이다. 엘린디 친구들이 함께 운영하는 까페에서 아내는 실습을 했다. 수제 호두파이와 호두과자를 굽는 레시피와 기계를 마련하고 성남까지 실습을 하러 왔다 갔다 했다. 창업자금은 아파트 담보대출금이라고 내게 통지했기 때문에 나는 우리은행을 탐색해야 했다. 시월 내내 주말마다 아내를 따라 여기저기 발품을 팔았다. 시월의 마지막 밤에 일신동 복덕방은 열쇠처럼 입을 열었다. 다솜사진관이 인천 송도신도시로 간다며 가게를 내놓았다는 전갈이었다. 육안으로 101개의 별을 볼 수 있는 여름철 별자리, 전갈자리와 같은 소식이었다. 부리나케 달려간 아내는 권리금 협상을 하고 그날 바로 계약을 체결했다. 이어서 다음 날 곧장 인테리어 공사를 발주했다.

오레곤주립대에서 아트를 공부했다는 무용가이기도 한 김라영 (1959~) 시인의 시집 『춤으로 쓴 편지』에서 시 〈전갈자리〉를 발견하였다. 미국에서 배세일움 패밀리 캠핑 여행 중에 40도가 넘는

배세일움 사용서

뜨거운 모래 위 네바다 사막에서 함께 생존했던 아내와 일움의 이야기처럼 들린다. 아들의 일자리를 직접 만들어야 한다는 그녀의 절절함도 사무치게 느껴진다.

> 그녀의 꼬리 끝마다 독이 고여 간다
> 딱정벌레와 지네를 찢어 먹고
> 남긴 조각들을 모아 아들에게 먹이는 그녀
>
> 등허리 비탈 위에 업혀 자란 아들아
> 너만은 사막을 떠나, 이스트강 넘나들며 살아라
> 꾹꾹 눌러 담은 도시락은 주지 않을래
> 맛있는 꿈이 담긴 새참만 먹어야지
> 뜨거운 모래 위 혼자서 기어가는 어미의 아들답게
> 사막의 비위생적인 음식을 먹어선 안 돼
>
> 시나몬 향 물씬 나는 갓 구운 빵을
> 편히 앉아 뜯어 먹을 너에게
> 자유의 여신상 넘어 맨해튼의 아침이 밝아올 때까지
> 밤마다 집게발 수평으로 비벼대는 축원
>
> 아무도 찌르고 싶지 않은 독침주머니를 달고
> 자식이 보고 싶다는 말 못 하는
> 그녀의 꼬리가 점점 무거워진다

인테리어 작업을 하는 동안 이름을 가지고 옥신각신하다가 결

木 까르페디엠 —일움

국은 나의 주장대로 〈까르페디엠 배세일움〉으로 정했다. '까'와 '페' 글자를 크게 써서 까페로 읽히게 하고 '배세일움'을 프랜차이즈 원조처럼 디자인한 것은 아내의 작품이다. 커피 향과 호두과자 냄새를 콜라주한 것도 아내의 아이디어다. 커피의 주력인 아메리카노는 2,000원 불변가격으로 책정하였다. 정다운 동네의 커뮤니티센터가 되기를 바라는 맘으로 창의적인 인테리어 작업을 마치고 아담한 의자와 탁자를 들여앉히니 18명이 오면 만석이 되었다. 2013년 12월 초 오픈을 했다. 사장님으로 세워진 일움은 아직은 고등학생이라서 아내가 사실상 사장님이 되었다. 그래도 일움 사장님은 까페 경영을 맡은 엄마에게 잘하라고 틈틈이 당부하였다. 겨울이 지난 후 일움은 까페에서 멀지 않은 곳에 있는 부평장애인종합복지관 부설 보호작업장에 취업을 했다.

지금 2019년이니 까페 운영 6년째다. 그동안 가까운 거리에 여기저기 크고 작은 까페가 생겨났고 문을 닫기도 했다. 〈까르페디엠 배세일움〉 까페도 경영 위기가 몇 번 있었지만 좋은 고객들은 여전히 많다. 아메리카노 값은 핫 콜드 구분 없이 여전히 2,000원이다. 맛있는 호두과자 굽는 냄새는 커피 향과 섞여 변함없이 후각을 콜라주하고 있다. 수제 호두파이는 골목길 명품이 됐다. 일움의 이모인 처제가 까페 운영 동반자가 되었다. 아내는 일움이 대신 처제의 직장을 확립했다. 하지만 일움은 여전히 심리적으로 까르페디엠 까페 사장님이다.

배세일움 사용서

일, 직업은 생계를 유지하기 위하여 자신의 적성과 능력에 따라 일정한 기간 동안 계속하여 종사하는 것이다. '직업에는 귀천이 없다'라는 옛말이 있다. 어떤 직업이든지 간에 귀하거나 천한 것으로 구분할 수 없다는 뜻일 게다. 이 말이 올바르게 쓰이려면 바로 그 직업에 종사하는 당사자가 만족해야 하고 직업이 그 자체로 존중받아야 한다는 점이 전제되어야 한다. 아내는 일움의 직업을 바리스타로 생각했는데, 일움은 바지사장님이 되고 아내와 처제가 스타가 되어 분업과 협업을 하고 있다. 일움의 적성과 능력을 바탕으로 생계를 유지할 직업을 찾는 것이 여전히 배세일움 패밀리에게는 연구과제이고 도전이고 함께할 일이다.

일움의 밥벌이 도구는 무엇일까? 환경미화원에게 빗자루는 밥벌이의 도구다. 작가 김훈에게 연필은 밥벌이의 도구다. 일움이 '소주 한 잔'을 부르고 링딩동 링딩동으로 노래를 해도 보통 능력자는 구별해 듣지 못한다. 일움은 아무리 봐도 춤추고 빨래 개는 끈질긴 달인이다. 일움의 밥벌이 도구는 춤 아니면 청소가 안성맞춤일 듯싶다. 일움의 일자리를 찾는다.

나는
행복합니다

행복을 주는 사람이다. 일움을 보면 행복하다. 행복은 믿음이다. 행복하다고 믿으면 행복을 이루는 힘이 나온다. 일움이다. 나는 서울시인재개발원장 시절에 인재개발원의 구성원들을 '대한민국 옥수수인재원(員)'이라고 이름지었다. 알갱이 하나하나가 모여 옥수수를 이루는 모습처럼 원장을 비롯한 인재원을 운영하는 120명 모두 각자가 빛나는 보석이라는 뜻이다. 그래서 한 달에 한 번, 할 일들을 공유하고 학습하는 옥수수어울림회의를 열고, 다시 한 달에 한 번, 끼를 발산하는 옥수수콘서트를 열었다. 배세일움 삼형제는 2014년 1월 24일 인재원 다산홀에서 열린 제1회 옥수수콘서트에 게스트로 특별출연하였다. 행복은 믿음이라고 일움은 그날 몸으로 말했다. 댄스머신임을 알렸다. 지천에 널린 세잎 클로버, 이파리 세 개인 토끼풀의 꽃말이 행복이고, 행운의 네잎 클로버는 드문드문 행복 사이에 섞인다는 걸 깨우쳐주었다.

일움의 몸은 행복과 행운의 실증적 증명을 역설적으로 나타냈다.

DNA 23쌍 46개의 유전자 현상은 세잎 클로버처럼 흔해서 행복이라 하고, 750분의 1 확률인 유전자 현상으로 나타난 DNA 23쌍 47개 다운증후군 일움은 네잎 클로버와 같은 행운이라서 흔하지 않다는 것이었다. 행운을 기다리지 말고 자신이 행

클로버

복임을 믿으라는 거였다. 행복을 나누라고 춤을 췄다. 3개월여 뒤 옥수수인재원들은 세잎 클로버로 형상화한 행복 동판을 만들었다. 그해에 정년이 되어 공로연수 교육에 참여하는 공무원 선배들의 이름을 행복동판에 새겨 넣었다. 그리고 교육을 마치는 날 동판 제막식을 하며 다 함께 〈나는 행복합니다〉 노래를 불렀다.

"나는 행복합니다 나는 행복합니다 나는 행복합니다 정말 정말 행복합니다 기다리던 오늘 그날이 왔어요 즐거운 날이예요 움츠렸던 어깨 답답한 가슴을 활짝 펴봐요 가벼운 옷차림에 다정한 벗들과 즐거운 마음으로 들과 산을 뛰며 노래를 불러요 우리 모두 다함께 나는 행복합니다 나는 행복합니다 나는 행복합니다 정말 정말 행복합니다"

배움의 일신초등학교 친구가 결혼을 했다. 결혼식장의 주인공

인 신부는 일움이도 잘 아는 누나다. 일신동 풍림아파트에서 유소년 시절을 함께 보냈다. 세움이도 결혼식장에 왔다. 아내도 왔다. 일신동 시절부터 지금까지 잘 어울려 사는 반가운 이웃들이 다 왔다. 결혼 준비금을 엄마에게 저축하고 있는 일움은 오지 않았다. 나는 주례자로 섰다. 오히려 일움이가 주례자로 왔으면 빛나는 샤이니 춤으로 '행복은 믿음'이라고 온몸으로 감동적인 주례사를 해줬을 텐데 주례자인 내가 초대 안 한 게 아쉬웠다. 행동과 삶 자체로 행복을 전하는 일움의 주례사를 넘어설 수는 없지만, 일움 이야기가 모인 이곳에 내 행복 주례사를 담는다.

2019년 6월 15일, 오늘은 신랑 백인상과 신부 장성연에게는 아주 특별한 날입니다. 판단력이 부족해서 두 사람은 사랑이라는 함정에 함께 빠졌고, 부모님과 친지들과 많은 지인들과 하객들 앞에서 혼인서약을 하고 결혼을 한 날이라서 그렇습니다. 신랑 신부에게 특별한 날 맞습니까? (예!) 주례자와 두 사람이 만나서 얘기했던 말, 결혼한 날부터는 필요한 힘이 인내력이라는 거 잘 기억하고 있습니까? (예!)

두 사람이 보내준 결혼 알림장에 써놓은 말도 기억하십니까? (~!) 기억 안 납니까? 두 사람 이름으로 보내준 결혼 알림장 안에 이렇게 쓰여있습니다. "곁에 있을 때 가장 나다운 모습이 되게 하는 사람을 만났습니다. 지금 이 사람을 평생 사랑하며 살겠

　　　　　　　　　　　　　배세일움 사용서

습니다." 기억나십니까? (예!) 네, 그러면 지금부터는 나태주 시인의 시 〈풀꽃 1, 2, 3〉을 주례사로 선물하겠습니다. 함께 살면서 이 시를 늘 기억하고 읊으면서 살아야 합니다.

〈풀꽃 1〉은 신랑과 신부가 함께 주례의 낭송을 따라서 크게 낭송합니다. "풀꽃 1 / 자세히 보아야 예쁘다 / 오래 보아야 사랑스럽다 / 너도 그렇다." 명심하시기 바랍니다. 결혼식 하기 전하고는 상황이 다릅니다. 지금부터 두 사람은 서로 자세히 보아야 예쁨을 압니다. 오래 보아야 사랑스러움을 압니다. "너도 그렇다" 결혼 33년 차인 주례자와 주례자의 짝꿍도 그렇고 여러분의 부모님도 그렇습니다. 이 시를 입에 달고 살아야 합니다. 안 예뻐 보이면 더 자세히 보고, 안 사랑스러워 보이면 더 오래 보아야 합니다. 그게 뭐라고요? 그게 인내력입니다.

〈풀꽃 2〉는 저 혼자 낭송하겠습니다. "풀꽃 2 / 이름을 알고 나면 이웃이 되고 / 색깔을 알고 나면 친구가 되고 / 모양까지 알고 나면 연인이 된다 / 아, 이것은 비밀." 두 사람이 오늘 결혼하게 된 것은 비밀을 알았다는 거지요? 두 사람은 서로 이름, 색깔, 모양까지 다 안다고 생각되지요? 내일부터 함께 살아보세요. 다 알기는커녕 하나도 모르겠다고 느낄 때가 가끔 아니 종종 있을 게 분명합니다. 그럴 때마다 주례자에게 전화하거나 물어보겠습니까? 나는 그럴 시간도 없고 정답도 없습니다. 그래서 그럴 때마다 답을 찾아볼 수 있도록 신랑과 신부에게 주례자가 보증하는 책을 드리겠습니다. 두 권 다 부부가 함께 읽고 사용해야 합니다. 신랑 백인상에게 『아내 사용설명서』를, 신부 장성연에게 『남편 사용설명서』를 드립니다. 잘 읽고 잘 적용해서 행복한 부부가 되어야 합니다.

양가 부모님과 하객 여러분은 비밀을 다 아십니까? 아닐 걸요. 인터넷으로 한 권씩 사서 읽고 적용하시기를 권해드립니다. 남자가 결혼한 대상이 여자고, 여자가 결혼한 대상이 남자라는 사실을 기억해야 합니다. 남자와 여자는 완전히 다릅니다. 부부는 일심동체(一心同體)라는 말, 택도 없는 말입니다. 오히려 부부는 화이부동(和而不同), 전혀 다름에도 어울리는 관계, 화이부동으로 사는 게 올바른 답이고 좋은 부부입니다. 자 이제 하객 여러분 모두 함께 〈풀꽃 3〉을 주례자의 낭송에 따라 여러분이 큰 소리로 낭송하겠습니다. 신랑 신부 살짝 돌아서서 하객들을 보아주기 바랍니다. "풀꽃 3 / 기죽지 말고 살아봐 / 꽃 피워봐 / 참 좋아." 참 좋지요 여러분? 이제 신랑 신부는 주례자를 향해 다시 서기 바랍니다.

〈풀꽃 1, 2, 3〉을 쓴 풀꽃 시인 나태주 선생께서 오늘 신랑 신부에게 주라고 선물까지 마련했습니다. 오늘 이 결혼식에 하객이 되어주신 모든 분들에게도 함께 드리는 선물입니다. 나태주 시인의 시 〈선물〉을 낭송하며 오늘의 신랑 백인상과 신부 장성연의 결혼식 주례사를 가름하겠습니다.

"선물 / 하늘 아래 내가 받은 / 가장 커다란 선물은 / 오늘입니다 / 오늘 받은 선물 가운데서도 / 가장 아름다운 선물은 / 당신입니다 / 당신 나지막한 목소리와 / 웃는 얼굴, 콧노래 한 구절이면 / 한 아름 바다를 안은 듯한 기쁨이겠습니다."

주례사 끝.

2019년 6월 15일 주례자

心痛心通

문홍선

Paul Moon

산티아고
순례길을 걷자

내년이면 일움은 만 25세이다. 일움의 탄생으로 완전한 '배세일움 패밀리'가 구성된 지 25주년이다. 25주년 기념으로 일움과 나는 산티아고 순례길을 걷기로 했다. 아내와 만나 결혼함으로써 배세일움 패밀리의 50주년을 기대하는 맘으로 넉넉히 50일 동안 걸어가려 한다. 일움은 평발에다가 엄지발가락이 작아서 내리막길 걷기는 힘들어한다. 평지와 오르막길은 어미와 함께 가면 힘들어도 즐기며 간다. 일움은 두 번씩이나 지리산을 종주한 경력이 있다. 일움의 일터에는 두 달간 휴가를 달라고 요청할 생각이다. 안 되면 퇴직하고 일움의 특기를 살리는, 춤추며 청소하는 일자리를 함께 찾아보려고 한다.

스무 살 되던 2014년부터 일움의 일터는 부평장애인종합복지관 곁에 있는 송암작업장이 되었다. 보호작업장이다. 까르페디엠 까페에서 일움의 걸음으로 10분 걸리는 곳이다. 6년째 성실하게 근무 중이다. 일은 매우 단순하지만 일움은 그 일을 좋아한다. 만 20세부터 발효하기로 했던 브레이크댄싱보이 배세일움B&B 명함은 아직도 유효하지 않다. 일움은 한 달간 받는 십만 원에서 육칠만 원 되는 점심 밥값을 내고 나머지 자기소득은 몽땅 배세 일움 생활비로 엄마에게 준다. 출근은 까페를 운영하는 엄마와 함께 자동차를 타고 간다. 주 5일간 오전 아홉 시부터 오후 네 시 까지 근무한다. 퇴근은 엄마와 함께 차를 타고 오거나, 혼자 버스를 타거나 1시간 넘게 걸어서 오기도 한다. 집에 도착하면 춤과 노래를 연습하고, 인터넷 서핑을 하고, 인터넷 게임을 하고, 엘림교회주보 등 글을 읽고, 그림과 글씨를 조합한 쪽지를 만들고, 카톡방과 밴드에 글과 이모티콘과 사진을 올리고, 틈틈이 운동하고, 빨래 개고, 초코우유를 돌보고, 밤 12시까지 이것저것 끈질기게 하다가 자정이 되어서야 잠자리에 든다. 엄마가 일찍 자라고 해도 소용이 없다. 아침 늦잠 때문에 세수하고 아침밥 먹는 시간이 항상 빠듯하다. 늦잠 자도 탈 없는 토요일엔 지하철을 타고 혼자 오카리나를 배우러 간다. 일요일엔 엘림교회 예배위원으로서 성찬예전의 빵을 봉헌한다. 늘 바쁘다.

야고보 사도의 무덤이 있는 곳으로 전해진 스페인의 산티아고, 그곳을 향해 떠나는 성지 순례는 모든 그리스도교 신자들이 선망하는 수행의 여정이다. 나는 내년 2020년에는 일움과 2,020리를 훌쩍 넘는 그 길을 걷기로 약속을 했다. 일움과 나만 가는 게 못

미더운 아내는 분명히 함께 걷는 동반자가 될 것이다. 배움과 세움은 합류가 불가능하거나 불분명하다. 일움과 발바닥으로 걷는 산티아고 순례 길은 40일로, 순례 전후 열흘을 덤으로 묶어서 5월 1일부터 50일간을 염두에 두고 있다. 길을 걷는다는 것은 생각한다는 것이고 주위를 돌아본다는 것이다. 일움과 함께 걷는 길에는 많은 장애물이 있겠지만, 그것을 깨치고 나아가게 해줄 힘과 예지도 더 가득할 것이다. 배세일움 패밀리 25주년이 되는 2020년엔 나와 아내와 배움과 세움과 일움 모두 앞으로의 25년을 위해 다시 삶의 소명을 찾고 생동하는 의미를 생각해야 한다. 중대한 전환과 재충전의 해이다. 그래서 일움과 나는 뜨겁고 지루하고 오래된 길을 함께 걸으려 한다. 오히려 보잘것없는 작은 것에도 끝없는 의미가 있고, 얼핏 지나치고 마는 순간도 영원에 이어져 있다. 단조롭거나 힘들게 견뎌야 하는 일상의 현실, 이것이야말로 믿음과 지혜의 씨앗이다. 묵묵히 걸을 것이다.

'개똥도 약에 쓰려면 없다'는 옛말이 있었다. 개가 집 밖에 나가서 여기저기 똥을 싸도 그러려니 했던 시절이었는데도 그런 말이 생긴 건 무슨 연유일까? 흔한데 막상 필요하면 없다? 일움의 두려움을 치유해 준 초코우유를 밖에 데리고 나갈라치면 개똥을 담을 비닐봉지부터 챙겨야 한다. 예나 지금이나 개똥을 집 밖에서 찾기가 어려운 이유다. 이름 짓기부터 시작한 배세일움 패밀리의 '개똥'철학이 『배세일움, 사용(使用)서』로 나오게 되었으니, 약

배세일움 사용서

효가 있다고 믿으면 플라시보효과로 효험이 있으니 복용해도 좋을 것이다.

'마음이 아파야 마음이 통한다'는 심쿵한 심통심통(心痛心通) 부부의 결혼으로부터 초심(初心)배움, 중심(中心)세움, 결심(決心)일움이 탄생하여 혈연공동체 배세일움 패밀리가 이룩되었다. 지금까지 배세일움 패밀리의 개똥철학이 성장한 실체를 요약하면 이렇다. '배우고 세우고 이루리라'-⟨배세일움 가훈⟩. '배움, 과거로부터 소중한 교훈을 배워라', '세움, 멋진 미래를 마음속으로 그려라', '일움, 바로 지금 이 순간을 살아라'-⟨배세일움 선물⟩. '메멘토모리, 배움', '아모르파티, 세움', '까르페디엠, 일움'-⟨배세일움 까페⟩. '겸손하게 배우고, 정의롭게 세우고, 끈질기게 이루세요'-⟨배세일움 격려⟩. '하나님 사랑 원애(元愛), 이웃 사랑 인애(隣愛)'-⟨배세일움 이념⟩

개똥벌레는 개똥과는 전혀 상관이 없는 딱정벌레목 반딧불이과의 곤충이다. 몸빛깔이 검은 색인데 색깔과 생김새가 조그만 개똥같아서인지 아니면 별빛에 비해 반딧불이 작고 귀여워서 그랬는지 개똥벌레라고 부른다. 하긴 어릴 적에 반딧불 개똥벌레를 꽤 잡아봤는데 개똥 냄새가 살짝 나기는 했다. 애벌레 때는 맑은 개울물의 다슬기를 먹고 살아야 하기 때문에 1급 청정지역에 산다. 여름철 밤에 내 고향 주자천 개울가에 가면 지금도 반딧불이가 심심찮게 보인다. 산티아고 순례 길을 걸으며 개똥벌레를 찾아보려고 한다. 순례 길에 개똥벌레를 찾는 방법으로 '생각할 질문 50개, 시 50편, 성경 50구절'이 든 천로역정(天路歷程, The Pilgrim's Progress) 바구니를 만들어 짊어지고 갈 생각이다. 50일 동안 하루에 하나씩 무작위로 '질문 1개, 시 1편, 성경 1구절'을 엮어서 읽어보고 궁리하며 순례의 길을 걸어갈 참이다. 그 길에서 반딧불 같은 삶의 명령을 다시 세워볼 것이다.

질문과 시와 성경구절이 각각 50개씩 담긴 천로역정바구니는 배세일움 패밀리 다섯 사람인 나, 아내, 배움, 세움, 일움이 각각 10가지씩 삶에 대해 질문하고, 낭송할 시를 고르고, 암송할 성경구절을 찾아서 2019년 금년 말까지 제작할 것이다. 50개의 질문을 담은 주머니 하나, 좋은 시 50편이 낭랑하게 울리는 주머니 하나, 생명의 성경구절 50개가 빛과 소금처럼 어울린 주머니 하나, 이렇게 3개의 주머니를 바구니에 담고 하루에 하나씩 꺼내어 볼 참이다. 어떤 질문일까? 트롤리 딜레마? 정의로운 세상에 대한 믿음? 누구의 시일까? 자작시? 사랑하면 안 된다는 시? 성경구절은 창세기, 시편, 잠언, 구약, 마태·마가·누가·요한복음, 서신서, 계시록 10곳에서 하나씩 찾을까? 맘을 다하고 뜻을 다하고 몸을 다하여 할 것이다.

2012년에 시집 『서울 시』로 작가가 된 가수 하상욱(1981~)의 짧은 시는 정말 짧은 시간에 시시콜콜한 생각을 시원하게 전한다. 그의 시 〈수십 년간의 소비로 얻은 깨달음〉을 읽으면서 25년 후 배세일움 패밀리 50주년에 얻을 깨달음은 무엇일까 생각했다. 시: 모르겠다.

수십 년간의 소비로 얻은 깨달음

싸니까 산 것 : 생각보다 안 쓴다
비싸도 산 것 : 어떻게든 잘 쓴다

金 (금)

Baesaeilum Revolution

배세일움 ㄴ 진화론

문 배움, 문 새움, 문 읽움 들에게

겸손하게 배우고
정의롭게 새우고
끈길기게 이루세요

2015. 8. 4
서울특별시장 박원순

겸손하게
배우고

"겸손하게 배우고, 정의롭게 세우고, 끈질기게 이루세요." 문배움, 문세움, 문일움 군에게 2013년 8월 4일에 박원순 서울시장께서 격려해 준 말씀이 액자에 담겨 우리 집 거실에 걸려있다. 문배움을 콕 짚어서 비추면 **'겸손하게 배우고'**라는 구절이 겸손하게 대응한다.

『박원순의 아름다운 가치사전』은 01 정의...희망의 시작, 02 상상...창조의 시작, 03 함께...풍요의 시작, **04 겸허...만족의 시작**, 05 놓음...채움의 시작, 이렇게 다섯 가지 가치의 푯대를 세우고 거기에 다시 각각 다섯 개씩 날개를 달아서 스물다섯 가지 가치의 개념을 담아놓은 책이다. 그곳에서 04 겸허...만족의 시작을 통해 '겸손하게 배우고'의 내용을 찾아본다.

4번째 푯대 '겸허'에 달린 가치의 날개 다섯은 이렇다.

배세일움 사용서

배움: 평생 이길 수 없지만 그래도 싸울 만한, 싸우고 싶은 전투.

겸손: 끝없이 나를 낮춤으로써 결국 내가 맨 위에 올라서게 되는 가치.

성찰: 종종 멈춰 서서 내가 온 길을 되돌아보기, 그리고 다시 방향 잡기.

섬세함: 마무리 하나로 전체 이미지와 점수를 수직 상승시키는 힘.

간절함: 늘 깨어있어서 기회를 거머쥐게 만드는 가능성.

가치의 날개, **'배움'**으로 가보니 비슷한 말은 '지혜 훔치기, 삶 익히기, 지식의 갱(坑) 파기, 아는 것 글쓰기, 인생 길 찾기'라고 쓰여있고, 반대말은 '사실상 문맹, 주먹구구와 임시방편, 지적(知的) 게으름, 책과 담 쌓기'라고 쓰여있다.

가치의 날개, **'겸손'**으로 가보니 비슷한 말은 '스스로 낮추기, 누구에게나 귀 기울기, 모두와 친구 되기, 상대의 장점부터 찾기'라고 쓰여있다. 반대말은 '오만, 남의 말 안 듣기, 높은 데 군림하기, 자아도취, 상대의 흠부터 찾기'라고 쓰여있다.

가치의 날개, **'성찰'**로 가보니 비슷한 말은 '자기반성, 뒤돌아보기, 중간 점검, 방향을 다시 확인하기'라고 쓰여있고, 반대말은 '앞만 보고 달리기, 맹목적인 전진, 다수를 쫓아가기'라고 쓰여있다.

가치의 날개, **'섬세함'**으로 가보니 비슷한 말은 '꼼꼼하고 치밀하게 보기, 작은 것의 소중함, 디테일의 미덕, 숲 속에서도 나무

보기'라고 쓰여있다. 반대말은 '큰 숲만 보기, 무작정 대담하기, 대충대충하기'라고 쓰여있다.

가치의 날개, **'간절함'**으로 가보니 비슷한 말은 '절실히 원하기, 반드시 이루리라는 마음, 될 것이라 굳게 믿기'라고 쓰여있고, 반대말은 '심드렁함, 돼도 그만 안 돼도 그만, 안 될 것이라고 회의(懷疑)하기'라고 쓰여있다.

정의롭게
세우고

이번엔 액자에서 문세움을 콕 짚어서 세운다. **'정의롭게 세우고'**라는 구절이 희망차게 대응한다. 01 **정의…희망의 시작**을 통해 '정의롭게 세우고'의 내용을 찾아본다.

1번째 폿대 **'정의'**에 달린 가치의 날개 다섯은 이렇다.

정의로움: 각자 누릴 수 있는 몫을 제대로 누리는 것.

소명: 내가 세상에 태어난 이유를 찾아 바로 그 길을 걷는 것.

가장자리: 세상에서 가장 소외되었으나 가장 귀한 체험을 주는 곳.

명분: 생물학적 목숨보다 중요할 수 있는 삶의 이유.

용기: 기회가 왔을 때 두 눈 딱 감고 저질러버리는 힘.

가치의 날개, **'정의로움'**으로 가보니 비슷한 말은 '당연히 누려야 할 것을 누리기, 부패 저지, 공평하게 나누기, 원칙 지키기'라고 쓰여있고, 반대말은 '강자만이 누리기, 부패 일삼기, 특혜 선점하기, 원칙 무시하기'라고 쓰여있다.

가치의 날개, **'소명'**으로 가보니 비슷한 말은 '천명(天命)을 따름, 꼭 해야 할 일, 가장 적합한 쓸모, 내가 세상에 태어난 이유'라고 쓰여있다. 반대말은 '남들이 좋다고 하는 일 하기, 안 해도 될 일, 누구나 할 수 있는 일'이라고 쓰여있다.

가치의 날개, **'가장자리'**로 가보니 비슷한 말은 '가장 낮은 곳, 고통의 경험, 진짜배기 인생 교육장'이라고 쓰여있고, 반대말은 '가운데, 주목받는 높은 곳, 기득권, 고통을 면제한 안락'이라고 쓰여있다.

가치의 날개, **'명분'**으로 가보니 비슷한 말은 '의로움을 좇기, 정의를 따름, 대승적인 바보 되기'라고 쓰여있다. 반대말은 '당장의 이익 좇기, 떡고물 받아먹기, 소승적인 승자 되기'라고 쓰여있다.

가치의 날개, **'용기'**로 가보니 비슷한 말은 '무조건 저지르기, 고통을 불사하기, 어려워도 추진하기, 적극적으로 뛰어들기'라고 쓰여있고, 반대말은 '도전의 포기, 도전으로부터 도망가기, 몸 사리기, 소극적으로 행동하기'라고 쓰여있다.

배세일움 사용서

끈질기게
이루세요

이제 문일움을 콕 집어본다. **'끈질기게 이루세요'**라는 구절이
채움의 시작으로 대응한다. 05 **놓음...채움의 시작**을 통해 '끈질
기게 이루세요'의 내용을 찾아본다.

5번째 풋대 **'놓음'**에 달린 가치의 날개 다섯은 이렇다.

비움: 모든 것을 버림으로써 더욱 큰 것을 얻는 가치.

느긋함: 페이스를 잃지 않고 인생을 달리게 하는 힘.

관대함: '양보'나 '포기'가 아니라 보다 큰 나 자신의 만족을 위한 선택.

재미: 내가 살아있음을 진정으로 즐기게 해주는 것.

되살림: 나와 사회, 자연이 모두 건강하게 오래도록 잘 사는 길.

가치의 날개, **'비움'**으로 가보니 비슷한 말은 '채울 공간을 남기

기, 물질로부터 자유, 아낌없이 버리기, 타인과 나누기'라고 쓰여 있고, 반대말은 '욕심내기, 물질로 인한 부자유, 혼자서 가득 채우기'라고 쓰여있다.

가치의 날개, **'느긋함'**으로 가보니 비슷한 말은 '여유로움, 이것도 지나가리라, 자신을 믿기, 천천히 전략 세우기, 장기 레이스'라고 쓰여있다. 반대말은 '초조함, 자기 불신, 서두르다 망치기, 섣부른 단기전, 남의 인생 곁눈질하기'라고 쓰여있다.

가치의 날개, **'관대함'**으로 가보니 비슷한 말은 '용서하기, 죄사함, 넓은 마음, 다름의 포용, 멀리 같이 가기'라고 쓰여있고, 반대말은 '다름의 불용(不溶), 좁은 마음, 혼자서 빨리가기'라고 쓰여있다.

가치의 날개, **'재미'**로 가보니 비슷한 말은 '웃으며 일하는 힘, 어려워도 하고 싶어 하기, 두근두근 가슴 뜀, 주관적 행복'이라고 쓰여있다. 반대말은 '무료함, 심심함, 의무방어전, 쉬워도 하기 싫어하기, 주관적 불행'이라고 쓰여있다.

가치의 날개, **'되살림'**으로 가보니 비슷한 말은 '지구 지키기, 다시 쓰기, 녹색 성장, 공생과 상생'이라고 쓰여있고, 반대말은 '지구 훼손하기, 마구 버리기, 파멸적 성장, 나 혼자 잘 먹고 잘

배세일움 사용서

살기'라고 쓰여있다.

<홍선·성례 ‖ 배세일움 상상하고 함께해요>

배세일움 패밀리를 창조했고 풍요롭게 해야 하는 세 인격체의 아비와 어미인 아내와 나는, 이름을 써놓지 않았어도 배움·세움· 일움 이름 연합 배세일움을 생각하면 곧바로 연합된다. 아비 문 홍선을 상상하면 '창조의 시작'이고, 어미 서성례와 함께하면 '풍 요의 시작'이다.

그러니 이번엔 02 **상상...창조의 시작**, 03 **함께...풍요의 시작** 을 살펴본다.

2번째 푯대 '상상'에 달린 가치의 날개 다섯은 이렇다.

꿈꾸기: 추락을 겁내지 않고 미래를 향해 비상하는 돌파구.
창의: 깜짝 놀랄 만큼 발칙한 생각을 자기 안에서 끄집어 내보는 것.
호기심: 거대한 지식과 업적을 만들어내는 최초의 발자국.
모험심: 고난이 심할수록 내 가슴을 설렘으로 뛰게 만드는 것.
열정: 삶을 사랑하고 집중하게 하는 힘.

가치의 날개, **'꿈꾸기'**로 가보니 비슷한 말은 '미래 설계, 현실

뛰어넘기, 목표 인큐베이팅, 역사 만들기'라고 쓰여있고, 반대말은 '미래 상실, 현실에 주저앉기, 성급한 좌절'이라고 쓰여있다.

가치의 날개, **'창의'**로 가보니 비슷한 말은 '자기만의 우주, 통념으로부터 자유, 엉뚱한 튐, 더하고 모아서 새로 만들기, 빈 종이에 그림 그리기'라고 쓰여있다. 반대말은 '대세 따라가기, 무조건 외우기, 고정관념, 100점에 만족하기, 정답 찾기'라고 쓰여있다.

가치의 날개, **'호기심'**으로 가보니 비슷한 말은 '궁금해 하기, 미지(未知)에의 관심, 자세히 들여다보기, 보편을 의심하기'라고 쓰여있고, 반대말은 '무관심, 통념에 매달리기, 편견에 사로잡힘'이라고 쓰여있다.

가치의 날개, **'모험심'**으로 가보니 비슷한 말은 '낯선 곳으로 떠나기, 용기 있게 일 벌이기, 새로운 일에 뛰어들기, 성공에 베팅하기'라고 쓰여있다. 반대말은 '현재에 안주하기, 소심하게 손 놓고 있기, 익숙한 데 머무르기, 실패를 살짝 피해가기'라고 쓰여있다.

가치의 날개, **'열정'**으로 가보니 비슷한 말은 '뜨거운 애정, 몰입과 집중, 타인을 감동시키는 최루액'이라고 쓰여있고, 반대말은 '애정의 부족, 방만과 나태, 섣부른 포기, 골리앗의 자만'이라고 쓰여있다.

3번째 푯대 '함께'에 달린 가치의 날개 다섯은 이렇다.

여럿이 함께: 각자 힘을 모아 먼 길을 좀 더 수월하게 걷는 것.
배려: 남이 내게 해줬으면 싶은 것을 내가 먼저 남에게 행하는 것.
나눔: 더 크게, 더 많이 나눌수록 셈의 결과가 커지는 이상한 산수.
다양함: 일곱 색깔을 모두 갖춰야 비로소 빛을 내는 무지개.
신뢰: 사람과 사람을 이어주는 가장 강력한 끈.

가치의 날개, **'여럿이 함께'**로 가보니 비슷한 말은 '협동과 공존, 시너지, 같이 가기, 힘 모으기, 따로 또 같이'라고 쓰여있고, 반대말은 '혼자 가기, 따로 가기, 너는 너 나는 나'라고 쓰여있다.

가치의 날개, **'배려'**로 가보니 비슷한 말은 '모르는 이를 위한 헌신, 타인 존중하기, 눈높이 맞추기, 남에게 공을 돌리기'라고 쓰여있다. 반대말은 '안하무인, 이기주의, 눈높이 무시하기, 생색내기'라고 쓰여있다.

가치의 날개, **'나눔'**으로 가보니 비슷한 말은 '재분배, 함께 잘살기, 행복의 전파, 아름다운 동행'이라고 쓰여있고, 반대말은 '독식과 독점, 혼자 잘 살기, 가진 것 움켜쥐기'라고 쓰여있다.

가치의 날개, **'다양함'**으로 가보니 비슷한 말은 '여러 가지 색

깔, 서로 다름, 과정의 차이를 이해하기'라고 쓰여있다. 반대말은
'한 가지 색깔, 무작정 통일하기, 같은 결과에 집착하기'라고 쓰
여있다.

가치의 날개, **'신뢰'**로 가보니 비슷한 말은 '너와 나 믿기, 정직
지키기, 투명한 공개, 상대방에게 1만 원이 필요하다면 2만 원
건네기'라고 쓰여있고, 반대말은 '너도 나도 못 믿기, 정직하지
못함, 진실 숨기기, 상대방이 1만 원이 필요하다면 5,000원 건네
기'라고 쓰여있다.

배세일움 사용서

자식
연금제도

　자식연금제도는 아버지의 작품이다. 연금(年金, annuity)은 일시금 지급과 달리 일정 연수, 수명 또는 영구기간에 걸쳐서 매년 어떤 규칙적 간격을 두고 행하여지는 지급을 말한다. 국가 혹은 제도적으로 지급되는 연금은 pension이라는 단어가 사용된다. 문가네 여섯포도송이는 연대하여 시골집에 혼자 사시는 아버지에게 월 일백만 원 정기지급을 약 17년 동안 무탈하게 시행했다.

　아버지는 시골집의 이웃들과 자식들과 아버지의 손주들을 위하여 대부분의 연금을 사용하셨다. 연금에다 아버지 당신의 사랑과 마음을 보태 부가가치를 높여서 당신 아닌 다른 사람들에게 베푸셨다. 특히 손주들에게 듬뿍 용돈을 주고 자존감을 높이는 말씀으로 격려해 주셨다. 틈틈이 할아버지로부터 대학교 학자금과 용돈을 받은 기억을 간직한 배움과 세움은 큰 수혜자다. 잊지 말아야 한다.

면사무소 소재지인 큰 동네에서 문가 성을 가진 집은 달랑 한 집, 자기 땅 한 평도 없이 농사를 시작한 살림에 자식들은 여섯을 둔 아버지와 어머니의 삶은 녹록치 않았으리라는 생각이 든다. 이 집에서 장남인 나는 수혜를 받는 대표주자로 키워졌다. 덕분에 여동생 넷은 자기계발의 시기에 부모의 투자를 받지 못했고, 십 년 차 막내 남동생도 시골 주천의 신설 고등학교를 다녔다. 내가 이걸 어찌 잊겠는가. 대표주자로 컸으니 대표로 부모님 부양과 동생들 돌봄이 내 책무라는 생각은 절실했다.

　어린 배세일움과 명절 때마다 시골집을 갈 때면 아버지께 용돈을 드리곤 했지만 부정기적인 것이었고 넉넉하지도 못했다. 결혼 후 여섯 해까지 어머니가 살아계실 적엔 며느리인 아내가 어머니께 용돈을 따로 드리곤 했는데 형편상 크지 않았을 것이다. 어머니를 떠올리다 보면 아련하다. 어머니는 내가 알 수 없는, 어떤 끝없는 사람이다. 일찍 돌아가신 어머니께서 꾸어주신 사랑은 갚을 생각도, 시간도 못 챙겼다. 이우걸(1946~) 시인의 시 〈어머니〉를 듣고 나니 더욱 아련하다. 결혼 후 십이 년, 어머니가 돌아가시고 아버지 혼자 사신 지 6년째 되던, 98년도 IMF 고금리 사건은 자식연금을 태동시키게 된다.

　　　　　　　　　　　　　　　　　배세일움 사용서

어머니

아직도 내 사랑의
주거래 은행이다
목마르면 대출받고 정신 들면 갚으려 하고
갚다가
대출받다가
대출받다가
갚다가….

어머니는 먹고개 넘어 주자천 가까이 있는 밭에 가려고 길을 건너다 교통사고를 당하셨다. 아버지 홀로 두시고 돌아가셨다. 그리고 두 해 지나서 3백여 평의 밭은 용담댐 건설에 힘입어 아버지께 보상금을 남기고 물속으로 편입되었다. 보상금의 반절은 배세일움과 17년 동안 거주한 일신동 아파트를 살 때 거저 주셨다. 나머지 반절 2천만 원은 농협에 1년 단위로 예치해 놓으셨다. 아버지는 '메멘토 모리'를 준비하셨는데 나는 그 용도를 몰랐다.

아파트담보대출에 위장전입대출까지 실행한 일신동 아파트는 일움이가 선물로 와서 배세일움을 완성한 95년도에 입주했다. 98년도 IMF 고금리는 일신동 아파트대출금을 지렛대로 하여 서울시청 과장으로 갓 승진한 나를 많이 압박했다. 과장 승진으로 법에 따라 공직자재산등록을 했다. 아버지의 재산으로 많지 않은 전

답과 시골집도 등록됐다. 아버지가 농협에 예치해 놓은 현금 2천만 원도 아버지 재산으로 등록되면서 내 기억 한구석을 차지했다.

목요일 저녁 늦은 시간이었다. 지인들과 이런저런 이야기를 안주 삼아서 소주를 마셨다. 술자리가 끝나고 택시를 타고 집으로 가다가 아버지께 핸드폰으로 전화를 했다. 안부 전화를 드리려고 한 건데 대출금의 압력에 굴복한 술이 하지 말아야 할 말을 술술 내보냈다. 아버지 2천만 원으로 대출원금 줄여주시면 이자를 아버지께 드리겠노라는 삿된 말이 핸드폰 속으로 흘러 들어갔다. "많이 힘들겠구나." 더 말씀은 없으셨다.

시골집에서 가장 가까운 전주에 사는 막내 여동생은 주말마다 아버지를 찾아가는 아버지의 후견인이었다. "오빠, 엊저녁에 아버지 전화 왔어요. 우셨어요. 오빠가 많이 힘든가 보다 말씀하셨어요. 아버지 죽으면 빚지지 말고 장례비로 쓰도록 아버지가 농협에 넣은 2천만 원 저도 알아요. 주천에 와서 그 돈 찾아서 오빠에게 보내라고 했어요." 여동생은 아내에게도 아버지의 뜻을 전했다. 금요일이었다. 아내는 토요일에 시골집에 갈 준비를 시작했다.

토요일 새벽부터 아내는 배세일움의 옷을 챙겼다. 주말이라 그런지 고속도로가 막혔다. 운전 잘하는 아내는 말없이 운전했다.

도착한 시골집은 언제나처럼 포근했다. 배움 세움 일움과 아내와 나는 새삼스럽게 아버지께 큰절을 드렸다. "아버지, 죄송합니다. 아버지 돌아가실 때까지 아버지께서 2천만 원 잘 보관해 주세요. 이제부터는 정기적으로 아버지 연금을 드리겠습니다. 아버지께서 절 대표선수로 키워주셨잖아요. 배세일움도 잘 키우겠습니다. 고맙습니다." 문가네 여섯포도송이 자식연금제도의 탄생 선언이 되었다.

그날 저녁 전주에서 온 막내 여동생네 식구들과 함께 삼겹살을 구워놓고 파티를 했다. 아버지는 배움·세움에게 조금씩 용돈을 주셨다. 공부 열심히 하라고 하셨다. 일요일에도 막히는 고속도로에서 혼자 운전대를 잡은 아내는 "연금의 절반은 장남 몫"이라고 힘주어 말했다. 연금의 취지에 동의하면서도 현실이 답답해서 하는 소리 같았다.

내 스스로 명명한 자식연금제도는 처음엔 월 삼십만 원으로 시작했다. 그런데 이게 약속과는 달리 틈틈이 결핍이 생기는 부정기 상품이었다. 배세일움 패밀리가 미국에서 유학하던 시절에 십년 차 막내 남동생이 결혼했다. 비행기 비용을 탓하며 결혼식에 참석하지 못했다. 막내 여동생 결혼식 때는 어머니 자리에 큰며느리인 아내가 앉아 촛불을 켰는데, 막내 남동생 결혼식에서는 이모님께서 촛불을 켰다. 결혼을 한 막내 남동생도 자식연금 불입자로 정착했다. 여동생들도 자식연금 불입자다. 연금액을 월 일백만 원으로 확립하고 절반인 오십만 원은 내 몫으로 정했다. 자동이체 등록을 해서 펑크가 나지 않도록 했다. 자식연금이 확립되었다.

복지국가로 성장한 나라는 아버지께 6.25 참전용사 보훈수당, 경로수당을 보냈다. 생전에 아버지는 자식연금을 모아 이웃과 자식과 손주와 엘림교회에도 아낌없이 투자해 주셨다. 아버지가 소천하신 후, 아버지가 22년 전에 준비해 놓으신 아버지 당신의 장례비 2천만 원은 시골집 행랑채 대수선에 투자되었다. 대수선한 행랑채에 이웃을 사랑하는 집이 되라고 隣愛堂(인애당) 현판을 달았다.

아버지는 나의 멘토다. 살아계셨을 때도 멘토이셨고 돌아가셔서도 나의 멘토이시다. 초등학교 시절 늦가을 새벽녘에 오줌이 마려워서 방문을 열고 나갔다가 본, 아버지의 어깨에 앉은 하얀 서리가 눈에 선하다. 담배농사를 하셨던 아버지는 밤새 뜰에 떨어지는 서늘한 달빛 아래 처마 밑에서 말린 담배 잎을 엮고 계셨다. 이제 나도 배세일움 아버지가 되었다. 자식들은 여전히 아버지에게는 어린 것들이다. 나는 아버지 닮은 아버지가 되기를 기도한다. 김현승(1913~1975)시인의 시 〈아버지의 마음〉을 읽고 나니 아버지가 보고 싶다. 아버지….

아버지의 마음

김현승

바쁜 사람들도
굳센 사람들도
바람과 같던 사람들도
집에 돌아오면 아버지가 된다

어린 것들을 위하여
난로에 불을 피우고
그네에 작은 못을 박는 아버지가 된다

저녁 바람에 문을 닫고
낙엽을 줍는 아버지가 된다

세상이 시끄러우면
줄에 앉은 참새의 마음으로
아버지는 어린 것들의 앞날을 생각한다
어린 것들은 아버지의 나라다 - 아버지의 동포다

아버지의 눈에는 눈물이 보이지 않으나
아버지가 마시는 술에는 항상
보이지 않는 눈물이 절반이다

아버지는 가장 외로운 사람이다
아버지는 비록 영웅이 될 수도 있지만….
폭탄을 만드는 사람도
감옥을 지키던 사람도
술가게의 문을 닫는 사람도

집에 돌아오면 아버지가 된다
아버지의 때는 항상 씻김을 받는다
어린 것들이 간직한 그 깨끗한 피로….

배세일움 사용서

웰다잉,
필연 같은 우연

　'메멘토 모리' '죽음을 기억하라'는 교훈은 분명 그 죽음 자체를 기억하라는 얘기가 아니었다. 죽음을 배우면 죽음이 달라지는 것이 아니라 삶이 달라진다. 삶 안에 이미 들어와 있는 죽음의 자리를 항상 명확하게 의식하고 있다는 것은 역설적으로 현재 주어진 생의 자리에서 진정한 삶의 가치를 찾고자 하는 몸부림이다.

　인천성모병원 장례식장은 나와 아내와 배세일움에게는 특별하다. 준비된 죽음과 아름다운 삶을 절실하게 배우고, 사랑하는 사람과 이별의 예식을 함께한 곳이다. 나는 이 장례식장에서 2015년 1월 5일~7일에는 102세 되신 외할머니의, 2016년 10월 1일~3일에는 89세 되신 아버지의, 2018년 10월 8일~10일에는 77세 되신 장인어른의 장례예식을 가졌다.

　"모든 출구는 어딘가로 들어가는 입구다. Every exit is an

entrance somewhere" 영국의 극작가 톰 스토파드의 말이다. 세 번 다 엘림교회 오주영 목사님의 집례로 기독교식 출구예식을 치렀으니 천국의 입구로 들어가셨으리라 믿는다. 오주영 목사님이 집례한 3일 동안의 장례예식은 첫째 날 (1) 고인의 죽음을 깨달으며 함께 드리는 임종(臨終)예식, 둘째 날 (2) 고인의 몸을 입관하며 함께 드리는 입관(入官)예식, 셋째 날 (3) 고인의 관을 운구하며 함께 드리는 발인(發靷)예식, (4) 고인의 몸을 봉안하며 함께 드리는 장지(葬地)예식(장지에 따라 하관예식과 화장예식으로 구분)으로 이루어졌다.

경건한 내용과 진중한 절차로 구성되었다. 각 예식마다 상주들은 고인과 함께 경험한 소중하고 아름다운 기억들을 나누고 공유하였다. 고인을 통해 죽음을 배우고 진정한 삶의 가치를 생각했다.

외할머니 성명은 안복순(1914~2015)이시다. 동네 사람들은 가마실 댁이라고 불렀다. 1935년, 스물두 살 때 '금산군 군북면 외부리'로 시집을 가셨다. 그 동네가 철마산 아래에 있는 자연부락 '가마실'이다. 빨치산의 상징적인 전설 이현상의 부친은 군북면 면장이었다. 자유주의와 공산주의가 온 나라에서 부딪히고 사람들을 유린하던 6.25 동란, 외할머니는 1951년에 외할아버지를 여의셨다. 휴전이 됐다. 세 딸과 아들을 데리고 외할머니 고향 주천으로 돌아왔다. 가마실 댁이 됐다. 가마실 댁 큰딸이 1936년생 김영애, 내 어머니시다. 나는 외할머니의 맏손자다. 외할머니는 봄철이면 어린 나에게 녹용을 달여서 먹이셨다. 배움이 돌잔치 날 오셔서 당신의 맏이증손자의 탄생을 정말 기뻐해 주셨다. 말년엔 요양원에 계셨는데 모든 기억이 흐릿하신데도 맏손자는 틈틈이 기억해 내셨다. 우리 나이로 백두 살을 사시고 내 나이 쉰 다섯 살 때 소천하셨다. 아름찬 삶의 향기로 손자의 인생에 사랑을 가득하게 부어주셨다.

2015년 1월 5일, 아버지는 시골집에서 인천성모병원 장례식장으로 올라오셨다. 문상하시며 나지막한 목소리로 '어머니…' 부르며 작별 인사를 드리셨다. 55년 동안, 내 나이만한 세월 동안 장모님이 아니라 어머니라고 부르셨다. 외할머니는 인천가족공원에서 화장하여 금산군 군북면 외부리 가마실에 있는 김춘근 (1899~1951) 외할아버지 유택 옆에 모셨다.

아버지는 주천 시골집으로 가셨다. 겨울을 밀어내고 봄이 쑥쑥 올라왔다. 그해 여름 내내 덥더니만 가을엔 열매가 풍성했다. 다시 겨울이 지나고 해가 바뀌어 물오른 봄이 오고 여름철이 되었다. 그해 여름철, 아버지의 시골집엔 정말로 많은 사람들이 왔다. 추석 명절이 왔다. 추석 전날, 배움이 세움이 그리고 남동생 구선이 그리고 나와 아버지 이렇게 다섯이 함께, 아버지의 아버지와 아버지의 어머니 산소, 그리고 아버지의 아내 우리 어머니의 산소를 벌초했다. 추석예배를 드리고 어머니 산소에 다 함께 성묘를 갔다. 어머니 산소 바로 옆자리는 아버지께서 당신의 자리로 찜해놓으신 곳이다. 그날 그곳에 앉아서 아버지와 함께 배세일움 패밀리가 내려다보았던 주자천 물길과 용담댐 가장자리는 참 아름다웠다.

추석 연휴를 끝내고 아버지는 시골집에서 남동생 구선네 집으로 함께 올라오셨다. 일주일을 동생 집에서 계셨다. 일요일 주일 날 우리 집에 오셔서, 하룻밤을 주무셨다. 곤히 주무시는 줄 알았는데 월요일 낮까지 아니 깨셔서 보니, 의식불명이셨다. 앰뷸런스에 의탁해 인천성모병원 중환자실에 입원하셨다. 심부전증이었다. 화요일 오후에 의식이 돌아오셨다.

중환자실은 하루에 두 번, 아침과 저녁에 10여 분만 면회가 허락됐다. 면회 후 수요일과 목요일 저녁엔 둘째 여동생 집에서 문가네 여섯포도송이들이 다 함께 모여서 콜라겐 마사지를 했다. 아버지가 주신 선물이었다.

시골에서 이모님과 이모부님도 올라오셨다. 화요일부터 금요일까지 아버지는 중환자실에 머무르시면서 보고 싶은 사람 모두에게 면회의 시간을 허락하셨다. 아버지가 주신 두 번째 선물이었다. 금요일 저녁 면회 끄트머리 시간에 군에서 휴가 나온 손주 호진이가 아버지를 만나러 왔다. 아버지는 환하게 웃으셨다. 그리고 아버지의 심장 그래프가 멈췄다. 첫 번째 심정지였다.

배세일움 사용서

심폐소생술 응급처치로 아버지의 심장이 다시 움직였다. 두 번째 심정지가 오면 소생하지 못한다고 준비하라고 했다. 아버지 자식들 여섯과 배우자 모두 합하여 열두 사람 전원이 토요일 새벽 세 시에 아버지 앞에 모였다. 오목사님이 임종기도를 했다. 아버지의 세 번째 선물이었다. 9월 25일 일요일부터 10월 1일 토요일까지 일주일 동안 아버지는 선물을 듬뿍 주셨다.

임종예식, 입관예식, 발인예식을 드리면서 아버지와 함께 경험한 소중한 추억들을 공유했다. 아버지의 소천과 관련하여 경이로움도 느꼈다. 전주에 살며 시골집 아버지의 후견인이 돼주었던 막내 여동생이 아버지께서 서울로 올라오시기 전에 당신은 소천하실 것을 예감하신 듯했다는 뜻밖의 말을 했다. 올라오시기 전날 "이번에 올라가면 못 내려온다. 막내 구선네 집에서 일주일 있고 장남 홍선네 집에서 하루 저녁 자고 간다."라고 말씀하셨다는 거다. 여동생은 아버지와 '맞다 아니다' 내기까지 걸었다고 한다. 아버지는 구선이에게 아버지가 준비해 놓은 수의를 차에 실으라고까지 하셨지만 그냥 올라왔다는 것이다.

아버지는 중환자실에 입원하시기 전날 일요일에는 내 손을 꼭 잡고 한 시간이 넘도록 함께 걸어주셨다. 벤치에 앉아 쉬실 때 사진을 찍는데 V자를 날려주셨다. 그리고 아버지 발을 닦아드리고 저녁을 함께 먹는 기쁨도 내게 주셨다. 1차 심정지가 오기 직전에는 아내가 만든 황도 단물을 맛있게 먹어주셨다. 아버지는 임종하시기 직전까지, 이후에도 놀라운 선물을 계속 주셨다.

아버지

발인예식 후 운구하기 전에, 나 태주 시인의 시 〈풀꽃〉으로 실마리를 찾고 장석주 시인(1955~)의 시 〈대추 한 알〉로 실타래를 묶어서, 나는 아버지께 어머니 곁으로 모시겠다는 '발인사(發靷詞)'를 낭송해 드렸다. 찬송가 293장 〈천국에서 만나보자〉를 찬송하며, 오목사님은 운구를 이끌어주셨다.

아버지,
자세히 보아야 예쁩니다.
오래 보아야 사랑스럽습니다.
아버지도 그렇습니다.
아버지,
저게 저절로 붉어질 리가 없습니다.
저 안에 태풍 몇 개
저 안에 천둥 몇 개
저 안에 벼락 몇 개

배세일움 사용서

아버지,

저게 저절로 둥글어질 리가 없습니다.

저 안에 무서리 내리는 몇 밤

저 안에 땡볕 두어 달

저 안에 초승달 몇 날

아버지,

어머니 곁으로 가겠습니다.

하나님 앞으로 가겠습니다.

2016년 9월 15일 추석날부터 10월 1일까지 보름 동안, 아버지는 극적일 만큼 아름다운 추억을 자식들에게 선물로 주셨다. 국군의 날 소천하신 아버지는 '하나님 사랑 이웃 사랑' 원애인애(元愛隣愛)의 이념과 아름다운 시골집 원애재와 인애당을 유산으로 남겨주셨다. 인천성모병원 장례식장에서 오주영 목사님이 집례한 모든 절차를 눈감고 다 참례하신 아버지의 유해는 아버지가 생전에 정하신 곳, 스무 날 전에 아버지와 함께 벌초한 어머니 산소 옆자리, 그곳에 모셔졌다. 아버지 장례를 마친 며칠 후 아내와 배움 세움 일움과 함께 집에서 저녁을 먹으며, "나도 너희들 할아버지처럼 아름다운 죽음을 이룩하고 싶다."라고 말했더니 "아멘"하는 화답 소리가 크게 들렸다.

2018년 9월 25일은 또 추석날이었다. 배세일움 온 식구가 배세일움의 외할아버지가 사는 의정부에 갔다. 장인은 77세이셨고 이름은 서용(1942~1918)이시다. 처남과 처제네 식구들뿐만 아니라 아내의 작은아버지네 식구들도 다 함께 모였다. 아내가 소집을 한 것이다. 맛있는 음식을 함께 먹었다. 장인께서 좋아하시는 고스톱도 함께 쳤다. 장인은 9개월 전에 담관암 수술을 하셨다. 장인은 여러 가지 생각을 모아서 항암치료는 않기로 했다. 가족들이 함께 어우러진 추석 연휴가 지나갔다. 10월 5일 금요일, 사전 절차를 이미 해놓은 인천성모병원 호스피스 병동에 입원하셨다. 10월 7일 주일날 오후 호스피스 병동에서, 희미한 의식만 남은 장인께서는, 오주영 목사님 집례로 세례를 받으셨다. 그리고 다음 날 10월 8일 오후 세 시 즈음, 소천하셨다. 인천성모병원 장례식장에서 경건하고 진중하게 구성된 기독교 장례를 오목사님 집례로 모셨다. 화장을 한 장인의 유해는 인천가족공원 평온당에 모셨다.

장인어른의 장례식을 마친 그주 주일날인 2018년 10월 14일 엘림교회 주보에 실린 오목사의 일기 제목은 '임종세례예전'이었다.

2011년 이른 봄으로 기억합니다. 35명의 엘림교회 가족들이 이집트-이스라엘-요르단으로 성지순례를 다녀왔습니다. 그때 서성례 집사님의 아버님을 처음 뵈었습니다. 훤칠한 키, 딱 벌어진 어깨, 서글서글한 눈매, 호탕한 웃음…. 서성례 집사님이 아버지를 닮았다 생각했습니다. 서집사님은 아버지의 외양만 닮은 것이 아니라 손재주도 닮았습니다. 집안에 형광등 고장나면 남자가 고치지 않고, 여자가 고치는 우리집 같은 집이 서집사님댁입니다. 문집사님이나 저나

배세일움 사용서

마이너스 손을 가진 덕분에 집안에서 쓰레기나 버리고 있습니다. 성지순례를 다녀온 뒤 종종 딸 집에 다녀가실 때마다 뵙곤 했습니다.

책임감이 강한 맏사위하고 거절할 줄 모르는 맏딸하고 결혼했습니다. 그래서 양쪽 집안을 다 짊어지고 살아왔습니다. 가족들이 함께 교회를 방문할 때마다 든든하다는 생각과 함께 마음 한 구석 짠해져 옵니다. 시아버지하고도 딸 같았던 서집사님은 시아버지인 문제원 성도님이 하늘나라에 가신 이후 친정부모님이 더 마음 쓰이는 듯했습니다. 다들 그렇지만, 신앙생활 하지 않는 부모님과 두 동생 가족들과 세 아들을 위한 기도가 서집사님의 주요 기도제목입니다. 먼저 서명례 동생이 함께 신앙생활을 시작했습니다. 함께 있을 때는 닮은 모양이 보입니다. 하지만 따로 있을 때는 언니와 전혀 다릅니다. 서명례 권찰님은 천상 여자입니다. 두 자매가 함께 신앙생활을 시작했습니다. 그리고 아버지가 병이 중하여져서 가까운 성모병원으로 모시게 되었고, 호스피스 병동으로 옮기게 되었습니다.

지난 토요일 병원을 방문해서 어머니와 이야기하고, 아버지의 신앙고백을 확인하였습니다. 주일 오후 병원을 방문했을 때는 어제보다 아버지 상태가 더 안 좋았습니다. 어머니의 속 깊은 이야기들을 나누고, 병상에서 서용 아버지의 임종세례를 거행했습니다. 휴대용 성찬기를 가지고 가서 성찬까지 거행했습니다. 그리고 다음 날 돌아가셨습니다. 3일 동안 장례를 치루면서 임종직전에 세례를 주는 것이 얼마나 큰 위로와 약속이 되는 것인지 알게 되었습니다. 딱 하루 우리 교회 교인으로 사시면서 주일 예배도 한 번 나오지 못하셨지만, 아버님은 큰 가르침을 주고 가셨습니다. 잊지 않겠습니다.

배세일움 패밀리와 삶의 인연이 깊은 세 분의 장례를 같은 예식장에서 모셨다. 외할머니는 요양원에서 평안하게 임종하신 후 그곳에서 모셨고, 아버지는 아내가 인천성모병원에 입원케 하여 중환자실에서 평안하게 임종하신 후 그곳에서 모셨고, 장인은 아내가 예약한 인천성모병원 호스피스 병동에서 평안하게 임종하신 후 그곳에서 모셨다. 같은 예식장이라니! 미처 생각하지 못했던 거다. 필연 같은 우연을 만났을 때 깨닫는 신기함, 놀라움을 느꼈다. 돌아가신 외할머니와 돌아가신 아버지의 영안실 만남. 추석 이후 아버지의 말씀과 예언처럼 이어 맞는 경험. 아버지 집과 장인 집에서 추석날 다 모인 배세일움과 그 후 보름 동안. 서로 연관된 일들이 동시에, 같은 장소에서, 비슷한 때에, 비슷한 모습으로 일어났다.

논리적으로 설명하기 어려운 필연 같은 우연을 심리학자 칼 융은 '동시성(synchronicity)'이라 이름 붙였다. 서로 연관된 일이 동시에 또는 같은 장소에서 일어날 때 왜 이런 현상이 생기는지 우리는 불가사의하게 느끼게 된다. 물리학 법칙으로 설명되는 객관적인 세상과 한 개인의 정신적이면서도 주관적인 세상 사이에 우리가 모르는 연결 다리가 놓여 서로 소통하는 것 같은 느낌을 주는 것이다. 나는 인천성모병원 장례식장에서 웰다잉과 동시성의 체험을 했다. 우리가 이 세상에 홀로 버려진 의미 없는 존재가 아니고 이 우주와 하나님과 연결된 소중한 존재임을 깨닫는 특별한 경험을 했다.

배세일움 사용서

89세
구순 장학금

아버지께서는 6.25 참전용사라서 10월 1일 국군의 날 돌아가
셨는가? 2016년도이니 1928년생이신 아버지는 우리나라 나이
로 89세까지 사셨다. 10월 1일이 토요일이었고 3일 내내 비가
많이 왔다. 장례를 모시는 10월 3일 개천절까지 토·일·월 3일이
연휴기간이었다. 배움·세움·일움을 비롯하여 16명의 손주들은
할아버지를 기리며 문상객들을 잘 섬겼다. 문상객의 발길이 멈춘
둘째 날 자정에 여섯 형제자매 부부들은 아버지 영정 앞에서 사
랑과 존경을 표시하며 사진을 찍었다. 영정사진 속의 아버지께
서는 해맑은 웃음으로 16명의 손주들에게 따뜻한 동행이 되라고
말씀하셨다. 영정 속 아버지께서는 장례가 끝나면 조위금 들어온
것에서 남은 돈은 제일 먼저 열여섯 손주들에게 장학금을 똑같이
주라고 내게 귀띔을 해주셨다.

아버지는 생전에 당신의 장례비용으로 이천만 원을, 어머니께

서 돌아가신 이후 22년 동안 농협에 저금해 놓고 계셨다. 장례를 마치고 시골집 마당에 모두 모였다. 문배움·문세움·문일움을 포함하여 아버지 손주 16명을 일일이 호명하고, 똑같이 할아버지 나이만큼 89만 원씩 장학금을 수여했다. 내년 8월에는 구순 기념식을 시골집에서 하겠다는 알림사항도 모두에게 전달했다. 89, 팔십구는 할아버지가 돌아가시면서 주신 장학금을 잘 기억하라고, 공부할 때 열심히 공부하라고, 생각하는 대로 살라고, 손주들을 깨우는 할아버지 숫자였다. 나는 아버지의 이름으로 팔구 장학금을 주면서, 속으로 내년에 다시 한번 아버지의 이름으로 구순장학금을 주겠노라고 마음먹었다. 장학금을 받는 손주들의 눈동자와 얼굴에서 읽혀지는 할아버지에 대한 존경과 사랑과 자존감을 단단하고 든든하게 만들고 싶었다.

가족사진

배세일움 사용서

다시 오는 봄

도종환

햇빛이 너무 맑아 눈물 납니다
살아 있구나 느끼니 눈물 납니다
기러기떼 열 지어 북으로 가고
길섶에 풀들도 돌아오는데
당신은 가고 그리움만 남아서가 아닙니다
이렇게 살아 있구나 생각하니 눈물 납니다

1960년생 쥐띠 동갑내기 가수 최성수는 버클리음대 작곡과를
졸업했다. 그가 작사 작곡하고 부른 '싱그러운 아침 햇살이 풀잎
에 맺힌 이슬 비출 때면…. 풀잎사랑', '누가 나와 같이 함께 따뜻
한 동행이 될까…. 동행'은 나도 곧잘 부르고 좋아하는 노래이다.
아버지가 돌아가신 다음 해인 2017년 3월에 최성수는 도종환 시
인의 시 〈다시 오는 봄〉을 노래로 발표했다. 이 노래를 처음 듣
는데 아버지 목소리가 들렸다. "구순장학금, 약속 지켜라!"

문가네 여섯포도송이가 착실하게 농협의 아버지 구좌로 입금
하던 듬직한 자식연금제도는 구순 기념일이 속한 2017년 8월까
지 존속토록 했다. 자식연금구좌에 모이는 것과 아버지께서 남
겨주신 것, 모자라면 누군가 보태는 것으로 16명에게 90만 원
씩 지급할 장학금을 마련했다. 구순장학금을 받을 때 할아버지

께서 어떤 말씀을 해주기를 원하는지 16명의 손주들에게 밴드에 글을 올리라고 했다. 말모이처럼 손주들의 말을 모아 아버지의 말로 글을 썼다. 2017년 8월 12일 저녁에, '남평문가 32세 문제원 (1928.7.21~2016.10.1) 구순기념' 문가네 여섯포도송이 모임을 가졌다. 1부는 원애재와 인애당 현판식으로, 2부는 구순기념예배로, 3부는 구순장학금 수여식으로 진행됐다. 16명의 손주들이 밴드에 글을 올린 순서대로 할아버지가 주는 말씀과 장학금을 전달했다. 그때 그 심정으로 할아버지 말씀을 다시 전달한다.

문제원 할아버지 나, 구순 기념한다고 우리 손주들이 다 원애재(元愛齋)에 모였구나. 주천 내가 살던 집을 내 이름 끝자 으뜸원(元)과 니들 할머니 김영애 끝자 사랑애(愛)를 합치고 집재(齋)를 붙여 원애재로 불러준다니 참 기쁘다. 으뜸사랑이니 하나님 사랑이다. 할머니 할아버지처럼 '하나님 믿고 너 믿고' 살아라. 사랑채 고쳐 인애당(隣愛堂)으로 만든다는 계획에 나도 적극적으로 찬성이다. 하나님 사랑, 이웃 사랑이니 아름답고 좋은 가족이다.

우리 손주들에게 작년에 89장학금을 주면서 전해준 말씀을 이번 구순장학금을 주면서 다시 또 너희들 모두에게 준다. 데살로니가전서 15장 16절에서 18절 말씀이다. "항상 기뻐하라 쉬지 말고 기도하라 범사에 감사하라 이는 그리스도 예수 안에서 너희를 향하신 하나님의 뜻이니라." 우애 있는 우리 손주들, 이웃과 사회에 유익한 복 많이 만들고 하나님이 주시는 복 많이 받아 모두들 건강하고 번성하여라.

배세일움 사용서

1. 문세움 ... "세움아, 항상 중심에서 정의롭게 뜻을 세워라. 그걸 이뤄라."

2. 문예빈 ... "예빈아, 키는 지금보다도 5cm 이상 더 클 거야. 맘도 커라."

3. 문예랑 ... "우리 예랑이, 니 아빠 담배 끊을 거고, 니 아토피 나을 거야."

4. 정하나 ... "하나야, 서두르지 말되 멈추지 마라. 무슨 일이 일어나도 더 좋아지고 있는 거 항상 너도 잘 알고 있지?"

5. 최현웅 ... "현웅아. 이것 또한 결국에는 지나가리라, 니가 기억해야 해!"

6. 이호겸 ... "호겸아, 범사에 감사하라. 너로 인해 늘 감사가 넘쳐야 된다."

7. 문배움 ... "우리 자랑스런 배움이, 잘해왔고 잘하고 있고 잘할 거라 믿어 허허."

8. 정일규 ... "일규야, 매 순간 최선을 다하면 기회는 따라온다. 그게 너야."

9. 문예슬 ... "예슬아 늘 긍정적으로 살아라. 예슬빈랑 모두 긍정적인 사람."

10. 이호경 ... "호경아, 너에게 능력주시는 자 안에서 니가 모든 것을 할 수 있느니라."

11. 최보선 ... "우리 보선이, 괜찮아, 다 잘 될 거야. 니가 믿는 대로 잘돼."

12. 이호진 ... "호진아, 오르막길이 있으면 내리막길도 있는 법, 무서워하지 마라."

13. 이소영 ... "소영아, 니가 겪는 모든 일 중에 너에게 쓸모없는

것은 아무 것도 없다. 잘 될 거다. 걱정 말아라."

14. 문일움 … "우리 일움이, 건강하게 행복하게 사랑하며ㅋ ㅋㅋ.
      샤이니 막내 춤 최고. 일움이 사랑한다."

15. 최현재 … "현재야, 모든 일은 입으로부터 비롯되니 말을
      함에 책임과 예의를 갖추어라. The present is a
      present. 니 거다."

16. 이정글범 … "남들보다 더 잘하려고 고민하지 말고 지금의 정
      글범 너보다 잘하려고 애쓰는 게 중요하다. 넌 정
      글범이야."

사랑한다. 사랑한다. 사랑한다. 사랑한다. 사랑한다. 사랑한다. 사
랑한다. 사랑한다. 사랑한다. 사랑한다. 사랑한다. 사랑한다. 사랑
한다. 사랑한다. 사랑한다. 사랑한다.

음력으로 쇠던 아버지의 생일날은 7월 21일이다. 양력으로 따
지면 대부분 8.15 광복절 즈음 무더운 여름이었다. 손주들 여름
방학기간이기도 해서 매년 시골집에 다 함께 모여 축하하고 식사
하고 물놀이 등 축제를 벌였다. 내 생일도 음력으로 쇠는데 아버
지 생신날 이틀 뒤인 7월 23일이다. 아버지 생신 모임을 마치고
올라가는 날인 경우가 많아서 미역국을 먹기는 하지만 따로 축제
는 없었다. 돌아가신 아버지의 마지막 생신 기념일 구순모임을
하는 2017년은 하필이면 음력 5월이 두 번 있는 윤년이었다. 그
래서 아버지 구순 기념일은 윤년을 무시하고 광복절 앞 토요일인
8월 12일로 했다. 아내는 2017년부터는 음력 7월 23일에 정식

으로 남편 생일날을 챙기겠노라고 약속했다. 양력으로 환산하니 2017년 9월 13일이었다. 동생들도 생일을 축하해 주었다. 함께 잘 먹었다.

아버지가 돌아가신 후 내 두 번째 생일날도 지난 2018년 11월 말에, 어찌어찌하여 아내가 강서구청 홈페이지를 들어갔다가 내 생일 선물을 발굴했다. 열린 구청장실 〈칭찬합시다〉에서 발견한 글을 채굴하여 나에게 쏴줬다. 읽은 사람이 600명을 넘어선 인기 좋은 글이다. 그 글은 내 생일날인 2017년 9월 13일에 막내 여동생 문정숙이 쏘아 올린 글이었다. 동생이 부구청장을 칭찬하는 글을 그곳에 실은 지 16개월 만에 드디어 나는 생일 선물을 받았다.

문가네 여섯포도송이 맏이 문홍선 부구청장님을 칭찬합니다.

이 칭찬편지는 일 년 전 아버지께서 '너는 앞으로 오빠 생일 선물을 꼭 챙겨야 한다.' 말씀하셨고, 저는 그러겠노라고 약속했기에… 아버지와의 생전약속을 지키기 위해 오빠에게 보내는 저의 첫 번째 생일선물입니다. 오늘은 음력 7월 23일, 문가네 여섯포도송이 맏이! 강서구청 문홍선 부구청장님의 생일입니다. "오빠… 생일 축하드려요. 그리고 문가네 여섯포도송이들이 훌륭한 세대교체를 마친 것도 함께 축하드립니다."

"지난해 시월 아버지 가신 빈자리… 그 헛헛함을 가슴에 품은 채로 부모님께서 살아오셨던 삶의 메시지들을 새기고 아우르며, 오빠는 동생, 자식, 조카 스물여덟명의 문가네 여섯포도송이들을 이끌고, 여전히 화합하며 살 수 있는 터전을 더욱 공고하게 다져놓았습니다. 고맙습니다.

맏이의 무게감이 컸을 시간 속에 했을 많은 생각들, 오빠의 가족을 대하는 진실한 마음과 현명한 판단, 계획이 있었기에 문가네 여섯포도송이들이 감사한 마음으로 훌륭한 세대교체를 할 수 있었습니다.

할아버지와의 추억을 소중히 간직하는 손주들, 좋은 본보기가 되어 우애하는 자녀들이 시골마당에 옹기종기 모여 앉아 웃고 떠드는 모습들을 보면서 아버지께서도… 엄마께서도… '홍선아…참 잘했다. 애썼다… 고맙다' 칭찬하면서 활짝 웃고 계실 거예요.

맏이에게 한참 밑의 동생들은 대화상대가 아닌 돌봄의 대상으로 인식되고, 막내들은 내 나이가 몇인데… 동등하게 존중되기를 원하면서 생기는 갈등이라고 표현될 수 없을 만큼의 소소한 이 과정마저도 잘 지나가고 있는 것 같지요^^

오빠의 바람대로 문가네 여섯포도송이들은 언제나 그렇게 성실하게… 푸근한 맘과 웃음으로 송이송이 벗하며 살아갈 것입니다.

저는 강서구청부구청장 문홍선에 대해서는 잘 모릅니다. 그렇지만 문가네 여섯포도송이의 사령탑 문홍선과 동일인이기에 맡은 바 책임을 다하고 한 사람 한 사람을 소중히 여기는 부구청장님일 것이라 생각합니다.

다시 한번 문가네 여섯포도송이들에게는 자긍심이 되고, 모두에게 귀감이 될 훌륭한 가족세대교체를 이뤄낸 것을 감사드리면서 문가네 여섯포도송이의 맏이 문홍선 강서구청 부구청장님의 생일을 축하드립니다."

　　　　　　　　　　　　　　　배세일움 사용서

원애재와
인애당

　문 박사 할아버지, 이어서 외할머니, 이어서 아버지 어머니가
사셨던 열두 평짜리 시골집의 옛 모습은 초가집이었다. 내 어릴
적 추억 속에 있는 그 초가집의 이름은 하루 종일 생각해도 '하
루헌'이 제격이다. 하루헌? '초가집' 형편이라서 '누추한 집'인데,
'군자가 사는 집'이라서 '누추하지 않은 집'이라는 것이다. 하루헌
은 『논어』 자한편의 "군자가 사는 곳에 어찌 누추한 곳이 있으리
오(君子居之 何陋之有)"란 문구에서 출현하였다. 명나라 철학자 왕양
명(1472~1528)은 동굴 양명동(陽明洞)에서 『맹자』의 양지(良知: 태어나면
서 갖춘 지혜)와 『대학』의 치지(致知: 앎에 이르다)를 한데 엮는 깨달음을
얻는다. 그의 치량지(致良知) 학설은 "앎은 실행의 시작, 실행은 앎
의 완성"이란 지행합일(知行合一) 이론으로 발전한다. 왕양명은 그
의 초가집을 하루헌(何陋軒)이라 이름 짓고 〈하루헌기(何陋軒記)〉를
지었다.

나의 초등학교 시절 기억 속에는 내가 짚으로 새끼를 꼬는 장면도 있다. 이어서 아버지와 동네 어른들이 함께 초가집 지붕을 얹는 장면이 떠오른다. 이엉 엮기, 지붕 얹기, 연결하기, 용마름 엮기, 덮기, 지붕 고르기, 처마 손질 순서로 만든다. 일거리가 엄청 많았고 이삼 년 주기로 했던 것 같다. 이 집의 소유자는 나의 할아버지, 큰아버지, 외할머니, 아버지로 승계되었다. 내 아버지의 아버지이신 할아버지와 할머니가 사셨던 초가집은 6.25때 빨치산들이 내려와 불을 질러 몽땅 타버렸다. 큰아버지와 아버지께서는 그 자리에 초가집을 다시 지었는데 큰아버지 식구들이 경남 거창으로 이사 갈 때 외할머니가 집을 매입하셨다. 외할머니 집 바로 옆의 더 작은 초가집이 우리 집이었다. 내 어린 시절은 여기저기 두 초가집을 오가며 외할머니와 두 분의 이모님이 주신 넉넉한 사랑을 받은 기억이 매우 풍성하다. 하루헌처럼 공부도 많이 할 수 있었고 아름답기까지 했던 초가집이었다. 내가 고등학교에 진학할 즈음에 외할머니께서 외삼촌을 따라 서울로 가시면서 외할머니 집을 아버지께서 인수하셨다. 새마을운동으로 초가집 지붕은 스레트와 함석으로 바뀌었는데 그게 정확하게 언제쯤이었는지는 내 기억에서는 분별이 안 된다. 지금은 아버지로부터 문가네 여섯포도송이 맏이인 나에게 승계되었다.

건축물대장 맨 윗간은 고유번호, 명칭, 호수/가구수/세대수를 표시하고 있다. 공동주택은 대부분 명칭이 있지만 시골집 등 단

배세일움 사용서

독주택 대부분은 명칭 부분이 비어있다. 이름이 없다. 아버지가 돌아가신 지 꼭 한 달 후인 2016년 11월 1일자로 아버지 어머니가 사셨던 시골집은 장남인 내 이름으로 이전 등록됐다. 건축물대장 고유번호는 4572040021-1-04300005이고 명칭은 텅 비어있었다. 건축물은 목조/스레트 구조의 36.12㎡ 주택과 목조/함석 구조의 33.9㎡ 부속건축물로 2개다. 집과 마당 틈새에는 배움 세움 일움 어릴 적 명절날이나 여름방학 때 와서 먹고 놀던 즐거운 기억들도 새겨져 있다. 건축물대장의 텅 빈 명칭은 나의 의식을 깨웠다. 이 집에 살았던 조부모, 외조모, 부모, 자식들, 앞으로도 이 집을 찾아올 자손들과 사람들의 행동과 가치를 아우르는 이념을 가진 집으로 이름을 지어야겠다고 생각했다.

일제 치하인 1933년에 만해 한용운(1879~1944) 선생이 성북동에 짓고 살았던 집이 있다. 성북구청 부구청장 시절 여러 차례 가보았다. 선생은 총독부와 마주 보기 싫어서 고의로 북향을 택하였다고 한다. 정면 4칸 측면 2칸의 장방형 평면에 팔작기와지붕을 올린 집이다. 심우(尋牛)는 '잃어버린 소를 찾는다'라는 의미인데 인간 본성 찾기 과정을 비유하는 불교 용어이다. 한용운 선생은 집 이름을 심우장(尋牛莊)이라 짓고 현판을 걸었다. 심우장 현판은 만해와 같이 독립운동을 했던 서예가 오세창(1864~1953) 선생이 썼다.

2016년 추석 때 시골집에 살아계셨던 아버지께 '내년 아버지 구순 기념일엔 자식들이 기념패를 드리겠노라'고 말씀드렸었는데, 2016년 10월 1일 소천하셨으니 이루지 못했다. 장례를 잘 모시고 문상을 와주신 조문객들에게 한용운 선생이 지은 것으로 알고 있는 짧은 시를 답례의 글에 담아 보냈다.

"나 태어날 때/ 나 울었네/ 남 웃었네/ 나 세상 떠날 때/ 나 웃었네/ 남 울었네"

아버지께 말씀드린 대로 2017년 8월 12일에 구순 기념식을 하기로 했다. 시골집의 부속건물 사랑채는 대수선하기로 했다. 나는 기념패 대신 집 이름 찾기에 골몰했다.

2017년 6월, 스위스 취리히로 가는 비행기를 탔다. 유니세프 한국위원회가 추진한 아동친화도시 해외 우수사례 연수단에 참여한 것이다. 8박 9일 동안 아동의 눈높이와 관점으로 사람과 도시와 자연을 만나고 살펴보았다. 한 호텔에서 여덟 밤을 잤다. 저녁에는 여기저기 산책하며 시골집 이름을 궁리했다. 취리히에서 돌아오는 비행기가 이륙했다. 불현듯 시골집 이름이 함께 떠올랐다. 2017년 6월 30일 문가네 여섯포도송이 밴드에 이름을 발표했다. 본채는 아버지 이름 제원(濟元)의 끝 글자 으뜸 원(元), 어머니 이름 영애(永愛)의 끝 글자 사랑 애(愛)를 결합한 으뜸 사랑 원애(元愛)와 집 재(齋)를 융합하여 건축한 원애재(元愛齋). 사랑채는

배세일움 사용서

으뜸 사랑 하나님 사랑을 삶 속에서 실천하는, 이웃 사랑 인애(隣愛)와 집 당(堂)을 융합하여 대수선하는 인애당(隣愛堂). 시골집 본채와 사랑채의 이름은 원애재 인애당이 되었다.

진안군청에 절차를 밟아 8월 초에 건축물대장 명칭을 등록했다. 현판은 구순 기념일 사흘 전에 난생 처음 만났는데도 원애재 인애당 이야기를 경청해 준 오라클환경디자인 대표에게 부탁하고 맡겼다. 오라클은 예언 신탁 내지는 예언자라는 뜻이다. 이틀 만에 제작했다. 원애재 현판의 배경은 봄이고, 인애당 현판의 배경은 여름이다. 봄의 집이고 여름의 집이다.

오라클 대표는 가을의 집과 겨울의 집 현판도 오라클이 맡겠노라고 말을 덧붙였다. 어찌 알았지? 나는 깜짝 놀랐다. 시골집 옆의 밭과 뒷동산 꼭대기에 가을의 집과 겨울의 집을 짓고 싶은 내 생각은 말하지도 않았었다. 아하! 그렇구나. 봄, 여름, 가을, 겨울. 나중에 지어질 가을의 집과 겨울의 집 이름을 미리 정했다. 시골집 옆에 짓고 싶은 가을의 집은 내 이름 홍선(洪善)의 끝 글자 착할 선(善), 아내의 이름 성례의 끝 글자 예도 례(禮)를 융합한 선례원(善禮園)으로 정했다. 뒷동산 꼭대기에 짓고 싶은 작은 정자 이름은 심통정(心通亭)으로 정했다. 시골에 있는 봄, 여름, 가을, 겨울의 집이 내 상상 속에서 영글고 익어간다.

2017년 8월 12일 토요일 저녁에, 시골집에서 아버지 구순 기념식 예배를 드렸다. 그날 낮에는 사랑채를 대수선하기 위해 지붕과 기둥만 남기고 다 함께 헐어내는 노동을 펼쳤다. 구순 기념식 예배를 드리기 직전에 둘째 여동생과 아버지 손주 중에서 제일 먼저 태어난 정글범이 '원애재(元愛齋)' 현판을 거는 퍼포먼스를 했다. 시원하게 열린 사랑채 기둥에는 임시로 '인애당(隣愛堂)' 현판을 걸었다. 인애당 현판은 대수선이 끝난 2017년 끝에 대문 쪽으로 옮겼다.

각각 열 평 남짓한 두 채의 집, 시골집의 본채와 사랑채는 원애재와 인애당이 되었다. 그렇게 현판이 내걸렸고, 건축물대장에 이름이 등록되었다. 이성(理性)에 의하여 파악할 수 있는 최고의 관념을 이념(理念)이라고 한다. 서양철학에서는 '이데아(idea)'이다. **'원애인애(元愛隣愛)'는 배세일움과 문가네 이념이고 철학이다. 지행합일(知行合一) 이론이요 실천이다.**

가족들

원애제

인애당

북해도
강원랜드

동행

고영민(1968~)

길가 돌멩이 하나를 골라
발로 차면서 왔다
저만치 차놓고 다가가 다시 멀리 차면서 왔다
먼 길을 한달음에 왔다
집에 당도하여
대문을 밀고 들어가려니
그 돌멩이
모난 눈으로
나를 멀끔히 쳐다본다
영문도 모른 채 내 발에 차여
끌려온 돌멩이 하나
책임 못 질 돌멩이를
집 앞까지 데려왔다.

배세일움 사용서

심통심통 부부가 결혼한 1987년에 동갑내기 최성수는 노래 〈동행〉을 발표했다. "아직도 내게 슬픔이 우두커니 남아있어요. 그날을 생각하자니 어느새 흐려진 안개. 빈 밤을 오가는 마음 어디로 가야만 하나. 어둠에 갈 곳 모르고 외로워 헤매는 미로. 누가 나와 같이 함께 울어줄 사람 있나요. 누가 나와 같이 함께 따뜻한 동행이 될까. 사랑하고 싶어요, 빈 가슴 채울 때까지. 사랑하고 싶어요, 사랑 있는 날까지." 따뜻한 동행이 사랑이다. 사랑한다면 여행이 제격이다. 사랑이란 추상적인 단어는 함께 여행한다는 구체적인 행동으로 확립된다.

심통부부는 배세일움 아들만 셋인데, 열 살 아래 막내 남동생 부부(문구선&이재숙)는 예슬 예빈 예랑 이렇게 딸만 셋이다. 예슬빈랑 패밀리 다섯 손가락이다. 그래서 두 가족이 모이면 성비가 딱 균형을 이룬다. 예슬빈랑 패밀리는 여기저기 가족여행을 자주 간다. 아버지 살아계실 적엔 아버지와 함께 동행하여 여행하였다. 예슬빈랑 패밀리와 아버지가 함께 찍은 사진첩도 시골집에 있다. 사랑과 존경과 기쁨을 읽을 수 있어 참 좋다.

장인 장모님과 함께 여행한 추억이 별로 없었다. 장모님은 떡애기 배움부터 시작하여 세움 일움의 어린 시절에 한없는 할머니의 사랑을 채워주셨다. 2016년 여름에는 강원도 평창에서 2박 3일을, 2017년 여름에는 강원도 정선에서 2박 3일을, 2017년 11

월에는 일본 북해도에서 3박 4일을, 장인 장모님과 함께 배세일
움이 동행여행을 했다. 2016년과 2017년 두 번의 여름 땐 배움
과 세움은 못 가고 심통부부와 일움, 장인, 장모님 이렇게 다섯
이 한 팀이 되어 마찬가지로 2박 3일간 동행여행을 했다. 동계올
림픽을 준비하고 있던 평창과 정선의 여기저기와 강원랜드를 여
행했다. 2018년에 장인께서 소천하셔서 이제 네 분의 부모님 중
장모님만 살아계신다. 세 번의 동행여행은 장인어른과 장모님을
추억할 따뜻한 사진을 남겨줬다.

특별히 북해도 3박 4일 겨울 동행여행은 심통부부의 결혼 30주
년 기념여행이었다. 북해도 여행에는 배움 세움 일움 그리고 장
인어른 장모님 이렇게 일곱 명이 한 팀이 됐다. 결혼 30년을 돌아
보면서 심통심통 부부는 결코 인내력이 부족하지 않았음을 확인했
다. 인내력이 부족하기는커녕 엘림교회에서 신앙생활을 계속하면
서 점점 크리스천으로서의 내력까지 충만해지고 있다. 배세일움이
짝을 맺어 결혼을 하고 아이들을 낳고 기르면 크리스천의 내력이
더 깊어지고 넓혀지리라. 심통편지에서 다시 읽는 황금률,

　　　"그러므로 무엇이든지 남에게 대접을 받고자 하는 대로 너
　　희도 남을 대접하라 이것이 율법이요 선지자니라"

따뜻한 동행여행이 대접이고 사랑이리라. 결혼 40주년 2027

　　　　　　　　　　　　　　배세일움 사용서

년, 50주년 2037년, 60주년 2047년, 이 세 번만큼은 배세일움 패밀리 동행여행을 심통부부가 살아서 주관할 게 확실시 된다.

2027년, 결혼40주년 기념여행은 배움과 언약한 알래스카 크루즈 여행을 간다. 장모님도 모시고 배움의 아이들도 가면 4대가 함께하는 동행여행이다. 배움이 알래스카로 날아가는 비행기를 탔던 시애틀로 가서 크루즈에 승선을 한다. 알래스카의 쥬노, 스캐그웨이, 그레이셔베이국립공원, 캐치칸에서 대자연의 경이로움을 느껴본다. 배세일움과 이틀 동안 캠핑을 했던 캐나다 벤쿠버섬에 들러 옛날 기억을 더듬어본다. 크루즈 여행 적금은 이미 들어놓았다.

2037년, 결혼50주년 기념여행은 세움이 이스탄불의 카디르하스대학교 교환학생 때 경험한 동서양의 접점 터키로 여행을 갈 것이다. 활기 넘치는 이스탄불, 신비로운 카파도키아, 휴양지 안탈리아, 지중해 이즈미르 등등. 세움 패밀리가 함께하고 안내하는 대로 따라갈 참이다. 터키 여행적금은 2027년에 들 예정이다. 2035년 9월 2일 오전 9시 40분에는 동서양의 접점 터키를 상상하며 세움이 군인으로 근무했던 강원도 고성 통일전망대에 가서 세움 패밀리와 함께 '해를 품은 달' 개기일식을 볼 것이다.

2047년, 결혼60주년 기념여행은 일움과 다시 한번 걷는 산티아고 순례 길이 될 것이다. 그때엔 심통부부 나이가 88세, 87세가 된다. 걷는 게 힘이 부칠 것 같으면 MTB 자전거로 순례할 참이다. 힘이 넘칠 것 같으면 조금 느린 속도로 마라톤을 한다고 단단히 마음먹고 있다.

백세시대라고 하니 아무래도 2057년, 결혼70주년 기념여행 계획도 미리 밝혀야 될 듯하다. 그때는 진즉 남북통일이 되었을 터이니 확실하게 백두산부터 지리산까지 백두대간 종주를 할 수 있을 것이다. 백두대간 연속 종주를 1순위로, 낙동강 하구에서 두만강 하구까지 삼천리 자전거 연속 종주를 2순위로 세웠다. 체력과 실력이 허락하면 두 가지 다 심통부부가 함께 수행하는 것을 3순위에 세웠다. 여행계획만 밝혔는데도 가슴이 뛴다. 아름다운 동화를 남기고 죽은 안데르센이 이렇게 말했다.

"여행은 정신을 다시 젊어지게 하는 샘이다."

배세일움 사용서

지리산
종주

산

이성부

산을 가자.
우리를 모래처럼 부숴버리기 위해 가자.
산에 오르는 일은
새롭게 산을 만나러 가는 일
만나서 나를 험하게 다스리는 일
더 넓은 하늘
우리가 차지하러 가고
우리가 우리를 무너뜨려
거듭 태어나게 하는 일!
산을 가자.
먼발치로 바라보는 것이 아니라
가까이서 몸 비비러 가자.
온몸으로 온몸으로
우리 부서지기 위해서 가자.

산을 갔다. 지리산을 갔다. 아내, 나, 배움, 세움, 일움, 배세일움 패밀리 다섯 사람은 한 손바닥에 열린 엄지, 검지, 중지, 약지, 소지, 다섯 손가락처럼 한 뭉치가 되어 온몸으로 지리산을 종주했다. 한 번은 전라도에서 경상도 쪽으로, 무더운 한여름 2013년도 8월 첫 주 월, 화, 수 2박 3일. 또 한 번은 경상도에서 전라도 쪽으로, 2014년도 8월 첫 주 월, 화, 수 2박 3일. 두 번 다 3일 중 하루는 새벽부터 오밤중까지 오래도록 함께 걸었다. 오래 걸은 건 짧은 일움이의 엄지발가락 탓이 아니다. 그렇게 길게 걷도록 출발부터 설계가 돼있었다.

〈백두대간 보호에 관한 법률〉에서 백두대간은 백두산(2,744m)에서 시작하여 금강산·설악산·태백산·소백산을 거쳐 지리산(1,915m)으로 이어지는 큰 산줄기라고 정의한다. 두류산(頭流山)은 백두산(白頭山)이 흘러내린 산이라는 의미인데, 지리산의 별칭이다. 세조~성종 때 관료학자 김종직(1431~1492)은 함양군수로 있던 1472년 8월 14일부터 8월 18일까지 4박 5일간 지리산에 갔다. 기행문 유두류록(遊頭流錄)을 남겼다. 생전에 쓴 글 조의제문(弔義帝文)으로 무오사화에 휘말려 부관참시의 수모를 겪은 사림파 유학자 김종직의 호는 '점필재'이다. 이성부(1942~2012)시인은 〈유두류록이 헤아리는 산〉을 시로 써서 내게 들려주었다.

배세일움 사용서

유두류록이 헤아리는 산

이성부

나무꾼이 먼 산 바라보는 것과
선비가 먼 산 바라보는 것이
어떻게 다를까
점필재는 산 바라보는 데에 요령이 있어야 한다고 말하였다
눈으로 보는 것에 무슨 요령이?
문득 내가 어려웠던 칠십년 대 팔십년 대
신문을 보면서 행간의 침묵을 읽어야 했던
그 안간힘이 되살아났다
있는 그대로를 보되
구름 속에 가려진 무등산 봉우리가 어디쯤인지
동서남북 산들이 어디쯤 숨어서 저를 키우는지
찬찬히 짚어보는 일도 공부하는 사람의 맛이다
요즘 신문들은 저녁 어스름으로 사라져야 할 것들이
너무 많이 튀어나와 쓰레기더미가 되었다
쓸모없는 일들에 눈과 귀를 모으게 한다
나무꾼도 산 꾼도 배운 사람들도
이런 신문을 보고 목청을 높인다
가려진 산들이 점점 허물을 벗기 시작하고
나도 하나씩 나를 벗어버리는 일이 새롭다
참으로 산은 어떻게 보아야 하는지가
비로소 내 안에서 눈떠 눈을 비빈다

森 배세일움 진화론

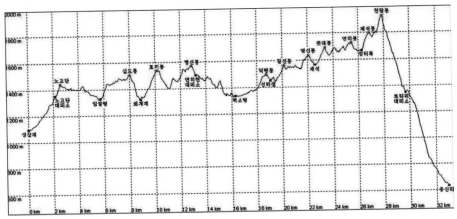

지리산 종주

2010년 가을, 나는 2박 3일 지리산 종주를 했다. 택시를 타고 올라간 성삼재 출발점으로부터 16km 지점 벽소령에서 하룻밤을 자고, 26km 지점 장터목에서 또 하룻밤을 잤다. 운 좋게 천왕봉 일출을 보고 중산리로 하산하여 버스를 타고 집으로 돌아왔다.

마루금은 하늘과 산마루가 맞닿는 곳이다. 바다와 하늘이 맞닿는 수평선과 하늘과 땅이 맞닿는 지평선은 다가갈수록 그만큼 멀어지거나 없어지는데 산마루금은 바짝 다가서서 발바닥으로 걷는 길이다. 지리산 종주는 산꼭대기, 산마루 금을 이어 걷는다. 지리산 천왕봉부터 설악산 마등령까지 백두대간을 49일 동안 종주한 경력자 박원순 서울시장은, 2013년 8월 4일, 지리산을 종주하는 '문배움, 문세움, 문일움 군에게' 글을 써주었다. "겸손하

배세일움 사용서

게 배우고, 정의롭게 세우고, 끈질기게 이루세요." 나는 이 글을
〈배세일움 격려〉라고 명명하였다.

　2013년 8월 4일 일요일 밤 11:19, 배세일움 패밀리 다섯은 배
낭을 메고 영등포역 출발 무궁화호에 탑승했다. 지리산에 오기
전에 세석대피소에 첫 박, 장터목대피소에 둘째 박을 예약해 놓
았다. 8월 5일 월요일 새벽 3:33, 구례구역에 도착하여 새벽밥
을 먹었다. 성삼재까지는 택시를 타고 갔다. 헤드랜턴을 켜고 걷
기 시작했다. 깜깜한 새벽 4:30부터 깜깜해진 저녁 9:30까지 17
시간 동안 22km를 걸었다. 맨 앞에서 배움과 세움은 잰걸음으로
더 무거운 배낭을 메고 앞서가서 연하천대피소에서 점심, 세석대
피소에서 저녁 식사를 준비했다. 아내는 가운데에서 걸으며 앞서
가는 두 아들을 밀어주고 뒤따라오는 남편과 막내를 이끌었다.
일움과 나는 맨 후미에서 '헤드를 잘라버린 그라파이트 골프채
샤프트로 만든 가볍고 제법 긴 스틱'으로 손과 손을 연결하여 함
께 걸었다. 배세일움 패밀리는 발바닥으로 지리산 산마루를 오르
내려서 세석대피소의 첫 박(泊)을 함께 작곡했다. 의도적이진 않
았지만 무리하게 잘못 설계된 첫 박은 너무 길어서 힘들었다. '빨
리 가려면 혼자 가고, 멀리 가려면 함께 가라'는 아프리카 코사족
의 속담을 증명하려 했는지 배세일움 패밀리는 함께 정말 멀리
걸었다. 세상에 가짜는 많아도 공짜는 없다. 끈질기게 이룬 지리
산 첫날은 진짜 좋았다.

8월 6일 화요일, 아침 7시 출발했다. 다들 온몸 여기저기가 뻑적지근 아팠겠지만 자신감이 넘쳤다. 촛대봉을 넘어서 확 트인 경치가 눈에 담기더니 바람이 불고 비가 왔다. 비옷을 가볍게 입었다. 선두, 중간, 후미의 대오 구분 없이 함께 어우러져 갔다. 비가 갠 하늘의 무지개를 보고 감탄사를 연발했다. 일움이 링딩동 춤추기 움짤을 찍었다. 빗속을 가르고 장터목대피소로 배움과 세움이 앞서 달려가 점심을 마련했다. 꿀맛이었다. 이틀 동안 세움의 발바닥과 지리산 돌바닥이 부대낀 결과로 세움의 묵은 등산화 밑창 아가리가 개봉되었다. 세움에게 아내의 등산화가 옮겨 신겨졌고 일움은 양말까지 벗었다. 점심 후 배움, 세움과 나 셋만 제석봉을 넘어 천왕봉에 올라 옷깃에 바람을 새겨가며 사진을 찍고 내려왔다. 장터목대피소에서는 고맙게도 세움에게 등산화를 무상으로 대여해 줬다. 밤이 되니 1,700여 미터 높이 장터목대피소는 하늘에 바싹 닿았다. 밤하늘별이 총총하고 밝아서 손에 잡힐 듯했다.

8월 7일 수요일, 이제 백무동계곡 내리막 6km를 걸어 내려간다. 수월하게 내려갈 거라고 어림짐작하고 쉽게 생각했다. 계산 착오였다. 배낭에 꾸려온 쌀과 먹을거리도 남을 만큼 남아서 부피와 무게가 반밖에 안 줄었다. 이틀을 걸어온 일움의 작은 엄지발가락과 발바닥은 벌게졌고 물집까지 건축했다. 일움의 무릎연골은 걸음걸이마다 입을 통해 통증을 발산시켰다. 다시 맨 앞에

배세일움 사용서

는 배움과 세움이 먼저 내려가고, 가운데 토막은 아내가 중계했다. 나와 일움은 오르막에서 연결고리로 썼던 '그라파이트 골프 채 샤프트'를 지팡이 삼아 손과 손을 잡고서 후미에서 따라 내려 갔다. 엄마가 안 보이면 아픔 때문인지 걱정 때문인지 일움은 엄마를 불렀다. 아내는 힘들었는지 걱정했는지 대답을 안 했다. 여섯 시간을 훌쩍 넘겨 백무동계곡을 내려왔다. 시원한 물에 발을 씻었다. 일움은 환하게 활짝 웃었다. 만세를 불렀다. 배세일움 패밀리는 다 함께 지리산 종주를 완성했다. 동서울터미널에 도착하여 저녁을 먹고 지하철을 탔다. 사흘 동안 땀으로 절인 다섯 사람이 발산하는 냄새는 장렬했다. 지하철을 편안히 앉아서 타고 집으로 돌아왔다. '집보다 더 좋은 곳은 없다'라는 말이 절로 나왔다. 일움은 지리산엔 절대로 '다시는 안 간다!'고 말했다. 그러면서도 어깨를 으쓱했다.

　2014년 8월 3일 일요일 밤 11시 50분, 배세일움 패밀리 다섯 손가락은 다시 배낭을 메고 서울 남부터미널에서 출발하는 심야 버스에 탑승했다. 출발 전에 인터넷으로 세석대피소에 1박, 노고단대피소에 2박 예약을 성공시켰다. 작년의 역순인데 둘째 날 코스 설계의 길이를 보니 완전 고생길이 될 운명이다. 비라도 안 와야 할 텐데 일기예보는 둘째 날 비를 예고했다. 셋째 날은 성삼재를 거쳐 더 걷고 남원시 고기리 쪽으로 내려올 요량이었다. 고장난 벽시계처럼 2박 예약에 성공한 두 번만 맞아떨어졌다. 또 설계가 잘못됐다.

8월 4일 새벽 3시 40분, 백무동시외버스정류소에 도착하여 편의점에서 컵라면을 함께 먹었다. 헤드랜턴을 켰다. 작년에 여섯 시간 걸려 내려온 백무동계곡 길을 되짚어 올라갔다. 작년에 일움과 나를 연결해 준 '그라파이트 골프채 샤프트' 스틱은 ∞자 형으로 특별하게 만들어 준비한 60cm 밧줄 연결고리로 바뀌었다. 앤드(&)밧줄이다. 내리막길은 무릎과 종아리 쪽 근육이 애를 쓰는데 오르막길은 허벅지와 허리 쪽 근육이 애를 쓴다. 백무동에서 장터목까지 오르막길은 가파르다. 나는 일움이 뒤처지지 않도록 앤드(&)밧줄로 끌어올렸다. 배움과 세움은 장터목에 먼저 가서 아침 식사를 준비했다. 10시가 넘어 밥 먹고 나니 흐려지면서 바람도 불었다. 비옷으로 바람을 가린 아내와 일움은 장터목에서 쉬고, 셋이 빠른 속도로 천왕봉을 다녀왔다. 장터목에서 점심을 먹고 서둘러 세석대피소를 향해 걸었다. 해가 서쪽에 아직 한 뼘 정도 남았을 시간에 세석평전에 도착했다. 내일은 22km가 넘는데 하루 종일 비가 온단다. 내일 걱정을 반찬 삼아 저녁을 먹었다.

8월 5일 화요일, 출발도 조금 늦었다. 비가 내리기 시작해서 출발부터 비옷을 입었다. 준비해 온 에너지 보충제, 파워젤을 미리 보급했다. 일움이 것은 추가로 내가 배낭에 챙겼다. 벽소령에서 점심을 먹기로 하고 배움과 세움에게 먼저 가서 준비하도록

배세일움 사용서

했다. 봉우리와 봉우리로 연결되는 산마루금을 걷는 길은 평지가 있어봐야 눈곱 만큼이다. 일움과 함께 걷는 배세일움 발걸음은 함께 가니 멀리 갈 수는 있겠으나 빨리는 못 간다. 비도 계속 왔다. 가까스로 1시 넘어서야 점심을 먹었다. 잠시 햇볕이 났다. 다시 비옷을 입고 연하천대피소까지 오니 빗발이 굵어졌다. 반절 왔다. 11km 더 가야 노고단대피소다. 어찌할지를 정해야 했다. 하산하는 길은 경험한 바 없어 앞으로 닥쳐올 밤처럼 캄캄했다. 이전에 경험한 길은 노고단으로 가는 길뿐이었다. 연하천에서 저녁을 미리 먹고 빗속을 가르며 작년에 함께 발걸음 디뎌본 먼 밤길을 걷기로 했다. 출발부터 빗발은 다시 굵어지고, 비를 맞고 걷는 사람은 배세일움 패밀리 다섯 사람뿐이다. 시계는 오후 다섯 시를 가리켰다.

힘겹게 영선봉에 올랐는데도 한숨도 쉬지 않고 내려갔다. 아직은 빗속에 태양빛이 녹아있어 사람이 다니던 길이 맨눈으로 보였다. 일움에게는 파워젤을 먹였다. 토끼봉에서 화개재로 내려와서는 헤드랜턴을 머리에 달고 켰다. 비는 계속 내리고 이제는 발바닥의 기울어짐만으로 오르막과 내리막을 분별해야 하는 어둠이 쳐들어왔다. 대오를 완전하게 뒤집었다. 맨 앞에 내가 섰고, 일움은 앤드(&)밧줄로 내 손을 잡고 따라왔다. 가운데 유일한 여성의 자리는 아내가 변함없이 지켰다. 배움과 세움이 후미를 맡았다. 선두와 후미의 간격은 거의 두지 않았다. 화개재에서 삼도봉으로 올라가는 590여 개 계단은 발바닥 기울기로만 느낄 뿐 눈으로는 윤곽을 못 잡아 징그럽게 힘들었다. 비 내리는 지리산 속 오밤중에 걷는 사람은 배세일움 패밀리 다섯만 있을 뿐이었다. 밤 11시를 훌떡 넘겨서 노고단에 도달했다. 20여 분을 더 걸어 내려가니 노고단대피소가 나왔다. 예약은 취소되어 있었다. 다시 요금을 내고 대피소에 들어왔다. 라면을 끓여 먹고 흙투성이가 된 젖은 옷을 정리하고 잠자리를 잡았다. "지금부터 걷는다면 그리고 계속 걷는다면 언젠가는 목적지에 도달할 수 있다." 누군가 했을 법한 말이 떠올랐다. 18시간 동안 배세일움 패밀리가 함께 격렬하게 배우고 세우고 이룬 날이었다.

8월 6일 수요일, 아침이 밝았다. 온몸이 다 아팠다. 내가 이렇게 아플진대 일움과 아내는 어떨까 싶었다. 배움과 세움도 아픔과 힘듦이 작지 않은 듯싶었다. 비는 계속 내리지만 밤이 걷혀서인지 기분은 상쾌했다. 성삼재로 내려오는 길은 편안함까지 선사해 줬다. 구름 아랫녘으로 구례읍 전경이 내려다보이는 곳에서 함께 사진을 찍었다. 성삼재 1,090m에서 걷기를 마쳤다. 다음엔 성삼재부터 만복대(1,433M) 쪽으로 걸어서 백두대간을 종주할 생각을 하며 훗날을 기약했다. 버스를 타고 구례시외버스터미널로 왔다. 집으로 돌아왔다. 아내는 〈오즈의 마법사〉 영화에 나오는 도로시처럼 '집보다 더 좋은 곳은 없다'고 말했다.

배세일움 사용서

금강산이 시(詩)라고 한다면, 지리산은 소설이나 산문이라고 쓴 글을 봤다. 나는 지리산을 〈오즈의 마법사〉 같은 뮤지컬 영화라고 말하고 싶다. 배세일움 패밀리 지리산 종주 이야기가 있어서 나는 그렇게 생각하는 것이다. 영사기를 돌리는 오즈/마블 교수역의 나, 주인공 리더 도로시역의 아내, 지혜를 배우는 허수아비역의 배움, 사랑을 세우는 양철 나무꾼역의 세움, 평발이면서도 용기를 이루는 사자역의 일움. 배세일움 다섯 손가락이 지리산을 종주하면서 두 번 모두 '집보다 더 좋은 곳은 없다'고 말했다.

'겸손하게 배우고, 정의롭게 세우고, 끈질기게 이루세요' 〈배세일움 격려〉를 만들어준 박원순 서울시장도 평발이라고 한다. 그는 『희망을 걷다』에서 이렇게 썼다. "내가 두 달간 백두대간 종주를 한다는 것은 실현하기 어려운 꿈이라고 했다. 그러나 나는 백두대간 연속 종주를 했다. 세상 사람들은 늘 고민만 하다가 끝내곤 한다. 계획만 세우다가 포기한다. 무엇인가 성취하는 사람은 일단 저지르는 사람이다. 그래야 일이 시작된다. 비록 실패로 이어진다 해도 아무 것도 안 한 것보다는 훨씬 더 나은 삶을 이룰 수 있다. 진정으로 원하는 것이 있으면 저지르라."

일움이 지리산 종주를 한다는 것은 어려운 꿈이라고 했다. 다섯 명 온 가족이 함께 지리산 종주를 한다는 것은 이루기 힘든 꿈이라고 했다. 그러나 일움은 지리산 종주를 두 번 완주했다. 하루는 비를 맞으며 18시간을 걸었다. 배세일움 다섯 명 온 가족은 함께 지리산 종주를 두 번씩이나 이룩했다. 꿈은 현실이 된다. 언제나 시작이 반이다.

지리산이 좋아 지리산에서 거처를 옮겨 다니며 살고 있다는, 환경운동가 지리산인 이원규(1962~) 시인의 시 〈행여 지리산에 오시려거든〉을 맨 끝 시로 낭송한다. '여러분의 기쁨이 저의 기쁨'이다. 여기저기연구소의 첫 책『배세일움, 사용(使用)서』47개 이야기를 끝내며….

다섯 손가락 배세일움 지리산 종주 준비 정렬

배세일움 사용서

행여 지리산에 오시려거든

이원규

행여 지리산에 오시려거든
천왕봉 일출을 보러 오시라
삼대째 내리 적선한 사람만 볼 수 있으니
아무나 오지 마시고
노고단 구름바다에 빠지려면
원추리 꽃무리에 흑심을 품지 않는
이슬의 눈으로 오시라

행여 반야봉 저녁노을을 품으려면
여인의 둔부를 스치는 유장한 바람으로 오고
피아골의 단풍을 만나려면
먼저 온몸이 달아오른 절정으로 오시라

굳이 지리산에 오시려거든
불일폭포의 물 방망이를 맞으러
벌 받는 아이처럼 등짝 시퍼렇게 오고
벽소령의 눈 시린 달빛을 받으려면
뼈마저 부스러지는 회한으로 오시라

그래도 지리산에 오려거든

세석평전의 철쭉꽃 길을 따라
온몸 불사르는 혁명의 이름으로 오고
최후의 처녀림 칠선계곡에는
아무 죄도 없는 나무꾼으로만 오시라

진실로 진실로 지리산에 오시려거든
섬진강 푸른 산 그림자 속으로
백사장의 모래알처럼 겸허하게 오고
연하봉의 벼랑과 고사목을 보려면
툭하면 자살을 꿈꾸는 이만 반성하러 오시라

그러나 굳이 지리산에 오고 싶다면
언제 어느 곳이든 아무렇게나 오시라
그대는 나날이 변덕스럽지만
지리산은 변하면서도 언제나 첫 마음이니
행여 견딜 만하다면 제발 오지 마시라

배움 : A4용지 손편지 쓰기
세움 : 심통 편지 증보개정판
일움 : 심통 편지를 드립니다

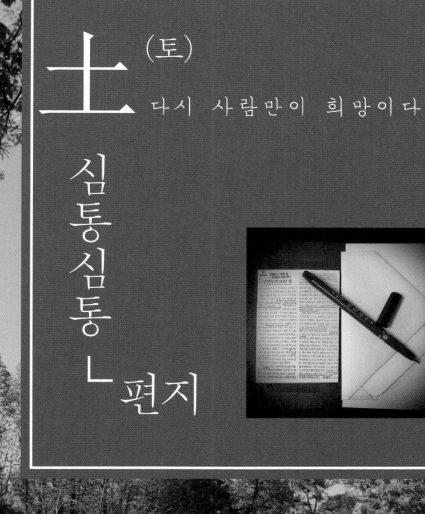

土 (토)

다시 사람만이 희망이다

심통심통ㄴ 편지

A4용지
손편지 쓰기

　배세일움 이름은 순우리말로 짓고, 『배세일움, 사용(使用)서』는 1443년 창제된 한글을 중심 문자로 사용하여 기록하였습니다. 말은 사람의 목소리와 귀를 통하여 의사소통합니다. 글은 '눈에 보이는 기호'와 눈을 통하여 의사소통을 합니다. 전달! 글은 인류 문명의 DNA를 전달하는 세포핵 같습니다. 하객님께 『배세일움, 사용(使用)서』를 전달하였습니다. 이야기는 일움의 염색체 숫자와 같은 47개입니다. 이제는 A4용지 손편지로 만든 심통편지를 드리고자 합니다.

　세계적으로 가장 많이 사용하는 종이 크기는 A4입니다. A4용지는 가로 210㎜, 세로 297㎜입니다. A전지(A0)는 가로 841㎜, 세로 1,189㎜로서 넓이는 1㎡입니다. A전지의 절반은 A1, A1의 절반은 A2, A2의 절반은 A3, A3의 절반은 A4용지가 됩니다. 절반으로 잘랐으니 넓이는 당연히 절반입니다. 그런데 가로 세로 비율도 정확하게 1:$\sqrt{2}$로 완전 닮은꼴입니다. B전지(B0)는 가로

1,030㎜, 세로 1,456㎜로서 넓이는 1.5㎡인데, 가로 세로 비율
은 정확하게 1:√2로 완전 닮은꼴입니다. B4는 A4와 완전 닮은
꼴이지만 넓이가 50% 더 큽니다. A · B용지 규격에는 수학의 비
밀이 있습니다. √2=루트2=1.4142135623730950488...∞

　2011년도 성북구청 부구청장실에서 사용한 칠판은 화이트보
드에 스캐너, 프린터, USB(Universal Serial Bus 작은 이동식 기억장치)까
지 융합된 전자칠판이었습니다. 전자칠판 위에 마커펜으로 정성
을 들여 손으로 쓰고, A4용지에 출력하여 A4용지로 복사한 아래
사진이 초판 심통편지의 속살입니다. '황금률, 방우달 시인의 시 2
편, 김훈의 소설『흑산』의 일부분, 배세일움'이 여기저기 벌통 속의
꿀처럼 박혀있습니다. 아직 완성형 문장이 아닙니다. 편지를 읽는
분이 내용을 잘 이해할 수 있게 연결하는 것이 목적이었습니다.

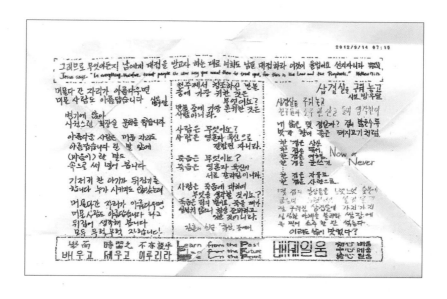

A4용지로 편지 접기를 한 후, 앞면과 뒷면엔 손으로 직접 좋은 시를 외워 쓰고, 상징적인 그림을 그립니다. 받는 사람, 참 좋은 사람 이름은 앞면에, 드리는 사람 心痛心通 문홍선 이름은 뒷면에 적습니다. 심통편지를 전하는 날짜와 장소는 뒷면 맨 끝에 기록합니다. 이 초판 심통편지는 2016년 말까지 2천 통 정도 썼습니다.

심통편지를 쓰는 시간은 늘 배움의 시간입니다. 한 통을 준비하는 데 보통 15분 정도 시간을 투입합니다. 네 사람을 만나려면 1시간 정도 투자해야 합니다. 나는 심통편지를 쓸 때마다 수 천 번 내용을 되뇌고 배웠는데도 덜 자란 사람인 걸 보면 평생 배워도 부족할 듯합니다. 앞으로 여기저기연구소의 사서삼경 중 제2서, 『심통심통, 적용(適用)서』를 쓸 때, 심통편지를 통해 배운 걸 잘 풀어 펼쳐서 함께 나누려고 생각합니다.

배세일움 사용서

심통 편지
증보개정판

2016년 10월 1일 국군의 날 새벽에, 6.25 참전 용사이신 아버지께서 소천하셨습니다. 탯줄이 끊어진 느낌으로 불면의 시간이 이어졌습니다. 잠 못 이루며 심통심통하였습니다. 심통편지를 재조직하고 연결하자는 생각이 찾아왔습니다. 심통편지의 속살을 연결완성형으로 A4용지에 맞춰 새롭게 세웠습니다. 증보개정판입니다. '참 좋은

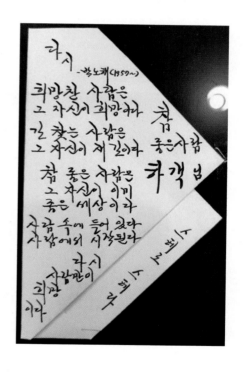

사람, (하객)님!'으로 시작합니다. '참 반갑고 고맙습니다.'로 끝납니다.

참 좋은 사람, **하 책** 님!

만나서 반가워요. 님 덕분에 삶이 참 맛있어요. 정말 고맙습니다.

'성북동 비둘기' 시인 김광섭(1905~1977)님의 詩 '저녁에'를 바탕으로 친형제 모크 듀엣 유심초(유의형,유시형)가 곡을 붙여 부른 노래 '어디서 무엇이 되어 다시 만나랴'를 '사랑'이에게 딱 붙었던 80년대는 저의 스무 살 시절이었습니다. ♪ 별처럼 아름다운 사랑이여, 운적럼 행복했던 사람이여~ ♪ …'T'... ♪ 저처럼 많은 별들 중에 별 하나가 나를 내려본다 이렇게 많은 사람 중에 그 별 하나를 쳐다본다 ~ ♪ 거시기 우리는 오늘 만날고요. 또 다시 만날 거예요.

크리스천으로서의 정체성을 온몸으로 지키려고 노력합니다. 그래서 사람들과의 관계에서는 황금률(Golden Rule)이라 불리는 마태복음 7장 12절 말씀, "그러므로 무엇이든지 남에게 대접을 받고자 하는 대로 너희도 남을 대접하라. 이것이 율법이요, 선지자니라." 이 명령을 잊지 않으려고 애씁니다.

팀을 이루어 사는 다섯 손가락 — 소심(小心)·세음(細音)·흠심(中心)·세음(細音)·결심(結心)·이 한 가족입니다. 스스로 효(孝)를 짓고 다합에 합니다. '마음이 따뜻한 마음은 통한다' 알뜰히 심플이 저런지 아니런지 모르지마는 두 심플이 연합하여 배세일움 매일같음 이루었습니다.

'서울이 옳지 않네' 시인 방우달님의 詩 '머물다 간 자리'가 아름다우면 머문 사람도 아름답습니다'를 낭송해요. ♪ 반가워 함이 ♪ 시절으로 희망을 읽습니다 / 아름다운 사람은 머문 자리도 / 아름답습니다 한 발 앞에 / 마음이 한 발도 / 속으로 씨 넣어 봅다 / 거시기 참 이야기 되잖게 합니다 / 누가 사귀지 않았는데 / 머물다 간 자리가 아름다우면 / 모든 사람도 아름답습니다 라고. / 뒤꿈이 생각에 봅다 / 모두 부럭부럭 잘합니다.

아직 다 안끝난 사람, 실통실통!

병통 떨어진 곳 다음 날 가버리고 마음에 두었지요 아직 자라는 송이예요.

50+ 시절 요즈음, 김훈의 소설 '흑산(黑山)'에서 노래 소리로 들었습니다. ♪ 천주께서 창조하신 만물 중에 가장 귀한 것은 무엇이냐? 만물 중에 가장 존귀한 것은 사람이다. 사람은 무엇이냐? 사람은 영혼과 육신으로 결합된 자니라. 죽음은 무엇이냐? 죽음은 영혼과 육신이 서로 갈라짐이냐. 사람은 죽음에 대하여 무엇을 생각할 것이냐? 죽음은 죄의 벌이요, 죽음 때가 알려지 않으니 항상 준비하고 있을 것이니라. ♪ 어거스틴에게는 알맞이 '시작이 반이다'(Well done is half done)'라는 격언을 남겼습니다.

미국의 심(心)화(和)운동가이며 반(反)핵 반(反)비핵 · 이행 선교합니다. 나는 세상을 갖지와 악과, 성공과 실패로 나누지 않는다. 나는 세상을 배우는 곳. 지혜로 배우지 않는 자로 나눈다. 미국의 의사 스펜서 존슨의 책, "선물(The Present)" 과거(過去)에서 배우라(Learn from the Past), 미래를 계획하라(Plan for the Future), 현재를 살아라(Be in the Present)'라는 가르침을 가르쳐줍니다. 논어의 첫 구절인 "학이시습지 불역열호(學而時習之 不亦悅乎)" 배우고 노아? 이가게 기쁘지 않았는가라는 뜻으로 이해합니다. ♪ 예감합니다.

시인 방우달님의 詩 '삽겹살을 구워 놓고'를 낭송합니다. ♪ 삽겹살을 구워 놓고 / 친구들과 소주 한 잔을 돌려 행겨본다 / 내 삶은 덜 덜궈졌나? / 갈말 수록 맛과 향이 좋은 돼지고기처럼 / 한 점은 상상 / 한 점은 독서 / 한 점은 여행 / 한 점은 글씨이 / … / 한 점은 사유도 / 한 점은 사랑 혹은 / 몇 겹의 말같음을 느끼듯 술 한 잔 곁에 굴리다 / 노릇노릇 통겨봅긴 잘 구워진 삽겹살에 / 가까이지 상상한 이해를 둘러하니 / 입맛에 착 착 소주 한 잔 없는다 / 야하도 삶이 맛 있다? / 님 덕분에 정말 맛있어요, 참 반갑소, 고맙습니다.

별 달 똥
꽃이 향기를 펼 때
꽃, 흙 으로 돌아 것 의 힘 이다
멀어지고
마음히 두었다
마음을 가려고
쳐주라려주라
진겐라가 랐소
-정지용-
-앱에유,<즉적>에서-

마음다 간자리가 사람 心痛 心通 묭 홍원 드림

2019. 11. 16.
죄인 조상 배용훈진

참 좋은 사람, *하객* 님!

만나서 반가워요. 님 덕분에 삶이 참 맛있어요. 정말 고맙습니다.

'성북동 비둘기' 시인 김광섭(1905~1977)님의 詩 '저녁에'를 바탕으로 친형제 포크 듀엣 가수 유심초(유의형,유시형)가 곡을 붙여 부른 노래 '어디서 무엇이 되어 다시 만나랴'를 '사랑이여'와 함께 불렀던 80년대는 저의 스무 살 시절이었습니다. ♪별처럼 아름다운 사랑이여 꿈처럼 행복했던 사랑이여~♪ ..^!^.. ♪저렇게 많은 별들 중에 별 하나가 나를 내려본다 이렇게 많은 사람 중에 그 별 하나를 쳐다본다 ~♪ 거시기 우리는 오늘 만났고요, 또 다시 만날 거예요.

크리스천으로서의 정체성을 올곧게 지키려고 노력합니다. 그래서 사람들과의 관계에서는 황금률(Golden Rule)이라 불리는 마태복음 7장 12절 말씀, "그러므로 무엇이든지 남에게 대접을 받고자 하는 대로 너희도 남을 대접하라. 이것이 율법이요, 선지자니라." 이 명령을 잊지 않으려고 애씁니다. 팀을 이루어 사는 다섯 손가락 초심(初心)배움.중심(中心)세움. 결심(結心)일움 한 가족입니다. 스스로 호(號)를 심통심통(心痛心通)이라 짓고 다함께 삽니다. '마음이 아파야 마음이 통한다' 앞뒤의 심통이 저인지 아내인지 모르지마는 두 심통이 연합하여 배세일움 패밀리를 이루었습니다.

까르페디엠, 아모르파티, 메멘토모리.

'서울시 공직 선배' 시인 방우달님의 詩 '머물다 간 자리가 아름다우면 머문 사람도 아름답습니다'를 낭송합니다. ♪ 변기에 앉아 / 시원스런 화장실 문화를 읽습니다 / 아름다운 사람은 머문 자리도 / 아름답습니다 란 말 앞에 / (마음이) 란 말도 / 속으로 써 넣어 봅니다 / 기저귀 찬 아기가 뒤집기를 합니다 / 누가 시키지도 않았는데 / 머물다 간 자리가 아름다우면 / 머문 사람도 아름답습니다 라고 / 뒤집어 생각해 봅니다 / 모두 무럭무럭 자랍니다. ♪

아직 다 안자란 사람, 심통심통!

별똥 떨어진 곳 다음 날 가려고 마음에 두었지요. 아직 자라는 중이예요.

50+ 시절 요즈음, 김훈의 소설 '흑산(黑山)'에서 노래 소리로 들었습니다. ♩ 천주께서 창조하신 만물 중에 가장 귀한 것은 무엇이뇨? 만물 중에 가장 존귀한 것은 사람이니라. 사람은 무엇이뇨? 사람은 영혼과 육신으로 결합된 자니라. 죽음은 무엇이뇨? 죽음은 영혼과 육신이 서로 갈라짐이니라. 사람은 죽음에 대하여 무엇을 생각할 것이뇨? 죽음은 죄의 벌이요, 죽을 때가 일정치 않으니 항상 준비하고 있을 것이니라. ♪ 아리스토텔레스는 일찍이 '시작이 반이다(Well done is half done)'라는 격언을 남겼습니다.

문배움, 문새움, 문읽음 들에게

겸손하게 배우고
정의롭게 데우고
끈질기게 이루세요

2013. 8. 4
서울특별시장 박원순

미국의 시민사회운동가이며 학자인 벤자민 바버는 이렇게 말했습니다. "나는 세상을 강자와 약자, 성공과 실패로 나누지 않는다. 나는 세상을 배우는 자와 배우지 않는 자로 나눈다." 미국의 의사 스펜서 존슨은 책 '선물(The Present)'에서 삶의 시간을 활용하는 법, "과거로부터 배워라(Learn from the Past), 미래를 계획하라(Plan for the Future), 현재를 살아라(Be in the Present)"라는 지혜를 가르쳐줍니다. 논어의 첫 구절이 '학이 시습지 불역열호 學而 時習之 不亦悅乎 배우고 날마다 익히면 기쁘지 않겠는가'라고 얘기합니다.

시인 방우달님의 詩 '삼겹살을 구워 놓고'를 낭송합니다. ♩ 삼겹살을 구워 놓고 / 친구들과 소주 한 잔을 들며 생각한다 / 내 삶은 몇 겹일까? / 겹이 많을수록 맛과 향이 좋은 돼지고기처럼 / 한 겹은 상상 / 한 겹은 독서 / 한 겹은 여행 / 한 겹은 글쓰기 / ... / 한 겹은 자유로 / 한 겹은 사랑으로 / 몇 겹의 일상들을 느릿느릿 숯불에 굽는다 / 노릿노릿 쫄깃쫄깃 잘 구워진 삼겹살에 / 가지가지 상상한 야채를 불러와 / 쌈장에 쿡 찍어 / 소주 한 잔 섞는다 / 야래도 삶이 맛 없다? ♪ 님 덕분에 정말 맛있었요. 참 반갑고 고맙습니다.

　　　　　　　　　　　　　　　　　　　　　　　　배세일움 사용서

심통 편지를
드립니다

일움은 하나 더 많은 염색
체를 갖고 있습니다. 47개의
이야기들은 에피소드를 상징
하는 제목과 에피소드가 이
야기하고픈 키워드가 앞서
소개되었습니다. 제가 어떤
프레임의 안경을 쓰고 세상
을 사는지도 짐작하셨을 것
입니다. 이 책을 다 읽고 심
통편지를 받아주시는 모든
분은 박노해 시인이 다시 말

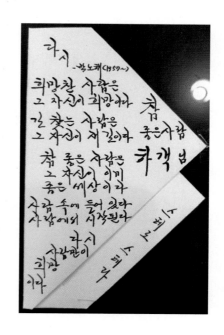

하는 참 좋은 사람입니다. 다시 사람만이 희망입니다. 심통편지
의 앞면에 일일이 이름을 적지는 못하고 하객님으로 부릅니다.
심통 편지 드립니다.

흔히 '숨 쉬는 한 희망은 있다'라는 뜻으로 알려진 라틴어 구절을 하객님 바로 밑에 비스듬히 새겨놓았습니다. 키케로가 말한 '숨 쉬는 한 희망은 있다'는 라틴어로 'dum spiro, spero'라고 합니다. 라틴어로 spero spera라고 하면 '나는 희망한다. 당신도 희망하라'라는 뜻이라고 합니다. 다시 사람만이 희망입니다. 스페로 스페라!

『배세일움, 사용(使用)서』 저자는 2016년 1월 1일부터 2019년 12월 31일까지 만 4년 동안 서울시 강서구청에서 부구청장으로 근무하였습니다. 인생일모작 직업공무원의 절정기를 '조화로운 성장, 삶이 아름다운 강서'에서 지냈습니다. 강서구청은 매년 신년사를 통해서 구정의 운영방향을 함축한 사자성어 메시지를 주었습니다.

2016년은 역풍장범(逆風張帆): 맞바람을 향해 돛을 편다. 어려움이 있더라도 밀고 나간다. 2017년은 석전경우(石田耕牛): 돌밭을 가는 소처럼 부지런히 일한다. 2018년은 집사광익(集思廣益): 여러 사람의 지혜를 모아서 더 큰 이익을 얻는다. 2019년은 동심동덕(同心同德): 같은 목표를 위해 다 같이 힘쓴다.

심통편지 속을 펴 보이기 전에 제갈공명의 집사광익(集思廣益)을 조동화 시인의 시 〈나 하나 꽃 피어〉에 목말 태워놓았습니다. 4

년 동안 잘 삭히고 발효시킨 생각은 사서삼경의 3서『서울강서, 활용(活用)서』와 4서『집사광익, 중용(重用)서』에 차분하게 조직하려고 합니다. 사는 대로 생각하지 않고 생각한 대로 살려고 합니다.

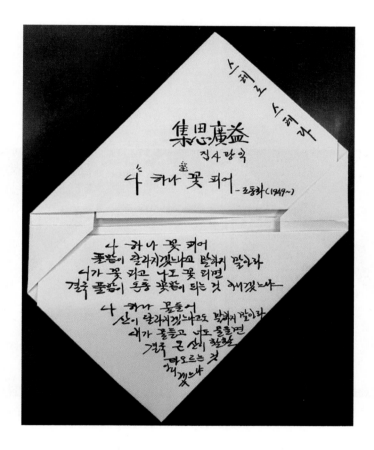

"네가 꽃 피고 나도 꽃 피면 결국 풀밭이 온통 꽃밭이 되는 것 아니겠느냐. 내가 물들고 너도 물들면 결국 온 산이 활활 타오르는 것 아니겠느냐."

배우고 세우고 이루면 기쁘지 않겠는가. 과거에서 배우고 미래를 계획하고 현재를 살아라. 겸손하게 배우고 정의롭게 세우고 끈질기게 이루세요. 메멘토 모리, 아모르 파티, 까르페 디엠.

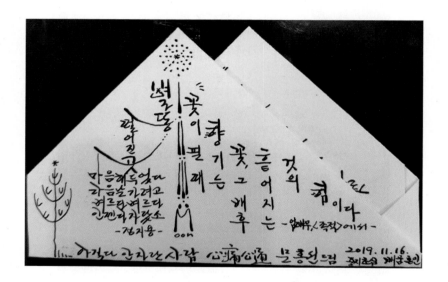

배세일움 사용서

심통 편지를 다 읽으신 후에는 겉장 뒷면을 후식으로 맛보시기
를 바랍니다.

꽃이 필 때 향기는
꽃, 그 배후
흩어지는 것의 힘이다.

별똥 떨어진 곳
마음에 두었다 다음날 가려고
벼르다 벼르다 이젠 다 자랐소.

우주에서 하나! 둘!! 셋!!! 내려와서 Moon을 만들고 악수를 하
는 모습입니다.

심통편지 보내는 사람,
아직 다 안 자란 사람 심통심통 문홍선 DREAM.
2019. 11. 16

무지개 너머

 태풍이 몰고 온 비바람이 지나간 하늘에 무지개가 활짝 떴다.
영국 낭만파 시인 윌리엄 워즈워스(1770~1850)의 시 '무지개'가 떠
오른다. 2019년 8월 15일을 기준시점으로 『배세일움 사용서』를
탈고하고, 도서출판 행복에너지에 출간을 의뢰하였다.

 하늘의 무지개를 볼 때면
 가슴 설레느니,
 나 어린 시절에도 그랬고
 다 자란 오늘에도 매한가지.
 나 늙어서도 그러하지 않다면
 차라리 죽는 게 나으리.
 아이는 어른의 아버지
 바라노니 나의 하루하루가
 자연에 대한 경건함으로 이어지길….
 My heart leaps up when
 I behold a rainbow in the sky.
 So was it when my life began.

So is it now l am a man.

So be it when I shall grow old

Or let me die.

The child is a father of a man.

And I could wish my days

To be bound each to each by natural piety.

17세기 철학자 데카르트(1596~1650)는 오색영롱한 무지개가 빗방울의 반대쪽에서 오는 햇빛이 굴절, 분광, 반사되어 우리 눈에 보이는 현상이라고 무지개의 과학적 원리를 규명하였다. 프리즘을 통해 가시 영역 빛의 스펙트럼을 빨주노초파남보 7가지 색으로 나눈 사람은 아이작 뉴턴(1643~1727)이다. 덕분에 실상은 100가지도 넘는 색깔의 스펙트럼을 가진 게 무지개인데 너도 나도 일곱 색깔 무지개라고 생각한다. 그래서 배세일움 사용서도 일곱 색깔 무지개처럼 일, 월, 화, 수, 목, 금, 토 일곱 색깔로 구상했다.

안식일인 일(日)요일에 배세일움 초대장을 보냈다. 일움의 DNA 염색체 숫자와 같은 47개의 이야기는 5근무일인 월(月)요일에 심통심통 부부를 중심으로 8개, 화(火)요일에 메멘토모리 배움을 중심으로 10개, 수(水)요일에 아모르파티 세움을 중심으로 10개, 목(木)요일에 까르페디엠 일움을 중심으로 10개, 금(金)요일엔 배세일움 진화론으로 9개를 조직하고 분류하여 썼다. 휴일인 토(土)요일엔 심통심통 편지를 보냈다. 나누어보면 일곱 색깔이겠지만 다 모아보면 환한 빛이라는 생각으로 그렇게 목차를 구성했다. 배세일움 패밀리가 사는 집은 무지개 너머 먼 곳이 아닌 까닭이다.

47번째 다섯 손가락의 지리산종주 이야기를 별도로 두면, 각각 월화수목금 이야기 묶음의 끄트머리에는 미래시점으로 가는 이야기를 놓았다는 걸 알아차릴 수 있다. 08번 삼우당 : 내 할 일을 다 하자. 18번 몸 : 누우면 죽고 걸으면 산다. 28번 뜻 : 오늘보다 더 나은 내일이면 돼. 38번 맘 : 산티아고 순례 길을 걷자. 46번 동행 : 북해도 강원랜드. 배세일움 패밀리 다섯의 기념할 만한 일이 있을 때 후기를 덧붙여 이 책을 선물할 요량으로 그랬다.

배세일움 사용서

한 번 더 겸손하게 배우자 [2019년 9월 30일]

 2019년 1월에 문배움과 차소영은 11월 16일에 결혼식을 올리기로 확정하였다. 나는 『배세일움 사용서』 책을 쓰겠다는 약속을 했다. 배움은 2월에 외교관후보자선발시험 1차를 치렀고 나는 배세일움 사용서의 일요일 부분과 월요일 상당 부분을 완성했다. 3월 16일에는 양가 상견례를 가졌다. 4월 8일 발표에서 배움은 1차 관문 통과를 확인해 줬다.

 책의 초안도 매 주말에 밤을 새워서 글을 쓴 덕분에 배움이 2차 시험을 다 치른 6월 말에는 9부 능선을 넘어섰다. 이미 책에는 2차, 3차 관문을 통과하였다고 기록했고 그렇게 되기를 기도하였다. 7월 10일에 『배세일움 사용서』 초벌구이를 A4용지에 출력했다. 도서출판 행복에너지와 출판 작업을 진행하기 전에 초벌구이를 엘림교회 오주영 목사님께 먼저 드렸다. 2019년 7월 14일 엘림교회 주보에는 〈배세일움 사용서를 읽고〉라는 제목으로 오목사의 일기가 실렸다.

배세일움 사용(使用)서를 읽고

　이 책은 앞으로 나올 사서삼경의 처녀작이다. 바쁠 때 주셨는데, 밤 시간을 빼서 이틀에 다 읽었다. 문홍선 안수집사님이 큰아들 결혼에 맞추어 출판할 예정이다. 출판에 앞서 책을 읽을 수 있는 기쁨을 얻었다. 책을 읽으며 가끔 책에는 영혼이 있다는 생각을 했다. 이 책도 그렇다. 책은 정보와 기능향상을 위해서만 쓰이지 않는다. 책은 심금을 울리기도 하고, 마음을 정화하기도 하고, 삶을 풍성하게 만든다. 이 책의 영혼의 무게는 절반 정도다. 가벼움과 무거움의 적절한 무게를 유지하면서 글을 쓰기가 쉽지 않다. 글 속에 배세일움 세 아들과 그들을 낳은 부부를 중심으로 삶이 흘러간다. 가족사를 담은 에피소드들이 흘러가며 소설, 영화, 철학, 문학, 시사 등 세상 만물을 두루 만나고 난 뒤 시로 끝난다. 이런 형식이 무게의 적합성을 가져다준 것 같다.

　이 책이 김정운의 『에디톨로지』를 연상케 하는 것은 단순히 편집 능력만은 아니다. 소재에서 누구나 공감할 수 있는 평이함을 확보하되, 전개에서 누구나 감지할 수 없는 예민함을 보여주기 때문이다. 가정에서 아이 키우며, 부모를 모시면서 겪을 것 같은 작은 에피소드들이 과거와 만나 기억이 되고, 현재와 만나 삶이 되고, 미래와 만나 비전이 되었다. 때론 시대와 만나 민족사가 되고, 사람과 만나 관계가 되고, 마음과 만나 심리가 되고, 자기 양심과 만나 사실을 넘어 진실이 되고, 믿음과 만나 신앙이 되었다.

목사라서 그런가? 책을 읽으며 성경을 읽는 듯했다. 성경은 구약과 신약의 언약과 그 언약의 성취를 기록한 책이다. 『배세일움 사용서』 또한 자녀들의 인생이 마치 아빠의 예언과 성취 과정을 담아 놓은 듯했다. 강력한 아빠의 견인을 느낄 수 있다. 하지만 풀꽃 보듯 자세히 보고 가까이 보면, 가족들을 향한 아빠의 연민이 보인다. 부모 앞에 부끄러워하며, 아내에게 미안해하고, 자녀들의 변화를 수용한다. 자녀들이 스스로의 삶을 찾아가는 자기 인생의 주인들이 되도록 뚝뚝함으로 지켜주는 아버지가 보인다. 말도 많고 탈도 많은 삶을 끊임없이 정리정돈하며 계획을 수정한다. 부수고 다시 세우며 기필코 이루어가고자 하는 인생드라마가 보인다. 책의 내용은 가급적 공개하지 않았다. 요즘 〈기생충〉으로 대박 낸 봉테일 감독이 스포일러를 금했기 때문이다. 문집사님은 사생활 공개를 금한 적이 없다. 가끔은 너무 투명해서 탈이다.

7년을 기다려서 굼벵이에서 탈바꿈한 매미들이 나무의 멱살을 잡고 뜨겁게 우는 칠팔월 여름이 왔다. 나는 혼자서 오랜만에 내려간 원애재와 인애당의 구석구석을 혼자서 쓸고 닦으며 땀으로 몸을 적셨다. 8월 8일 저녁 무렵 더디게 드디어 배움의 메시지가 핸드폰에 떴다.

"아버지 이번에 감사하게도 면접을 볼 기회를 얻었습니다."

나는 메아리처럼 목이 메었다. 나는 아들에게 감사하다는 말도 못하고 답 메시지를 날렸다. "그래 고맙다. 하나님 믿고 문배움 믿고 살아가자^^." 혼자서 시원한 맥주를 마시며 취해서 대신원애재에 걸려있는 아버지의 사진을 보며 아버지에게 "고맙습니다."라고 말씀드렸다.

배움은 오목사님과 함께 3차 면접을 준비했다. 면접은 외교관의 마음가짐과 태도를 표현하는 자리이므로 전통적으로 3주 동안 2차 합격자들 42명이 모여 함께 스터디를 했다. 다들 면접을 통과하면 2차 시험 성적으로 32명이 최종 합격한다. 8월 31일 면접을 잘 치르고 왔다. 추석을 앞두고 제13호 태풍 링링이 올라왔다. 비가 많이 내렸다. 9월 10일 최종 발표에는 배움의 이름이 없었다. 마음이 아파야 마음이 통한다며 심통심통이라 별칭을 붙였는데 마음이 많이 아팠다. 배움은 함께 결혼을 준비하는 차소영을 만나러 나갔다. 나는 소영이에게 만나고 있는 문배움에게 읽어주라며 장문의 메시지를 보냈다.

문배움과 함께 인생을 펼쳐갈 심통심통 부부의 며느리요 딸이 된 차소영에게 엘림교회 밴드에 방금 올린 글을 아래에 붙여 보낸다.

이생진(1929~) 시인의 시 〈벌레 먹은 나뭇잎〉을 읽는다.
나뭇잎이 벌레 먹어서 예쁘다.
귀족의 손처럼 상처 하나 없이 매끈한 것은 어쩐지 베풀 줄

모르는 손 같아서 밉다.

떡갈나무 잎에 벌레 구멍이 생겨서 그 구멍으로 하늘이 보이는 것이 예쁘다.

상처가 나서 예쁘다는 것은 잘못인 줄 안다.

그러나 남을 먹여 가며 살았다는 흔적은 별처럼 아름답다.

외시 3차에서 2차 성적이 후순위라서 떨어진 문배움을 위로하느라 조금 전에 보내준 시입니다. 내년엔 1차는 면제되니까 2차 성적 선순위로 합격하고 3차를 통과하도록 문배움은 다시 시작합니다. 격려와 기도를 함께하며 '하나님 믿고 나 믿고' 나아갑니다. 배세일움 이름처럼 겸손하게 배우고, 정의롭게 세우고, 끈질기게 이룰 것입니다. 변함없이 하나님께 감사기도 드립니다. 심통심통 알림.

문배움♡차소영의 결혼식으로 기념하는 『배세일움 사용서』는 지금 내용을 그대로 두고, 지금의 생각과 앞으로의 생각을 담은 지은이(문홍선)의 후기를 하나 더 붙여서 11월 1일 출간하고, 너희들 결혼식의 하객들에게 선물할 것이다. 문배움과 차소영은 심통심통 부부의 분신이며 자식이며 어른이 될 것이다. 우리 새끼들 사랑한다. 결혼 결심해 줘서 고맙다. 배움에게 읽어주어라.

〈배움 : 과거로부터 소중한 교훈을 배워라〉로 배움의 이야기를 시작했다. 〈진화 : 발목 접질렸어 그래도 가〉는 이야기가 두 번째에 있다. 메멘토모리 배움을 중심으로 화요일에 읽는 이야기 묶음 10개의 *끄트머리* 이야기는 〈몸 : 누우면 죽고 걸으면 산다〉는 누죽걸산의 이야기다. 그 이야기 맨 끝에 이성부 시인의 시 〈봄〉을 실어놓았다. 배움과 소영은 제17호 태풍 타파가 올라오는데도 제주도에 가서 웨딩촬영을 하고 왔다. 두 사람의 결혼식은 배세일움 패밀리의 이야기를 더 다채롭게 진화시킬 것이다. 배움아 한 번 더 겸손하게 배우자. 너는 배세일움의 초심이다. 다섯 손가락의 가운데 중지 아니냐. "봄, 기다리지 않아도 오고 기다림마저 잃었을 때에도 너는 온다…. 가까스로 두 팔을 벌려 껴안아 보는 너, 먼데서 이기고 온 사람아." 배움아 이성부 시인의 시 〈봄〉을 다시 읽어보고 상상하여라.

1993년 9월, 당시 라빈 이스라엘 총리와 아라파트 팔레스타인 해방기구(PLO) 의장은 오슬로 협정을 체결하였다. 당시 이스라엘 외무부장관이던 시몬 페레스(1923~2016)는 이 협정 체결에 결정적 역할을 했다. 평화공존으로 가는 길을 마련한 이 세 사람은 1994년 노벨평화상을 수상하였다. 페레스는 이스라엘 노동당을 창당하였고 이스라엘의 장관직을 열 번, 총리를 세 번, 대통령을 한 번 수행한 합리적이고 온건한 정치가였다. 그는 이렇게 말했다.

"기억의 반대말은 망각이 아니다. 기억의 반대말은 상상이다. 기억은 과거의 길을 돌아보는 것이다. 가보지 않은 길을 가는 것은 상상이다. 미래는 기억하는 자가 아닌 상상하는 자의 것이다."

배세일움 사용서

삶은 계속되는 해프닝과
도전으로 이루어져 있다

권선복
| 도서출판 행복에너지 대표이사

　배세일움 사용서. 언뜻 들으면 낯설기 그지없는 이름입니다. 과연 무엇에 대한 사용서일까요?

　1986년 제30회 행정고시 합격 후 33년간 공직에 재직하며 기록한 문홍선 저자의 기록물로 인생을 어떻게 사용할 것인가에 대한 사용서입니다. 소소한 이야기들로 이루어진 이 책은 밝고 희망찬 긍정 에너지로 가득 차 있습니다.

　책을 읽으면서 가장 인상 깊었던 것은 '배세일움 패밀리'의 끝없는 도전정신입니다. 말 그대로 일상 속에서 겸손하게 배우고, 정의롭게 세우고, 끈질기게 이루는 모습들을 보면 어느새 읽는 이에게도 용기가 생깁니다. 실제로 성지순례를 한 이들의 일상의 기록은 지금 살고 있는 이 순간마저도 마치 성지순례 하듯 굳건히 걸어가는 모습입니다. 작가는 일상의 해프닝과 인생의 의미를 마치 털실을 짜듯 함께 엮어 나름대로의 특별한 철학을 소개하고 있습니다.

인생을 사는 데 가장 중요한 건 무엇일까요? 저는 긍정정신이라고 말하고 싶습니다. 사물을 어떻게 보느냐에 따라 직접 체험하게 되는 것도 달라집니다. 배세일움 패밀리는 어떤 상황에서도 한결같이 씩씩하게, 힘차게 걸어가는 모습을 보여 줍니다. 글 전체를 감도는 유쾌한 분위기가 진정 '인생 사용서'가 무엇인지 보여주는 듯합니다.

우리에게 존재하는 것은 오직 현재뿐입니다. 과거는 지나갔고, 미래는 아직 오지 않았습니다. 우리의 삶은 영원한 '현재'로 이루어져 있습니다. 그런 의미에서 언제나 현재를 살고 있는 '배세일움 패밀리'의 흥이 넘치는 삶이 의미 있게 다가옵니다.

'삶은 열어보지 않은 초콜릿 박스'라는 영화 '포레스트 검프'의 대사가 생각납니다.

우리에게 주어진 초콜릿 박스 안에 무엇이 있을지는 아무도 모릅니다. 하지만 분명 그 하나하나는 쓰면서도 또한 아주 달콤할 것입니다.

이처럼 배세일움 패밀리를 통해 세상이 한층 더 달콤쌉싸름해지는 쾌거를 이루기를 바라봅니다. 또한 독자 여러분 모두에게도 배세일움 문홍선 저자의 긍정적인 행복 에너지가 팡팡팡!! 솟아나는 일들이 계속해서 일어나기를 진심을 다해 기원하겠습니다!

국가 大 개조 국부론

최익용 지음 | 값 35,000원

최익용 저자는 이 책을 통해 대한민국이 선진강국이 되기에 충분한 역량을 소유하고 있음에도 국가 리더들의 리더십 부재와 국민들의 인성문화 부재로 위기를 맞이하고 있다는 점을 비판하고 있다. 또한 저자는 절실한 애국심으로 대한민국을 선진강국으로 키워내기 위한 해법을 제시하는 한편 정신혁명, 교육혁명, 물질혁명을 중점으로 전개되는 저자의 '21세기 대한국인 선진화혁명'의 실천 방안을 논리적이면서도 체계적으로 전개한다.

인생 후반전 두려움 없이 서두름 없이

최주섭 지음 | 값 15,000원

이 책은 신체 건강이나 재산 관리, 여가나 인간관계 등 외부적 요인보다 노후의 마음건강과 자아실현과 같은 내적 요인을 핵심 주제로 다루고 있다는 점에서 남다른 가치와 차별성이 있다.
특히 세월이 지나면서 자연스럽게 내적 변화를 받아들이고 성숙해지는 지혜가 필요함을 역설하는 저자는 나이가 듦에 따라 우리 모두에게 생겨나는 자연스런 질문을 통해, 차근차근 육체의 노화와 더불어 마음의 진화를 이루어 가는 방향을 자세히 설명한다.

리스토러티브 요가

최다희 지음 | 값 25,000원

이 책은 요가의 다양한 관점과 체계 중에서도 아헹가 요가, 소마틱스, 알렉산더 테크닉을 융합한 다각적 관점을 통해 '휴식요가'라 불리는 리스토러티브 요가를 소개하고 있는 책이다. 『리스토러티브 요가』는 신비적 관점보다는 인간 신체의 해부학적 구조를 기반으로 요가 이론과 실제를 녹여내고 있다는 점이 특징이다. 또한 다양한 요가 도구를 적극적으로 활용하여 누구나 더 쉽게 리스토러티브 요가의 세계를 탐구할 수 있도록 도와준다.

'행복에너지'의 해피 대한민국 프로젝트!
〈모교 책 보내기 운동〉

대한민국의 뿌리, 대한민국의 미래 **청소년·청년**들에게 **책**을 보내주세요.

많은 학교의 도서관이 가난해지고 있습니다. 그만큼 많은 학생들의 마음 또한 가난해지고 있습니다. 학교 도서관에는 색이 바래고 찢어진 책들이 나뒹굽니다. 더럽고 먼지만 앉은 책을 과연 누가 읽고 싶어 할까요? 게임과 스마트폰에 중독된 초·중고생들. 입시의 문턱 앞에서 문제집에만 매달리는 고등학생들. 험난한 취업 준비에 책 읽을 시간조차 없는 대학생들. 아무런 꿈도 없이 정해진 길을 따라서만 가는 젊은이들이 과연 대한민국을 이끌 수 있을까요?

한 권의 책은 한 사람의 인생을 바꾸는 힘을 가지고 있습니다. 한 사람의 인생이 바뀌면 한 나라의 국운이 바뀝니다. **저희 행복에너지에서는 베스트셀러와 각종 기관에서 우수도서로 선정된 도서를 중심으로 〈모교 책 보내기 운동〉을 펼치고 있습니다.** 대한민국의 미래, 젊은이들에게 좋은 책을 보내주십시오. 독자 여러분의 자랑스러운 모교에 보내진 한 권의 책은 더 크게 성장할 대한민국의 발판이 될 것입니다.

도서출판 행복에너지를 성원해주시는 독자 여러분의 많은 관심과 참여 부탁드리겠습니다.

도서출판 행복에너지 임직원 일동

하루 5분나를 바꾸는 긍정훈련

행복에너지

'긍정훈련' 당신의 삶을
행복으로 인도할
최고의, 최후의 '멘토'

'행복에너지
권선복 대표이사'가 전하는
행복과 긍정의 에너지,
그 삶의 이야기!

◆ 인터파크
자기계발 분야 주간
베스트 1위

권선복 지음 | 15,000원

권선복

도서출판 행복에너지 대표
영상고등학교 운영위원장
대통령직속 지역발전위원회
문화복지 전문위원
새마을문고 서울시 강서구 회장
전) 팔팔컴퓨터 전산학원장
전) 강서구의회(도시건설위원장)
아주대학교 공공정책대학원 졸업
충남 논산 출생

책 『하루 5분, 나를 바꾸는 긍정훈련 - 행복에너지』는 '긍정훈련' 과정을 통해 삶을 업그레이드하고 행복을 찾아 나설 것을 독자에게 독려한다.

긍정훈련 과정은 [예행연습] [워밍업] [실전] [강화] [숨고르기] [마무리] 등 총 6단계로 나뉘어 각 단계별 사례를 바탕으로 독자 스스로가 느끼고 배운 것을 직접 실천할 수 있게 하는 데 그 목적을 두고 있다.

그동안 우리가 숱하게 '긍정하는 방법'에 대해 배워왔으면서도 정작 삶에 적용시키지 못했던 것은, 머리로만 이해하고 실천으로는 옮기지 않았기 때문이다. 이제 삶을 행복하고 아름답게 가꿀 긍정과의 여정, 그 시작을 책과 함께해 보자.

『하루 5분, 나를 바꾸는 긍정훈련 - 행복에너지』